善書坊

中國救荒史

于右任

罗锦堂曲学研究丛书

中国散曲史

罗锦堂 著

陕西师范大学出版总社

图书代号：WX16N1529

图书在版编目(CIP)数据

中国散曲史 / 罗锦堂著. — 西安：陕西师范大学出版总社有限公司，2017.4（2019.5重印）

（罗锦堂曲学研究）

ISBN 978-7-5613-8930-0

Ⅰ.①中… Ⅱ.①罗… Ⅲ.①散曲－文学史－中国 Ⅳ.①I207.24

中国版本图书馆CIP数据核字（2017）第030348号

中国散曲史

ZHONGGUO SANQU SHI

罗锦堂 著

出版统筹	刘东风　陈维礼
选题策划	郭永新　任祚旺
责任编辑	彭　燕
特邀编辑	黄　璐　巩亚男
装帧设计	观止堂_未氓
出版发行	陕西师范大学出版总社
	（西安市长安南路199号　邮编：710062）
网　　址	http://www.snupg.com
印　　刷	中煤地西安地图制印有限公司
开　　本	787mm×1092mm　1/16
印　　张	17.25
插　　页	4
字　　数	208千
版　　次	2017年4月第1版
印　　次	2019年5月第2次印刷
书　　号	ISBN 978-7-5613-8930-0
定　　价	66.00元

读者购书、书店添货或发现印装质量问题，请与本公司营销部联系、调换。

电话：(029) 85307864　85303629　传真：(029) 85303879

序

  罗锦堂教授小我六岁，又是甘肃老乡，自然感到亲切。由于他在新中国建立前就去了台湾，并在胡适先生主试下以博士论文《元杂剧本事考》成为台湾教育领域授予"文学博士"的第一人，他毕生从事曲学研究，著作等身，享誉中外。但因他的著作大多在海外出版，大陆比较难找，时为大陆喜好其著作者感到遗憾。这次欣闻陕西师范大学出版总社即将出版其曲学著作，颇感高兴。余以为此可谓曲学界一件极有意义的事情。

  翻阅厚厚的长达千页的书稿《元杂剧本事考》《中国散曲史》《北曲小令谱·南曲小令谱》《明代剧作家考略》，有如下感受：

  首先，资料丰富、考证有据，具有极高的学术价值。罗锦堂教授是一位真正的读书人，他几十年潜心学问，尤其是对曲学的研究，更是造诣极深，其成果具有极高的学术价值。譬如他的博士论文《元杂剧本事考》根据剧本内容将元杂剧分为八类：历史剧、社会剧、家庭剧、恋爱剧、风情剧、仕隐剧、道释剧和神怪剧，对研究元杂剧的分类影响很大。更有价值的是他对现存一百六十一种元杂剧的本事渊源进行深入细致考证，像他在该书《自序》中说"参考群籍，搜索其渊源，辨析其同异,则不唯可以增加读者欣赏之兴趣,更可窥见作者剪裁穿插、处理剧情之用心",对读者全面了解元杂剧的故事流变、体味文化精神具有很大的启迪作用。再如,他的《中国散曲史》最大特点是线索清楚,勾勒清晰,内容丰富,正如他在《自序》中所说:"我之所以写《中国散曲史》,主要目的就是要把整个散曲的发展情形给大家做一个概括的介绍。"再如他所搜集整理的《北曲小令谱》《南曲小令谱》都具有较高的学术价值,尤其是《南曲小令谱》,如今较少见,故其出版,对今人写作南曲小令有极大的帮助。《明代剧作家考略》材料丰富,考证精确,显现出先生扎实的文献学功底,故所得结论可信。

其次,论证充分,结论令人信服。罗锦堂教授不是抓住只言片语而加之主观的猜度性阐释,而是本着有一分材料说一分话的原则,对中国戏曲的相关材料进行了细致入微的,可谓拉网式的梳耙,力图做到大量引用文献资料,然后再充分论证,水到渠成地得出结论,故结论具有较强的可信度。如《元杂剧本事考》在考述一个剧目的故事流变时,往往是在丰富的资料引证的基础上论证,故具有很强的说服力。譬如在考论马致远的《黄粱梦》时,锦堂教授由《列仙传》卷六"吕岩"条引述,再说到《太平广记》卷八十二所收唐人沈既济的《枕中记》,再由《文苑英华》本谈及《容斋四笔》卷一,从而对这一故事的演变做了清晰的勾勒:"以此推论《搜神记》及《列子》所记,源本佛经之可能性。再由《枕中记》敷衍而成《黄粱梦》杂剧,其渊源永可寻绎而得也。"再如《中国散曲史》里论述"散曲的起源"等问题都具有这一特点。

再次,丰富的阅历、海外汉学的视野,增加了其著作的文化意义。罗教授1927年生于甘肃陇西的一个书香门第,1948年以优异成绩被保送上海国立复旦大学,旋即转赴台湾大学攻读中文,从而与曲学结下不解之缘。他又是台湾地区第一个文学博士。因为曲学研究,他与国学大师胡适、大书法家于右任、爱国名将张学良等有过密切交往。他先后在中国台湾、日本、中国香港等地的多所大学任教,后被聘为夏威夷大学东亚语言与文学系教授。如是的丰富阅历，增加了他的知名度，尤其是他长久的海外学术生涯使之具有融通中西的学术视野，掌握了海外汉学的动态，这些对促进国内的曲学研究具有一定的意义。

总之，不管从学术价值还是文化意义，以及两岸文化交流的角度来说，罗锦堂教授的曲学著作都值得在大陆出版，故在此我也要感谢陕西师范大学出版总社。我更坚信，其在大陆出版，必将惠及读者，也会受到广大读者的赞誉。

霍松林

2016年7月于陕西师范大学唐音阁

自　序

散曲在元明两代的文坛上，虽曾光焰万丈、大放异彩，但到了清代，一般文士多致力于考据和诗词，对散曲却视为雕虫小技，非庄人雅士所为，所以，《四库全书》提要说："厥品颇卑，作者弗贵。"从此，许多很有价值的作品在这种歧视下湮没无闻。

后来，经过王国维先生治以考证之法，以及吴梅先生的极力提倡，研究散曲的风气，于焉大盛。同时把数百年来，埋藏在灰尘蠹朽之间的宝贵资料，也先后不断发现；而且有任中敏、卢前、赵万里、梁乙真及吾师郑因百（骞）先生的努力搜辑、整理、编选、校注，把散曲在文学园地中所占的地位，重新予以估价，这不能不算是中国文学史中的一个重要课题。因为在中国韵文的发展上，大家都是以诗词为其正统，千百年来，陈陈相因。专门讲究含蓄蕴藉、凝重静雅的手法，所尚的是弦外之音、言外之意；所写的句子，愈是扑朔迷离得令人不解，愈会引起一般人体会、玩味的兴趣，于是什么诗笺、词证之作，汗牛充栋；同样的一首诗或一阕词，经过两个人的注释后，非但不相近似，而且还根本相反。但是散曲却没有这些困难，因为它是一种比较奔放的文字，心里有什么，笔下便写什么，不用典，不避俗，难过的时候，就痛痛快快地哭，得意的时候，便高高兴兴地唱，绝没有含蓄隐藏的余地，这便是它不同于诗词的地方。方今白话文学隆盛之际，散曲的提倡，大有必要；我之所以写《中国散曲史》，主要目的就是要把整个散曲的发展情形给大家做一个概括的介绍。所恨读书不多，自然还有好多材料不曾为我发现，疏陋之处，知所难免，尚祈海内外方家有以教之！

是书之作，承因百师不惮烦劳，时加指导。写成后，蒙于院长右任先生详为审阅，并赐题词。复蒙张部长晓峰先生介绍出版，陈恩绮同学代为缮校。感激之余，谨此一并致谢。

1956年端阳节序于台湾大学文科研究所

目次

凡例

第一章　散曲概论
- 第一节　元代文学的趋势及其背景……… 001
- 第二节　散曲的起源……………………… 005
- 第三节　南北曲的分野…………………… 017
- 第四节　散曲的形制……………………… 020
- 第五节　散曲的特质……………………… 029

第二章　元人散曲
- 第一节　元代前期的散曲………………… 039
- 第二节　元代后期的散曲………………… 072
- 第三节　散曲的过渡时期………………… 105

第三章　明人散曲
- 第一节　昆曲流行以前的散曲…………… 116
- 第二节　昆曲流行以后的散曲…………… 152

第三节　明代的小曲……………… 182

第四章　清人散曲
第一节　豪放派的作家……………… 205
第二节　清丽派的作家……………… 207
第三节　清代散曲的支流…………… 220

附录一　散曲总目汇编……………… 240
附录二　参考书目举要……………… 254

凡　例

一、本书共分四章，第一章为散曲概论，说明散曲之起源、形式以及所具有之特质等。第二章为元人散曲，分作前后两期叙述。第三章为明人散曲，以昆曲流行前后为分期之标准；其次另立一节，专门叙述明代小曲。第四章为清人散曲，以其作风之不同，分为清丽派与豪放派论述之；最后则专论清代之小曲与道情。

二、本书所举诸例，有小令，亦有套曲；唯因篇幅所限，不能将全套录出，读者谅之。

三、引用令套之衬字、增字，以及明韵、暗韵，概不标出，以免烦琐。

四、本书旨在论述散曲之发展，故所举各例，美恶从众，不标宗趣。

五、散曲一道，因资料奇缺，故一般作文学史者多略而不言，言亦弗详。民国二十三年（1934），梁乙真氏著有《元明散曲小史》，为曲史之先河。而继起之作，则杳焉无闻。本书网罗资料，视梁书为多，意见亦颇多不同。非故立异以鸣高，要亦求其心之所安而已。

六、曲籍浩如烟海，本书所举，不过略示各时代重要作家之作风而已。其他虽有佳词，恕不备录。

七、书中采撷他人之说，大致注明；其间有未注出者，盖因行文之方便而省略，掠美之嫌，固不欲辞。

八、书后附录散曲总目汇编及参考书目举要，以资读者之研讨。

九、本书之成，出于仓促，自知纰缪尚多。硕彦之士，倘不鄙其浅陋而有以教之，则幸甚矣。

第一章　散曲概论

第一节　元代文学的趋势及其背景

　　自古以来，边疆民族入主中原，势力最强盛、版图最辽阔者，莫过于元代。元代是蒙古族人所建立的大帝国，他们原来散居在北方塞外沙漠之地，系以游牧为生；精骑善射，勇武好战。宋时始由鄂尔浑河流域移居到博尔罕山麓，其势渐强；迨13世纪初，成吉思汗（Tchinkguiz Khan, 1162—1227）并吞了大漠南北诸部落，乘势举兵南下，又夺取了金的黄河以北之地，接着转兵西征，由中亚细亚各国直捣俄罗斯，扬威异域；后来胜利东归，并且灭了西夏。由于成吉思汗几次强大武力的收获，大有如赵景真《与嵇茂齐书》所说"思蹑云梯，横奋八极；披艰扫秽，荡海夷岳；蹴昆仑使西倒，蹋泰山令东覆"之势，增加了他们进攻南方肥沃土地的野心。及至1234年，成吉思汗之子窝阔台（太宗）果然成就了灭金的大业。从此以后，衰弱不振的南宋，面临着新兴的强敌，只有极力采取绥靖政策，称臣纳币，苟延残喘。到了1276年（宋端宗景炎元年，即贾似道被杀、文天祥起兵勤王的第二年），元世祖忽必烈（Coubilai, 1215—1294）举兵南下，攻陷了临安（今浙江杭州市），虏去了恭帝，接着又把宋朝的残兵败将进逼到广东崖山（1278）。这时文天祥也不幸被执，大势已去。最后宋臣陆秀夫负着幼帝（昺）投海殉国（1279），才算结束了宋代三百余年（960—1279）的命运。

当时蒙古人统治中国后，便实行一种种族歧视的高压手段，君臣们都是些"衽金革，死而不厌"的赳赳武夫，只知道掠夺财产，强占土地，对于精神文化的建设与发扬，自然不感兴趣；从前被书生看作是进身之阶的科举考试也废而不行，竟达七十八年之久，因此使一般读书人断绝了生路，再加以鞑法有九儒十丐之说（见郑思肖《大义略序》），于是全部的汉人，都变成了蒙古铁蹄下的奴隶。同时元世祖因军费浩繁，国用不足，赶印了许多交钞，如"中统元宝交钞"，后改用"至元交钞"，又设"平准行用库"，立"回易库"，允许新旧钞交换，又任用阿合马、卢世荣、桑哥等聚敛之臣，交钞信用大失，民不聊生，社会秩序异常紊乱。这样的情形，不但在经济上、政治上陡然引起了很大的变更，而且使学术思想领域也遭受了空前的浩劫。任何一本中国的哲学史或学术史，在这一个阶段里，都留下了一页空白。然而我们站在文学史的观点上看，元代却是一个重要的时期。因为这个新的政治局面，几乎彻底摧毁了中国固有的传统礼法制度与精神文化，民众文学便应运而生，代替了正统文学的地位，放出了异样的光彩。所谓新文学，并非前人所醉心的古文诗词，而是写给大众欣赏的曲子与歌剧。这些新兴的曲子与歌剧，完全从旧的圈套和旧的束缚中解放出来，无论其形式、精神与音调，都富有新的生命与新的意义，在当日的诗坛与剧坛，完成了革命性的建设与惊人的进步；因此我们可以大胆地说，能够代表元代文学的便是元曲了。元曲在体制和作用上，分为两种：一是散曲，一是杂剧。散曲是元代的新诗，杂剧是元代的歌剧。散曲的兴起，给当日恹恹无生气而行将荒芜的诗坛，重新注入新的活力，使之结成锦绣的奇葩，开放出灿烂的花朵，在中国韵文上，可与诗词鼎足而三。它能使人兴奋，它能使人愉快，它能使人欢喜赞叹、手舞足蹈起来。至于杂剧的创作，虽然在元代文学上占着极重要的地位，但不在本书的讨论范围之内，姑且不谈，以下专谈散曲。

散曲，我们可以说它是元代文学的灵魂，这是谁也不能否认的事实。然而它因起于民间，传唱于妓女、伶工之口，比起正统派的诗文来，多被人看作壮夫薄而不为的雕虫小技。号称包罗今古的《四库全书》，除了几种元人的小令套数集子外，对元曲一部也未曾收入，这真是中国文学史上的一件奇事！加以作者多为潦倒文人和无名之士，因此曲的作品既易散失，即使存名之作家，其生卒年代及生平事迹，亦多不可考。这在元曲的研究上，是一个莫大的损失。散曲之被注意，乃是近数十年的事情。自长洲吴梅先生开始着手于散曲园地后，接着有任中敏、卢前、郑振铎、赵万里、梁乙真、郑骞、陈乃乾、隋树森、吴晓铃诸先生，也都用力于散曲材料的搜集和整理。往日难见之曲本，如《阳春白雪》《乐府群玉》《词林摘艳》《雍熙乐府》诸书，亦相继出现。任中敏所编的《散曲丛刊》、卢冀野所刻的《饮虹簃丛书》成为研究散曲者的重要典籍，尤其后者的材料更为丰富。至其内容，有用以嘲谑的（如王鼎《嘲胖夫妻》），有用以劝诫的（如刘庭信《戒嫖荡》），有用以怀古的（如虞集《折桂令·三国蜀汉事》），有用以讽刺的（如曹明善《清江引·长门柳》），有用以警世的（如张养浩《红绣鞋》），有用以咏物的（如刘秉忠《干荷叶》），有用以叙离别之情的（如卢挚《落梅风·送别珠帘秀》），有用以写幽会的（如关汉卿《新水令》套），甚至有以散曲为说帖者（如刘致《端正好·上高监司》二套），代贺表者（如吴仁卿《斗鹌鹑》套），以及敷陈故事者（如王晔与朱凯合作的《题双渐小卿问答》）。总之，凡诗、词中所有的一切内容题材，散曲中无不包罗，我们居今日而游骋其中，真有目不暇接之慨！

其次关于它的体裁，在明宁献王朱权的《太和正音谱》中，列乐府十五体，任中敏据以删订为八体。一为神游广漠，寄情太虚的黄冠体

（如乔吉《水仙子》）；二为庆赏祝贺，及时行乐的承安体（如周宪王《一枝花》）；三为公平正大，歌功颂德的玉堂体（如丘汝成《呆骨朵》）；四为志在泉石，归田乐道的草堂体（如张可久《水仙子》）；五为屈抑不伸，摅衷诉志的楚江体（如张可久《普天乐》）；六为裙裾脂粉，情意缠绵的香奁体（如陈克明《一半儿》）；七为嘲讥戏谑，坦白率真的骚人体（如杜遵礼《醉中天》）；八为诡喻淫虐，形骸放浪的俳优体（如王鼎《拨不断》）。有此八体，散曲内容殆已包括无遗。其次陈所闻的《南宫词纪》《北宫词纪》，北纪立门类有八体，南纪立门类有十三体，然而简括起来，也不会超出前面八体的范围。另有散曲俳体二十五种，凡言一切就形式上、材料上翻新出奇，逞才弄功，或意境上调笑讥嘲、游戏娱乐之作，一概属之，俱见任中敏《散曲概论》，这里不再赘述。由此可见元曲的内容和体裁是如何丰富了。再就作者讲，上至达官贵人，下而优倡姜妓，以至蒙古族人等，无不在试验创作，《散曲概论》所举元人散曲作家可考者，共二百二十七人，另外无名氏之作亦属不少，因此说曲是元代文学的主流，不为无因。

究竟元曲何以如此发达？王国维《宋元戏曲史》中说得好：

余则谓元初之废科目，却为杂剧发达之因。盖自唐宋以来，士之竞于科目者，已非一朝一夕之事，一旦废之，彼其才力无所用，而一于词曲发之。且金时科目之学，最为浅陋（观刘祁《归潜志》卷六、八、九数卷可知）。此种人士，一旦失所业，固不能为学术上之事，而高文典册，又非其所素习也。适杂剧之新体出，遂多从事于此；而又有一二天才出于其间，充其才力，而元剧之作，遂为千古独绝之文字。（第九章"元剧之时地"）

王氏所论虽是杂剧，但散曲的发展亦复如此。这样看来，沈德符的《万历野获编》及臧晋叔的《元曲选序》均谓元代以曲取士，作者且借此为晋身之阶的话便不甚可靠了。

胡侍的《真珠船》中也说：

盖当时台省元臣、郡邑正官，及雄要之职，中州人多不得为之，每沈抑下僚，志不得伸。如关汉卿乃太医院尹，马致远省行务官，宫大用钓台山长，郑德辉杭州路吏，张小山首领官。其他屈在簿书，老于布素者尚多有之；于是以其有用之才，而一寓之于歌声之末，以抒其拂郁感慨之怀，所谓不得其平而鸣者也。（焦循《剧说》引）

元代本是以异族入主中原，因此对待汉人颇为苛刻，而不使之居高位。这些才智之士，既不能应科举以获利禄，又不能得志于有司，于是乃愤懑填膺，作曲以泄不平之气。因此元代散曲的写作，大都是在不得其平则鸣的情况下喷出来的火花。

第二节　散曲的起源

曲是词的替身，无论在音乐的基础上或是形式的构造上，都是由词演化而来的。这种演化的迹象，绝不是偶然形成的，我们看了以下几点例证便可知道。

一、词的衰落

词原是一种通俗文学，流传于民间的妓女、歌伶之口，既便于抒写情怀，又宜于感发性灵。入宋而后，文人学士，作者日多，体裁内容日益丰富，于是对于音律修辞亦日益讲求，词的格律便十分谨严了。我们只要读一读沈义父的《乐府指迷》和张炎的《词源》，便知道填词已成了一种专门学问，音谱、拍板、制曲、句法等，都要"雅词协音，虽一字不肯放过"，这是何等严格。张炎在《词源》中说："先人（张枢）晓畅音律，有《寄闲集》，旁缀音谱，刊行于世。每作一词，必使歌者按之，稍有不协，随即改正。曾赋【瑞鹤仙】有句云：'粉蝶儿扑定花心不去。'此词按之歌谱，声字皆协，惟'扑'字稍有不协，遂改为

'守'字乃协。始知雅字协音,虽一字亦不肯放过。"这种"一字不肯放过"的推敲功夫,没有深厚的词学基础,是根本办不到的事。接着他又说:"(先人)又作《惜花春起早》云:'琐窗深。''深'字意不协,改为'幽'字,又不协,再改为'明'字,歌之始协。"我们在内容上讲,"深"字改为"幽"字,意思还差不多,但又改为"明"字,则恰好相反,但为了固全音律的调协,也就不管意思的通与不通了。如此一来,原起于民间流传于歌女口中的词,变为文人的专利品,通俗的歌调,变为雅正典丽的美文,不仅一般民众看不懂,唱不来,就连那些非精于词学的普通文士,也不能染指了。汪森在《词综序》中说:

> 鄱阳姜尧章出,句琢字炼,归于醇雅。于是史达祖、高观国羽翼之,张辑、吴文英师事之于前,赵以夫、蒋捷、周密、陈允平、王沂孙、张炎效之于后。譬之于乐,舞剑至于九变,而词之能事毕矣。

这样看来,词至宋末精华殆尽,技巧已穷,呈现着一种荒凉的景象。不管字句如何精雅,音律如何协调,典故的运用如何巧妙,事物的刻画如何细微,词的生命到这时已完全丧失,再没有发展下去的余地,只有走上"穷则变"的途径,才会有出路,因此曲的产生乃是势所必然。

二、词调的转变

凡是一种文体,发展到了烂熟的时候,本身便起了变化。例如初唐、盛唐的乐府歌辞及五七言近体,都是可被之管弦的,音韵方面,已达到了至善至美的地步;于是在中唐的时候,诗歌便蜕化而为长短句的词。韦应物的《转应曲》,白居易和刘禹锡的《忆江南》,都是中唐词调最早的创体。这种创体,最初是单调小令,与乐府小词相去不远,及至北宋柳永而慢词兴,后来于单调之外,又有所谓双叠、三叠、四叠之分。演至南宋,更于慢词长调之外,又有所谓四片(即四叠)之"序子"(见张炎《词源》),如吴文英《莺啼序·春晚感怀》一词,自"残寒正欺病酒,掩沈香绣户",至"伤心千里江南,怨曲重招,断魂在否",共二百四十字之多,可谓极尽慢声长调之变了。但其"涩晦凝重"也已登峰造极。"物极必反",于是从前单调小令的短制又重新复活起来,再赋以新的生命而构成另一种诗体。所以王国维《人间词话》说:"文体通行既久,染指遂多,自成习套。豪杰之士,亦难于其中自出新意,故遁而作他体,以自解脱。一切文体,所以始盛中衰者,皆由于此。"这话一点也不错,姑引任中敏《词曲通义》第十"选例条"所举五代小词与元初小令的比较为例:

云一缉,玉一梭,淡淡衫儿薄薄罗,轻颦双黛螺。秋风多,雨相和,帘外芭蕉三两窠,夜长人奈何!(南唐李后主《长相思》)

风飘飘,雨萧萧,便做陈抟也睡不着;懊恼伤怀抱。扑籁籁泪点儿抛,秋蝉儿噪罢寒蛩儿叫,淅零零泪雨洒芭蕉。(元初关汉卿《大德歌》)

以上两首,《长相思》是词,《大德歌》是曲,同样是写雨夜的凄凉景况,意境相差不远,格调也极相似,由此可知散曲小令的前身,便是晚唐五代的小词。这种文体的转变,不仅元代的文人们试验创作,其实早在金代已有人大胆地尝试了,例如金刘祁《归潜志》卷十举有海陵王之世,赵可在考场上所作的一首歌谣,就已经开始类似散曲的写作,兹引原曲如下:

赵可可。肚里文章可可。三场捱了两场过。只有这番解火。恰如合眼跳黄河。知他是过也不过。试官道五业艰难,好交你知我。

由此可见,对散曲的兴趣也是受了民间歌谣的影响。

三、词句的语体化

南宋初年词人如陈与义、叶梦得、周紫芝、张元幹、杨炎正、吕渭老、张孝祥、杨无咎、侯寘、曾觌、赵彦端等,都喜欢用白话来写词。其实词中引用俗言俚语,早在北宋柳永、黄庭坚等人的作品中便见其端倪,不过到南宋更盛罢了。这种作风,以活泼的文字,来表现作者的真性情,用词而不为词所使,使每一个词人的个性与风格,都能在词里面浮绘出来。虽然姜、吴一派，犹在那里高唱着"唯美主义"，但语体化的词家却层出不穷，一方面把词的应用的范围扩大，一方面把词的文学的价值抬高。吴梅《南北戏曲概言》云："金元以来，士大夫好以俚语入词；酒边灯下，四字沁园春，七字瑞鹧鸪，粗豪横决，动以稼轩（辛弃疾）、龙洲（刘过）自况，同时诸调词行，即词变为曲之始。"例如黄公绍的《青玉案》云：

年年社日停针线，怎忍见、双飞燕？今日江城春已半，一身犹在、乱山深处，寂寞溪桥畔。

春衫着破谁当绽？点点行行泪痕满。落日解鞍芳草岸，花无人戴，酒无人劝，醉也无人管。

这就像说话一样，明白晓畅，无一难字难句。只有"谁当绽"句，疑从古乐府《艳歌行》的"旧衣谁当补，新衣谁当绽"而来，但也用得很自然，一点也不勉强。兹再举一首阮阅赠宜春官妓赵佛奴的《洞仙歌》为例：

赵家妹妹，合在昭阳殿，因甚人间有飞燕？见伊底，尽道独步江南；便江北，也何曾惯见？惜伊情性好，不解嗔人，长带桃花笑时脸。向尊前酒底，见了须归，似恁地，能得几回细看？待不眨眼儿觑着伊；将眨眼儿工夫，看伊几遍。

这样活泼真挚的文字，浅白直率与口语相似，又无吴派长调"凝重滞晦"之弊，而渐渐与元曲接近，所以《宜春遗事》说："此词已为元曲开山矣。"这样看来，宋词的语体化，也为散曲兴起的因素之一。

四、诸宫调的兴起

讲到散曲的产生，与诸宫调的关系最为密切，但是诸宫调的兴起，却又渊源于鼓子词、曲破及大曲等。所以在未讲诸宫调之前，必得先把它们叙述一下。

宋代通行之歌曲为词，宋人宴集，多歌词以侑觞。每歌本来都以一阕为度，但因词调简短，并不适宜于歌咏故事，因而才有连续歌咏一曲以叙一故事的"鼓子词"出现。所谓鼓子词，实际上就是叠词，因用时往往合鼓而歌故名。大约创于宋代，至今传者很少，只有赵令畤的《元微之崔莺莺商调蝶恋花词》（见《侯鲭录》），用十首《蝶恋花》来歌咏唐代元稹《会真记》的故事，为世盛传。全词除用《蝶恋花》外，再和《会真记》的原文交杂组合而成，为元代王实甫《西厢记》之所本。兹摘录两段如下：

元微之崔莺莺商调蝶恋花词

夫传奇者，唐元微之所述也。以不载于本集而出于小说，或疑其非是。今观其词，自非大手笔，孰能与此？……惜乎不备之以音律，故不能播之声乐，形之管弦。……今于暇日，详观其文，略其烦亵，分之为十章，每章之下，属之以词。或全撮其文，或止取其意。又别为一曲，载之传前，先叙前篇之义。调曰商调，曲名蝶恋花。句句言情，篇篇见意。奉劳歌伴，先定格调，后听芜词：丽质仙娥生月殿，谪向人间，未免凡情乱。宋玉墙东流美盼，乱花深处曾相见。密意浓欢方有便，不索浮名，旋遣轻分散。最恨多才情太浅。等闲不念离人怨。

这是一个开场白，下面接着是传文和属词。姑举一段为例：

传曰：后数夕，张生临轩独寝，忽有人觉之。惊骇而起，则红娘敛衾携枕而至，抚张曰："至矣，至矣，睡何为哉？"并枕重衾而去。张生拭目危坐，久之犹疑梦寐，俄而红娘捧莺而至，则娇羞融冶，力不能支体，曩时之端庄，不复同矣。是夕旬有八日，斜月晶莹，幽辉半床，张生飘飘然且疑神仙之徒，不谓从人间至矣。有顷，寺钟鸣晓，红娘促去；崔氏娇啼宛转，红娘又捧而去，终夕无一言。张生辨色而兴，自疑曰："岂其梦邪？"所可明者，妆在臂，香在衣，泪光莹莹然，独莹于茵席而已！

奉劳歌伴，再和前声：

鼓子词：数夕孤眠如度岁，将谓今生、会合终无计。正是断肠凝望际，云心捧得嫦娥至。玉困花柔羞揾泪。端丽妖娆，不与前时比。人去月斜疑梦寐，衣香犹在妆留臂。

前面的"传曰"乃是《会真记》的原文，后面"奉劳歌伴，再和前声"的鼓子词，便是所系的《蝶恋花》。大约一面用原文演述了故事之后，一面便将故事简约地歌唱一遍，就和现在北方流行的讲道情一样。这种鼓子词，在南宋就很流行，陆放翁诗的"斜阳古柳赵家庄，负鼓盲翁正作场。死后是非谁管得，满村听唱蔡中郎"即是指此而言。此词的作者赵令畤，字德麟，北宋元祐间人，为宋宗室，与苏东坡相友善，在当时也是位出名的词人。鼓子词之为用，只应歌唱而不协以跳舞。其歌舞相兼者，宋人称为"传踏"（《碧鸡漫志》称转踏，《梦梁录》又称缠达）。这种"传踏"，乃民间宴会之伎乐，是从宋代宫中天子大宴时所用的杂剧改变而来。杂剧共分男女两队，先是"教坊致语"，然后接着是"口号""勾合曲""勾小儿队""队名""问小儿队""小儿致语""勾杂剧""放小儿队"以及"勾女童队""队名""问女童队""女童致语"，一直到"勾杂剧""放女童队"，才算整个结束。至于传踏的演法，亦以歌者组成男女两队，男队叫"小儿队"，女队叫"女弟子队"；先由参军登场召集，叫作"勾队"；演时连歌带舞，叫作队舞；舞毕散班，叫作"放队"。

宋人曾慥所选《乐府雅词》，录有无名氏的《调笑集句》、郑仅的《调笑转踏》、晁无咎的《调笑》，在毛滂《东堂词》中有《调笑》八曲，都是以诗与曲相间而组合成之。先陈"入队"的致辞，然后是一首诗，再后是一首曲；以后皆是一诗、一曲相间，末了则以"放队"作结。兹举郑仅的《调笑转踏》如下：

入队：良辰易失，信四者之难并，佳客相逢，实一时之盛会。用陈妙曲，上佐清欢，女伴相将，调笑入队。

诗：石城女子名莫愁，家住石城西渡头。拾翠每寻芳草路，采莲暗过白蘋洲。五陵豪客青楼上，醉倒金壶待清唱。风高天阔白浪飞，急催艇子摇双桨。

曲：双桨，小舟荡，换取莫愁迎叠浪。五陵豪客青楼上，不道风高江广。千金难买倾城样，那听绕梁清唱。

放队：新词宛转递相传，振袖倾鬟风露前。月落乌啼云雨散，游人陌上拾花钿。

郑词共十二曲，是分别咏唱罗敷采桑、莫愁荡舟、文君听琴、刘晨天台等故事者。以上所录是第二曲。

"传踏"之外，宋人乐曲尚有"曲破""大曲""鼓吹曲""诸宫调""赚词"等。如《宋史·乐志》谓太宗洞晓音律，制"曲破"二十九。史浩《鄮峰真隐漫录》之《剑舞》亦即为"曲破"。至于"大曲"，如董颖咏西子事的《道宫·薄媚》、曾布咏冯燕事的《水调歌头》等，都是长篇的叙事歌曲。"传踏"是仅以一曲反复歌唱；"曲破"与"大曲"遍数虽多，然仍只限于一曲，而且皆以词牌作之，非若元人关马郑白之用套曲。较曲破、大曲更为进步合数曲而成一乐的，唯有鼓吹词；有时用三曲，有时用四曲，最多用到五曲；合曲之体例始见于此。若求之于通常乐曲中，合诸曲以成全体的，实始于诸宫调。因为诸宫调是合数调以咏一事，所以用曲已繁，渐与元曲相近。

诸宫调的出现，是在北宋之末。王灼《碧鸡漫志》卷二说道：

熙、丰、元祐间，兖州张山人，以诙谐独步京师，时出两解。泽州孔三传者，始创诸宫调古传，士大夫皆能诵之。

按：熙是熙宁，丰是元丰，皆系宋神宗的年号；元祐，为宋哲宗的年号。吴自牧《梦粱录》卷二十也说：

说唱诸宫调，昨汴京有孔三传，编成传奇灵怪，入曲说唱；今杭城有女流熊保保及后辈女童，皆效此说唱。

孟元老《东京梦华录》卷五又说：

纪崇观以来"瓦舍伎艺"有孔三传耍秀才诸宫调。

此外，耐得翁《都城纪胜》亦谓："诸宫调本京师孔三传编撰，传奇灵怪，入曲说唱。"照这样看来，诸宫调的创始者定是孔三传无疑。又周密《武林旧事》卷六所载诸色伎艺人，诸宫调传奇有高郎妇等四人，则南北宋均有之。

诸宫调虽创于北宋，其实在宋金的时候才大大流行；在石君宝的《诸宫调风月紫云亭》杂剧里有"我唱的是《三国志》先饶十大曲；俺娘便《五代史》添续《八阳经》"之语，又董解元《西厢记诸宫调》卷一的开头说：

俺平生情性好疏狂，疏狂的情性难拘束。一回家想么，诗魔多，爱选多情曲。比前贤乐府不中听，在诸宫调里却着数。一个个旖旎风流济楚，不比其余。（【太平赚】）

也不是崔韬逢雌虎，也不是郑子遇妖狐，也不是井底引银瓶，也不是双女夺夫。也不是离魂倩女，也不是谒浆崔护，也不是双渐豫章城，也不是柳毅传书。（【柘枝令】）

由此可见，诸宫调在那时很流行，但是现在所能考见者，只有董解元的《西厢记诸宫调》、无名氏的《刘知远诸宫调》和王伯成的《天宝遗事诸宫调》三种而已。除了《西厢记》外，后两种都是残本，这里便只说《西厢记》。

董解元，金章宗时人，生平别无可考。元钟嗣成《录鬼簿》卷上，把他的名字列在"前辈名公乐章传于世者"一节中，钟氏虽称他为解元，也只是当时书生的一般称呼，并不一定是科举上的"功名"。《西厢记诸宫调》，也称作《西厢弹词》，或《弦索西厢》，因为这原是配合弦索弹唱的东西。演唱的也是元稹的《会真记》，因为有说有白，便不像赵令畤的《蝶恋花》那么样单调。后来王实甫的《西厢记》，就是依据它作为粉本的。我们看元稹的《会真记》，只不过是那么简短的一篇传奇文，而到了董氏手里，竟能浩浩荡荡地展开为一部伟大的宏著。全书分作四卷（原本一定不分卷，这是后人所分），以莺莺与张生团圆作结，与《会真记》稍有出入，文辞是那样工丽，结构是那样严整，的

确是前无古人的著作。明胡应麟《少室山房笔丛》说:

《西厢记》虽出唐人《莺莺传》,实本金董解元。董曲今尚行世,精工巧丽,备极才情,而字字本色,言言古意,当是古今传奇鼻祖,金人一代文献,尽此矣。

现在引录张生与莺莺相别的一段如下:

〔夫人道:"教郎上路,日已晚矣。"莺啼哭又赋诗一首赠郎。诗曰:"弃置今何道,当时且自亲。还将旧来意,怜取眼前人。"〕

黄钟宫:最苦是离别,彼此心头难弃舍。莺莺哭得似痴呆,脸上啼痕多是血。有千种恩情何处说?夫人道:"天晚教郎疾去。"怎奈红娘心似铁,把莺莺扶上七香车,君瑞攀鞍空自撷,道得个冤家宁耐些。(【出队子】)

马儿登程,坐车儿归舍。马儿往西行,坐车儿往东拽,两口儿一步离得远如一步也。(【尾】)

仙吕调:美满生离,据鞍兀兀离肠痛,旧欢新宠,变作高唐梦。回首孤城,依约青山拥。西风送,戍楼寒重,初品《梅花弄》。(【点绛唇缠令】)

衰草凄凄一径通,丹枫索索满林红。平生踪迹无定着,如断蓬;听塞鸿哑哑的飞过暮云重。(【瑞莲儿】)

忆得枕鸳衾凤,今宵管半壁儿没用。触目凄凉千万种,见滴流流的红叶,淅零零的微雨,率刺刺的西风。(【风吹荷叶】)

驴鞭半袅,吟肩双耸。休问离愁轻重,向个马儿上,驼也驼不动。(【尾】)

〔离蒲西行三十里,日色晚矣,野景堪画。〕

仙吕调:落日平林噪晚鸦,风袖翩翩催瘦马。一经入天涯,荒凉古岸,衰草带霜滑。瞥见个孤林端入画,篱落萧疏带浅沙。一个老大伯捕鱼虾。横桥流水,茅舍映荻花。(【赏花时】)

驼腰的柳树上有鱼槎,一竿风旆茅檐上挂。澹烟潇洒,横锁着两三家。

〔生投宿于村落。〕

以上所引八曲，已用了三个不同的调子。全书体例，大都如此，最便于叙事。叶庆炳先生于《诸宫调在文学史上的地位》一文中曾说：

> 诸宫调的曲调以词为主，词之蜕变为南北曲，在诸宫调中留有极明显的痕迹。例如宋词都有前后两叠，至南北曲则几乎都把后叠减省，独用前叠。诸宫调大致还遵照词调，但已有少数调子把后叠减去，南北曲只用一叠之风，实以此为滥觞。再如词调字数固定，不能任意增加衬字。至北曲简直很少有不用衬字的曲文；南曲也有衬字，只是较少。这种风气，又是起于诸宫调。诸宫调所采用的词调，大多已加上衬字了。又在用韵方面，词不能四声通押，北曲四声通押的现象极普通，南曲也有这样的作法，只是入声还有时独用。这种四声通押之法，在诸宫调里又已大量采用了。总之，南北曲无论在曲调、结构或技巧上，在在都受有诸宫调的影响，只有北曲所受的影响较大，所以人们称诸宫调为北曲之祖，而把它和南曲的关系忽略了。（《大陆杂志》十卷七期）

叶氏此说，令我们对于诸宫调与南北曲的关系，有了一层更深刻的认识。

宋人乐曲不限用一曲者，除了诸宫调以外，又有所谓"赚词"，其产生较晚于诸宫调。它是取一宫调中若干不同的曲牌组织起来合成一整体。吴自牧《梦粱录》卷二十说：

> 绍兴年间，有张五牛大夫，因听动鼓板中有【太平令】或【赚鼓板】（即今拍板大节抑扬处也），遂撰为赚。赚者，误赚之义，正堪美中听，不觉已至尾声，是不宜为片序也。又有覆赚，其中变花前月下之情及铁骑之类。

把赚词的历史说得很详细。此外，在耐得翁的《都城纪胜》中也有同样的记载。但这种赚词，因传者很少，久为世人所不知。王国维于《事林广记》（日本翻元泰定本）戊集卷二中发现了名为"圆社市语"的一篇赚

词。最前面为"遏云要诀",说明唱赚的规例。其次为"遏云致语",是一首《鹧鸪天》词,说明全篇大意。然后才是正文,如云:

> 中吕宫:相逢闲暇时,有闲的打唤瞒儿,呵啰声嗽道赚斯,俺嗏欢喜,才下脚,须知美。试向伊家有甚夹气,又管甚官场侧背,算人间落花流水。(【紫苏丸】)

下面接着用有【缕缕金】【好女儿】【大夫娘】【好孩儿】【赚】【越恁好】【鹘打兔】等诸曲牌及尾声。备见于王国维《宋元戏曲考》中,这里不再多举。此词原载于《事林广记》中,但没有说明为何人所作;王氏断定为南渡后之作品。因为词前有"遏云要诀",遏云为南宋歌社之名,《武林旧事》卷三曾说:"二月八日为相州张王生辰,霍山行宫朝拜极盛,百戏竞集,如绯绿社(杂剧)、齐云社(蹴球)、遏云社(唱赚)。"吴自牧《梦粱录》卷十九"社会"条下也载有此事。我们再从此词的结构上看,则似北曲,但从所用曲名上看,则又似南曲。因为它全用一宫调之曲,颇与北曲套数相类,然其曲名如【缕缕金】【好孩儿】【越恁好】三曲则均在南曲【中吕宫】,【紫苏丸】则在南曲【仙吕宫】;北曲中并无此数调。【鹘打兔】南北曲皆有,只有【大夫娘】一曲,南北曲中皆无。由此看来,元人南北曲的形式及材料,早在宋金之际,即已具备。不过在元人手里,予以发扬光大罢了。

五、外来音乐的影响

关于散曲的起源,前面所说的,都是文学上新陈代谢的内在原因,其实在音乐上的关系也很大。王世贞的《曲藻》中说:"三百篇亡而后有骚、赋,骚、赋入乐而后有古乐府,古乐府不入俗而后以唐绝句为乐府,绝句少婉转而后有词,词不快北耳而后有北曲,北曲不谐南耳而后有南曲。"这是在本国如此。就另一方面讲,外乐的侵入,对于元曲的进展也有极大的影响。远当北宋末年,金人入主中原,接着又是蒙古族的南下,在这样一个局势的不断变动下,给予外族音乐大量输入中土的机会，那些播于管弦出于歌喉的词，受了外在环境的刺激，不得不变。所谓胡乐番曲，非但歌辞腔调迥然不同，即其所用乐器，也是两样，曾敏行《独醒杂志》卷五说：

先君尝言，宣和末客京师，街巷鄙人，多歌番曲名曰【异国朝】【四国朝】【蛮牌序】【蓬蓬花】等，其言至俚，一时士大夫亦皆可歌之。

所谓"其言至俚"者，因为所唱歌辞，都是翻译过来的外族语，当然尽量地求通俗，于是只能流行于街巷鄙人中。后来这种"其言至俚"的歌辞流传得广了，不知不觉中自然也会入于士大夫之口。在这种地方，正可看出因外乐的影响而促成歌辞渐渐转变的迹象。及至元代，蒙古人统治了整个中国，于是新的乐器、新的歌曲源源而来。当时的一些汉人，为风气所驱，自然也就放弃原有的雅丽的词，而仿效白话的、通俗的曲了。明骚隐居士《衡曲麈谭》说：

自金元入中，所用胡乐嘈杂缓急之间不能按，乃更制所词以媚之；作家如贯酸斋、马东篱辈，咸富于学，兼擅音律，擅一代之长……大江以北，渐染胡语。

王世贞《艺苑卮言》也有同样的记载。又徐文长《南词叙录》说：

今之北曲，盖辽金北鄙杀伐之音，壮伟狠戾，武夫马上之歌，流入中原，遂为民间之日用。宋词既不可被之管弦，南人亦遂尚此，上下风靡，浅俗可嗤。

根据以上所引，我们便可知道曲的兴起与外乐关系尤密。王骥德《曲律》卷四引《辍耕录》云：

元时北虏达达所用乐器，如筝、篥、琵琶、胡琴、浑不似之类；其所弹之曲，亦与汉人不同。

据陶九成《辍耕录》所载，他们惯用的曲有：

大曲：哈八儿图、口温、也葛倘兀、畏兀儿、闵古里、起土苦里、跋四土鲁海、舍舍弼、摇落四、蒙古摇落四、门弹摇落四、阿耶儿虎、桑哥儿苦不丁（江南谓之孔雀双手弹）、答剌（谓之白翎雀双手弹）、阿厮阑扯弼（回盏曲双手弹）、苦只把其（吕弦）。

小曲：哈儿火失哈赤（黑雀儿叫）、阿林捺（花红）、曲律买、者归、洞洞伯、牝畴兀儿、把担葛失、削浪沙、马哈、相公、仙鹤、阿丁水花。

回回曲：伉俚、马黑某当当、清泉当当。

从曲牌的名字可以知道，这些都是纯粹的外曲，旧有的词自不能与之合奏，调也不能适用，加以乐器特殊，音调节拍各异，在这种情况下，自然有制作新声新词的必要。于是一方面从旧有的词中求变化，翻新意，一方面接受外族音乐的感染，谱新声，创新调，而促成了曲的诞生。例如我们在元曲里面所常见的【者剌古】【呆骨朵】【鹘打兔】【胡十八】【也不啰】【忽都白】【阿纳忽】【阿忽今】【相公爱】【醉也摩挲】【倘兀歹】之类，都是在受了外来音乐之影响而兴起的曲调。

第三节 南北曲的分野

文学南北的不同，由来已久。我国幅员辽阔，长江黄河，界域其中；山川险阻，交通不便；尤其在往古，更易形成南北风气之隔阂。大概南方气候温暖，雨水调和，有江湖沼泽之美，鱼盐舟楫之利。所见者无非"渔笛""烟树""绿水""青山"，因而形之于诗，则多为"杨柳岸，晓风残月"（柳永《雨霖铃》）之类的丽词秀句。北方大漠苦寒，白雪没胫，每值秋高风紧，胡马骄嘶，猎火照耀，悲笳长鸣。所见者无非"黄沙""白草""穹庐""积雪"，因而形之于诗，则多为"天苍苍，野茫茫，风吹草低见牛羊"（斛律金《敕勒歌》）之类的雄爽气概。管子说："五方之民，其声之清浊高下，各象其川原泉壤，浅深广狭而生。"这确是事实。总括说来，南方文学的特色，音调和柔，意境绵远，文字清丽。北方文学的特色，音节高亢，意境雄浑，文笔浑朴。北方质胜于文，南方文胜于质，这是最显而易见的地方。

散曲通常也分为"南""北"两类。北曲流行于金、元及明初之际，多为中州的音调；南曲的起源较北曲为早，其流行却在元末明初，是大江以南的音调。朱有燉《诚斋乐府》云：

> 唐末宋初以来，歌曲则全以词体为主，今世则呼为南曲者是也。自金元以胡俗行中国，乃有女真体之作；又有董解元、关汉卿辈知音之士，体南曲而更以北腔，然后歌曲出自北方，中原盛行之，今呼为北曲者是也。若其吟咏情性，宣扬湮郁，和乐宾友与古之词又何异？（白鹤子《秋景五首》序）

盖当南宋时，金人南下牧马，侵入中原，在社会上流行的可唱的词，渐渐传布到北方，后来和"胡夷之曲"及北方的民歌俗谣相混合，便成为北曲的雏形。其后接着是蒙古族的崛起，胡语流行于中土，自然也脱不了他们那种金戈铁马的气概，对于南方音乐的欣赏，格格不入，因而南曲失去社会的注意。于是南曲浸衰，而北曲便成为元代最盛行的歌辞了。到了朱明，南方平民揭竿而起，把元人逐回漠北，定都南京后，南人的势力一旦恢复，南曲也因是南人的嗜好而重露头角。所以徐渭《南词叙录》说：

> 南戏始于宋光宗朝，永嘉人所作《赵贞女》《王魁》二种实首之。……或云宣和间已滥觞，其盛行则自南渡，号曰"永嘉杂剧"，又曰"鹘伶声嗽"，其曲则宋人词，而益以里巷歌谣不叶宫调，故士大夫罕有留意者。元初北方杂剧流入南徼，一时靡然向风，宋词遂绝，而南戏亦衰。顺帝朝，忽又亲南而疏北，作者猬兴，语多鄙下，不若北之有名人题咏也。永嘉高经历明避乱四明之栎社，乃作《琵琶记》，用雅丽之词以洗作者之陋，于是村坊小伎，进与古法部相参，卓乎不可及已……我高皇帝即位，闻其名，使使征之，则诚佯狂不出，高皇不复

强，亡何卒。时有以《琵琶记》进呈者，高皇笑曰："五经四书，布帛菽粟也，家家皆有。高明《琵琶记》如山珍海错，贵富家不可无。"既而曰："惜哉，以宫锦而制鞋也。"由是日令优人进演，寻患其不可入弦索，命教坊奉銮史忠计之，色长刘杲者，遂撰腔以献。南曲北调，可于筝笆被之，然终柔缓散戾，不若北之铿锵入耳也。

徐氏此说，与朱有燉之说略同，不过把南曲渊源说得更加明白。由于以上所述，我们便可得到以下的几点结论：

第一，曲之起源以南曲为最早，其曲则为宋人词而益以俚巷歌谣。

第二，南曲在元代，因其词不快北耳而后有北曲。

第三，北曲是元代文学的主流。

第四，南曲在明初复活，高明为其第一个作家。

第五，南曲在明初尚不甚流行，盖以其"柔缓散戾，不若北之铿锵入耳"。

以上既然把南北曲的源流讨论清楚了，然后我们接着再看南北曲究竟有什么不同。关于南北曲的分野，论者颇多，要而言之，北曲其声壮以厉，有剑拔弩张之势；南曲其声啴以缦，有偎香倚玉之怀。王世贞的《曲藻》中说：

北字多而调促，促处见筋；南字少而调缓，缓处见眼。北则辞情多而声情少，南则辞情少而声情多。北力在弦，南力在板。北宜和歌，南宜独奏。北气易粗，南气易弱。此吾论曲三昧也。

《南词叙录》的作者徐文长也说：

听北曲使人神气鹰扬，毛发洒淅，足以作人勇往之志，信胡人之善于鼓怒也。所谓其声噍杀以立怨是已。南曲则纡徐绵眇，流丽婉转，使人飘飘然丧其所守而不自觉，信南方之柔媚也。所谓亡国之音哀以思是已。

其次，在清初《魏伯子论文》中有比较南北异同的一段话，说得精湛绝伦，任中敏以为其为从来曲家所不曾道者。现在把它录出，作为本节之末：

> 南曲如抽丝，北曲如轮枪。南曲如南风，北曲如北风。南曲如酒，北曲如水。南曲如六朝，北曲如汉魏。南曲自然者如美人淡妆素服，文士羽扇纶巾；北曲自然者如老僧世情物价，老农晴雨桑麻。南曲情联，北曲势断。南曲圆滑，北曲劲涩。南曲柳颤花摇，北曲水落石出。南曲如珠落玉盘，北曲如金戈铁马。若贵坚重、贱轻浮、尚精紧、卑流荡、好干净、厌烦碎、爱老成、黜柔弱、取大方、弃鄙小、求蕴藉、忌粗率，则南北所同也。

南北曲的迥异其趣，于此可见。下面接着看南北曲在结构上有什么不同的地方。

第四节　散曲的形制

散曲又称清曲，是对剧曲而言；因为凡剧曲皆有科白，而散曲则无科白，所以称为"散"或"清"。散曲中，无论南曲或北曲，在结构上皆可分为两种形式，即小令与套数。所谓小令，体制较为短小，无论"单调""复调"都以首作单位而各个为韵。所谓散套，至少有二首同宫调的曲牌相连，无论长短，全套必要同叶一韵。至于燕南芝庵《唱论》谓"有尾声名套数"（见杨朝英《阳春白雪》）之说，则不甚确，因为我们平常所看到的元曲散套，已多无尾声；这种现象，胡曲尤夥。

我们知道，大凡一种新文学体裁的发展总是先简后繁，由不规则而趋于规则。诗如此，词如此，散曲亦然。明乎此，便可知散曲中最先产生的自然是小令。由小令而变为带过曲（又称复调或合调），再变而为套曲（又称长调或大令）。小令就是民间所流行的小调，经过文学的陶冶，便成为曲中的小令，又与词中的小令相似。前引《唱论》又说："街市小令，唱尖新情意。"其次明人王骥德《曲律》说："所谓小令，盖市井所唱小曲也。"他们的这种解释，不单说明了小令的来源，同时又说明了小令的通俗性。正如唐代的绝句，五代、北宋的小词一样，是一种活泼可爱的新诗体。如：

碧纱窗外静无人，跪在床前忘要亲。骂了个负心回转身。虽是我话儿嗔，一半儿推辞一半儿肯。（关汉卿《一半儿·题情》）

知荣知辱牢缄口，谁是谁非暗点头。诗书丛里且淹留；闲袖手，贫煞也风流。（白朴《喜春来·知几》）

西村日长人事少，一个新蝉噪。恰待葵花开，又早蜂儿闹；高枕上梦随蝶去了。（马致远《清江引·野兴》）

挨着靠着云窗同坐，偎着抱着月枕双歌；听着数着愁着怕着早四更过。四更过，情未足，情未足，夜如梭。天那！再闰一更妨什么？（贯云石《红绣鞋》）

我们看了这些小令的形式，描写的方法以及文辞上的通俗与逼真，比起唐宋的诗词来，自有它独立的生命与精神。所以《曲律》说："词之异于诗也，曲之异于词也，道迥不侔也。诗人而以诗为曲也，文人而以词为曲也，误矣。必不可言曲也。"自然是很中肯的话。这种小令，因为过于简短，不能发挥更多的意思，于是有所谓带过曲便应运而生，是把音律能够衔接的调子合在一起来用，如：

又不曾着生儿长，便这般割肚牵肠，唤奶奶酪子里赐赏，撮醋醋孩儿得弄璋。

断送他潇潇鞍马出咸阳，只因他重重恩爱在昭阳，引惹得纷纷戈戟闹渔阳。哎！三郎睡海棠，都只为一曲舞霓裳。（高敬臣《黄蔷薇带庆元贞》）

香罗带束春风瘦，金缕袖，玉搔头；生红色茶胭脂皱。柳让柔，莺避讴，花辞秀。

缓转星眸，细咽歌喉。晚云收，秋水涵，远山愁。香消自忧，粉淡谁羞。燕闲俦，鸳冷绣，凤空游。

没来由，尽淹留，春来春去几时休？锦瑟生疏弦上手，月明闲煞小红楼。（《骂玉郎带感皇恩采茶歌》）

前一首是由【黄蔷薇】与【庆元贞】两调合成，后一首是由【骂玉郎】【感皇恩】及【采茶歌】三调合成，因其前后音调衔接，所以诵读时浑然一体，毫无不自然之处。这种体裁，颇类似诗中的"排律"和词中的"引"。就文学演进的公例上看，这种由简趋繁的现象，是势所必然的。因为前面所说的那种小令，唯其太简短，字数过少，不容易包含较长的叙述和描写，于是便有了"复调"（带过曲）的出现。

由小令、复调再进一步而扩大了曲的形式与组织的是"套数"（又称套曲或大令）。这种套数，最便于描写或叙述繁复的内容，短者只有三四调，长者竟至有三十四调之多（如刘致《上高监司·正宫·端正好》套，详后），兹举石子章《仙吕·八声甘州》一套为例：

天涯羁旅，记断肠南陌，回首西楼。许多时节，冷落了酒令诗筹。腰围似沉不耐春，鬓发如潘那更秋。无语细沉吟，心绪悠悠。（【八声甘州】）

十年往事，也曾一梦到扬州。黄金买笑，红锦缠头。跨凤吹箫三岛客，抱琴携剑五陵游。风流，罗帏画烛，彩扇银钩。（【混江龙】）

为他迤逗，咱撋就，更两情厮爱，同病相忧。前时唧嗖，今番抹飏，急料子心肠天生透。追求，没实诚谁道不自由。（【六幺遍】）

外头花木瓜，里面铁豌豆。横琴弹彻凤凰声，两厌难上手。当先说尽海山盟，一星星不应口。（【元和令】）

洛阳花，宜城酒，那兑与狂朋怪友。水远山长憔悴也，满青衫两泪交流。唱道：事到如今，收了孛篮罢了斗。那些儿自羞，二年三岁，不承望空溜溜了会眼儿休。（【赚尾】）

上面的五个曲调，都属于仙吕，各调用韵相同，或用长套，或用短套，全凭作者对材料的处理为标准；很像诗中的"古体"及词中的"慢"。从上面的叙述看来，曲的演进如词一样是先简后繁的。由简短的小令以至慢长的套数，是一个很自然的过程。

小令与散套的发展情形既已明白，再进而说到它们的体段。根据任中敏的考订，小令与散套的体段，有如下的分别（见《散曲概论》卷一）：

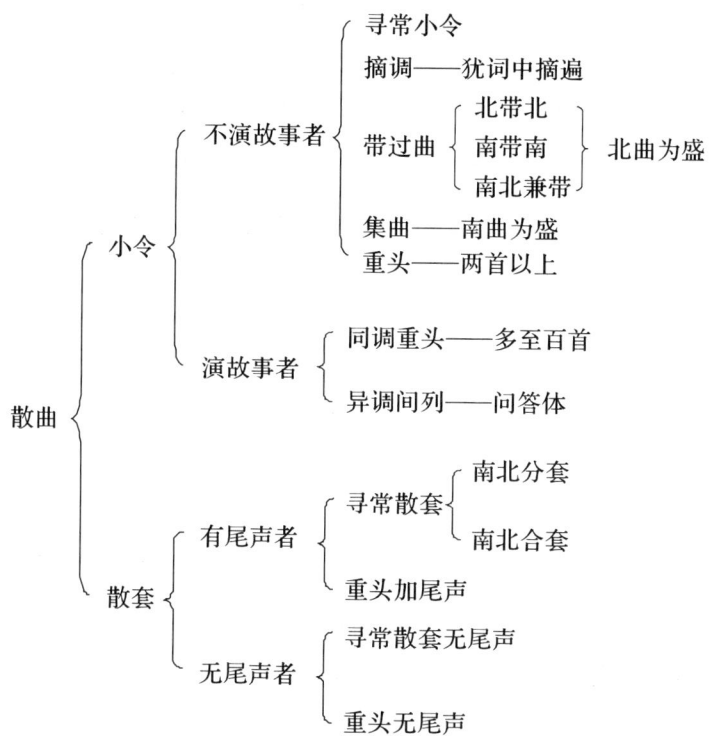

为了更加明白起见，兹把表中所列逐一加以说明。

一、寻常小令

寻常小令是就单调之曲而言，即相当于诗中之一首或词中之一阕，它在曲的体制中最为短小，且其作法，通阕只能用一韵，不能在中间换韵。

二、摘调

所谓摘调，是把套数中的一二精粹之调从全套内摘出，作为小令欣赏者。这种摘调，我们往往在寻常小令中，突然看到有用调奇特，并非一般小令所惯用，而在普通套曲中反极常见者即是。又如周德清的

《中原音韵》，在作词十法后，附有取作定格的词四十首（元明人常称曲为词），其中有《雁儿落带得胜令·咏指甲》一曲，周氏于题下注一"摘"字，可见系由套数中摘出者。另外在作词十法中第四法"用字"条曾说："套数中可摘为乐府者能几。"据此所谓摘调的办法，元人本来就有，只是不太盛行罢了。其实曲中所用摘调，词中早已有之；按词中大曲，多者有二十余遍，宋人为便于歌唱起见，即就大曲之若干遍中，摘取其声音美听且可单独传唱，起结无碍之一遍作为慢曲。如【泛清波摘遍】【熙州摘遍】等是。因之词中摘大曲之遍而为慢曲，犹如曲中摘套数而为小令；情势相当，意趣相类。

三、带过曲

带过曲一称合调，又称复调。"带过"二字，或连用，或任用其一，或用兼字，或称"兼带"。有北带过北者，有南带过南者，有南北兼带者。这种体式，初仅在北曲小令中有之，后来南曲内及南北合套中有时偶尔仿用。即是作者填一调毕，意犹未尽，于是再用一他调，而此两调之间，音律又能适相衔方可。假如两调仍嫌不足，可以再用一调。但到三调为止，不能再增，若想再增，只好就去作套曲了。这种带过曲，据任中敏《散曲概论》中所录有三十四调，但前人最习用的只不过五六调而已！即【正宫·脱布衫带小梁州】【南吕·骂玉郎带感皇恩】【采茶歌】【双调·水仙子带折桂令】【双调·雁儿落带得胜令】【双调·沽美酒带太平令】【双调·对玉环带清江引】是。至于像【后庭带青哥儿】【醉高歌带喜来】等，很少用到，所以不再烦录。

四、集曲

集曲在南曲里颇为流行，犹如词中的"犯"，其形式与北曲之带过曲相当，但内容实不相同，即带过曲是取整个之调连续而成，其名亦即用各调原名相连，但集曲则是取各调中的若干句配合而成新调。如【罗江怨】（一名【楚江情】），便是摘合了【香罗怨】【皂罗袍】【一江风】三调中各数句。又如在杨慎等人的《玲珑唱和》中所用的【七犯玲珑】调，也是在【香罗带】【梧叶儿】【水红花】【桂枝香】【皂罗袍】【排歌】【黄莺儿】七支曲中各取一句或数句而成。其次像梁辰鱼的《江东白苎》续下所载【九疑山】【巫山十二峰】等，乍视其名以为是单调，实则【九疑山】系由九调，【巫山十二峰】系由十二调中各取若干句掺杂而成。有时竟然在三十支不同的调中撷取句法，其名即为"三十腔"，且其取调有时并及尾声，或竟用尾声全部以为殿，真乃"非套非令"，元人体制至此已荡然无存。所以任中敏说："吾每谓曲中转变，至于昆腔之集曲，不能声文并茂，词乐兼谐，实为大憾。"

五、重头

重头者，即以头尾相同之调，一再重复使用而歌咏一件连续的或同类景色或故事。至少要有两首，渐加而至三首、四首，以至百首不等。例如元张可久以《卖花声》小令分咏春、夏、秋、冬四季景色，春叶欢桓韵、夏叶江阳韵、秋叶庚亭韵、冬叶支时韵。阕各一韵，亦阕各一咏，这是重头较简短者；其较长者，莫如明李开先的百阕《傍妆台》，干九思和之，各重至一百首（两种合刻名《南曲次韵》，有饮虹簃本）。每首叶韵，亦各不同，乃李氏归田后之作。

六、同调重头

上节所说的重头，如张可久的《卖花声》、李开先的百阕《傍妆台》，一个是写景，一个是咏怀，都不是推演故事。至于以同调重头而推演故事的，如《雍熙乐府》卷十九所载《摘翠百咏小春秋》，用《小桃红》一百首叙《西厢记》故事，从张生离洛阳叙起，直到崔张团圆，一同赴官为止，其中曲折离奇，真可作为一部小说看，兹摘录

数首为例:

> 清白相国重当朝,这妮子先不肖。泼贱奴才听他调,往来挑,谁知养下家生哨。把咱气倒,等他来到,粗棍打折腰。(五十九,《事闻夫人》)

> 若还你到母亲前,见责休埋怨。款里慢把良言劝,问根源,觑些喜怒承机变。望姐姐可怜,替说些方便,善为我辞焉。(六十,《红行嘱莺》)

> 叮咛行坐守闺房,谁料你将心放。夜静更深没拦当,小花娘,勾引小姐同胡创。有何勾当?因甚狂荡?实与我说行藏。(六十一,《夫人诘红》)

> 家翻宅乱闹啾啾,唬的我难开口。恼犯尊颜怎收救?没来由,自家揽得愁来受。雨点似棍抽,火急般追究,做媒的下场头。(六十二,《红娘受责》)

> 既然奶奶问根苗,只索从头道。当日寺中解危闹,那功劳,至今一向何曾报?俺姐姐意好,怕哥哥心恼,因此效鸾凤交。(六十三,《红答夫人》)

> 这场烦恼怎周折?老母寻枝节。暗箭连珠把人射,枉咨嗟,兢兢战战心娇怯。脸儿羞怎遮?怀儿愁怎卸?有甚话儿说?(六十四,《莺莺自念》)

> 尊前敢掉巧舌头,有事当穷究。看了张生那清秀,本风流,胸中志气冲牛斗。与姐姐既有,望奶奶将就,结末了莺燕俦。(六十五,《红劝夫人》)

> 养女从来气不长,恼得我魂飞荡。家丑不可外谈扬,这一场,吞声忍气难和他讲。沉吟了半晌,你说的言当,何必再商量。(六十六,《夫人允诺》)

通体以词记言,以题记事,故事穿插得有趣,情节描写得逼真,其格调颇称新奇。

七、异调间列

推演故事的小令，除了同调外，尚有异调间列。所谓异调间列，乃散曲小令之别体，这个名称前人并没有用过，始见于任中敏的《散曲概论》。这种体裁今能考见者，仅有《乐府群玉》卷二中所载王日华与朱凯合作的《题双渐小卿问答》。其体既重在问答，所以也可称为问答体。全词共有十六首小令，既无尾声，又不同韵，故不能称为套曲。其中共用了【庆东原】【天香引】【凤引雏】【凌波仙】四调，故亦不得谓为同调重头。其词诙谐有趣，曲尽人情，此处暂不多引，在第二章元人散曲第二节清丽派作家中当再论及。

八、寻常散套

套数又称大令或长调，它的组成一般有三种情形：第一，至少两首以上同宫调之曲牌相连（宫调虽异而管色相同者亦可互借入套）；第二，有尾声以示全套之乐已阕（有时无尾声亦可）；第三，不论长短，首尾须为一韵（此层最为紧要）。南套大多数分为"引子""过曲""尾声"三部分，北套至少须有一正曲及一尾声。

套曲之外，在元末时又有所谓"南北合套"出现于曲坛之上，与此相反者则为"南北分套"。元钟嗣成的《录鬼簿》云：

> 沈和，字和甫，杭州人，能词翰，善谈谑，天性风流，兼明音律，以南北调合腔，自和甫始，如【潇湘八景】【欢喜冤家】等曲，极为工巧。

> 范居中，字子正，冰壶其号也，杭州人……善操琴，能书法……有乐府及南北腔行于世。

这样看来，他们二人在元代于北曲之外是兼作南曲者，想必是取北曲的长处而变革南宋所遗留下的南曲的旧体，以创造南北合套的新调，因此它的出现，反在今知纯粹的南曲散套之前。任中敏曾论及它的起源说：

南北合套，由来甚早；有南曲未久之时，元人即创行之矣。盖北曲每套限一人唱，歌者久以为苦，南北声音，又各有所偏，宜相调和，二者融合成套，则各救其弊，得中和之美矣。此种在剧曲与散曲中，并行不废。至于"南北分套"，本无此名，只不过是相对于上面所说"南北合套"而言。

九、重头加尾声之套

重头加尾声者，是用一调重头以成套。这种办法，始见于南曲中。重头成套，本以不加尾声为原则，然而有的加尾声，完全是为了文意方面尚犹未尽，务必再缀上几句结束之语，其所重头之曲数，又须得为二、为四或为六，均要成双，方称合格。

十、寻常散套无尾声

普通作曲，在下列三种情形下，大多不用尾声：第一，所用曲调有特殊情形者不用尾声；第二，用带过曲作结者，亦可省去尾声；第三，所用之末调，可以代替尾声者，也不用尾。

十一、重头无尾声之套

沈璟《南曲谱》谓："一个牌名做二曲，或四曲、六曲、八曲，及两个牌名各止一二曲者，俱不用尾声。"这种用法，唯南曲中有之。但是有时用三牌或四牌，各作二曲、四曲不等以成一套者，亦可不用尾声。又两牌之重头，有相间以列者，唯其每牌不止一首，而为重头，故亦可无尾声。其式如【引】【白练序】【醉太平】【白练序】【醉太平】【白练序】【醉太平】。除【引】以外，两牌各重作三首，而相间以列，并无尾声，亦可成套。因此，套数之组成，既用一调或数调，则引子与尾声的有无，无须斤斤计较；不过没有声尾，看起来特别使人注意罢了。

第五节　散曲的特质

元代曲家，上承宋人作词之遗风，下因政治社会环境之压迫，于是一般英秀之士，以有用之才，一寓之乎声歌之末，以抒其拂郁感慨之怀，所谓不得其平则鸣，正是一切伟大文艺作品所以产生的根源。屈原不遭放逐之悲，绝不会写出那篇动人的《离骚》；司马迁不受腐刑之痛，也不会完成那伟大的《史记》。兹就元曲所具有的特质，大致分述为下列几点：

一、造句的新奇

词曲在形式上虽同为长短句，都是在不整齐中形成整齐的规律，所以能委曲婉转地表达出作者的情意；但若比较言之，在这长长短短进化的形式中，曲尤其极尽曲折变化之能事。在韵文中，一字、二字之句，三百篇而后，诗中绝无，词中除较冷僻之调与换头处所用者外，并不多见；但在曲中，造句字数参差错落，行文长短不定。自一二字以至数十字，全凭作者的匠心独运。如关汉卿《不伏老·南吕·一枝花》套数中【黄钟煞】调有这样的两句：

我却是：蒸不烂、煮不熟、捶不扁、炒不爆、响当当一粒铜豌豆。

谁教您子弟们钻入他，锄不断、砍不下、解不开、顿不脱、慢腾腾千层锦套头。

像这样长的句法，不但词中没有，诗中也绝无。曲中的句子为什么会如此长？简言之，即加用衬字之故。上两句大型的字是正字，为《曲谱》所有，是填词时不可少者，小型的便是衬字，为作者所自行加入者。如果少了那些衬字，读者便不知所云。虽然作《中原音韵》的周德清因为贯云石在《塞鸿秋》末句云"今日个病恹恹刚写下两个相思字"，以其用衬加倍而斥为刺眼，其实此曲之美，却完全得力于衬字的运用。又如马致远《汉宫秋》第二折【梁州第七】云：

> 体态是二十年挑剔就的温柔，姻缘是五百载该拨下的配偶，脸儿有一千般说不尽的风流。

上面几句是《汉宫秋》杂剧中描写王昭君的美貌动人，如果把那些衬字去掉，就会变为死气沉沉的文句；反言之，有了那些衬字，才能活泼清新，绘形绘影地模拟出王昭君的风韵来。所以衬字的运用，如得其当，非但对于音乐无损，而且更能增加语气神情。所以任中敏说：

> 衬字之办法，在词为偶见，在曲则为常有。于是本来双数字句，于必要时可以单之，本来单数字句，于必要时可以双之。要仍不失其本来之句法与音节，而行文之间，虚处既得转折贯串之施，实处又得提挈点醒之用，牌调谱式之限制，至是虽严而宜宽，拘束之中，旷然有伸缩回旋之余地，而作者乃有意无不达，而出语无不安。

其次是叠字的运用，在曲中更是层出不穷，其效用不亚于衬字。这种叠字，为大家所熟者，如元代无名氏《货郎旦》第四折中的六转，以及清代洪昇《长生殿》弹词中的六转，都是相当有名的作品。其次如朱佐朝《渔家乐·藏舟》中，所载渔女邬飞霞以父死孤零所唱的《山坡羊》前半云：

> 泪盈盈做了江干的花片，惨凄凄做了天边的孤雁，哭哀哀做了石砌中的乱蛩，虚飘飘做了陌上的杨花卷。

又前腔小生刘蒜所唱前半云：

> 战兢兢做了失巢的乳燕，孤另另做了风鸢的飞线，苦伶伶做了无父的孤儿，哭啼啼做了篱下的号更犬。

语语道出心中的至情，把一个逃难帝子的可怜情状，形容得淋漓尽致；因为有了叠字，更加增添了无限的离愁哀怨。又如张小山《天净沙·鲁卿庵中》云：

> 青苔古木萧萧，苍云秋水迢迢，红叶山斋小小，有谁会到？探梅人

过溪桥。

当然在曲中，加用叠字的作品数不胜数。如李调元《雨村曲话》中便录有好多，又梁廷枏《藤花亭曲话》卷四所录元曲叠字（三叠）凡二百十一则，足见叠字用法之普遍。另外有通首皆用叠字的，如乔梦符《天净沙》，几近于弄才逞巧的游戏之作，故不再论及。

二、声韵的自然

曲的叶韵，在中国文学史上是一大进步。因为在词中用平声韵则全调皆平，用仄声韵则全篇皆仄；若押平仄两韵，则必换韵。但在曲中，平、上、去三声可以互押。这在诗歌的写作上是一大进步，这样对于作者表达情意，有了更多回旋的余地。如丘士元《清江引》云：

夜阑梦回人静悄，不住地寒蛩叫。细雨洒芭蕉，铁马檐前闹，长吁气几声儿得到晓。

又如钱子云《清江引》云：

梦回昼长帘半卷，门掩荼蘼院。蛛丝挂柳棉，燕嘴粘花片，啼莺一声春去远。

读了上举二例，便可知道曲中的平、上、去三声互叶，一方面可以使作者有抒情写景的自由，不致因受韵脚的限制而损伤其创作的生命；另一方面又可使音调发生高低抑扬的变化，增加音节的美妙，适宜了自然的节奏，念起来顺口，听起来悦耳。

这字句的长短与音调的通押，便是元曲最大特色，同时也是元曲所以构成口语文学的主要原因。任中敏在《散曲概论》中曾说：

顾句法极尽长短变化之能一事，与韵脚平、上、去三声互叶一事，二者之于曲，果有何种利益与成效可言乎？曰：有之。盖如此方得接近语调而便用语料也。孔颖达《诗正义》谓风、雅、颂者，有一二字为句及至八九字为句者，所以和以人声而无不协也。足见人声实为长长短短之句，文章句法则极尽长短变化之能，自于人声无不协矣。人但知元曲之高，在不尚文言之藻彩，而重用白话，于方言俗语之中，多铸绘声绘影之新词，以形成其文章之妙，而不知果欲如此，必先有接近语调之曲调发生，然后调中方便于尽量采用语料。倘金元乐府仍旧为南宋慢词之长短句法，整而不化，凝而不疏，静而不动者，则虽铸就更多语料之新词在，亦格格不得入也。……凡百韵语中，一经平、上、去互叶，读之便觉低昂婉转，十分曲合语吻，亦即十分曲达语情；此亦为他种长短句所不可及，而独让之与金元之曲者。而且曲中，亦非如此不足以逼真口气，成所谓代言之制，更非如此，不能于一切语料作活泼之运用也。此诚吾国韵文方法上之一大进展，曲家诚不可以不谨守之矣。

最后还得一提的是，虽然曲中押韵，平、上、去三声可以互叶，但有时曲调中之用韵，反较他种长短句为密。除了平仄之外，又有阴阳清浊之分；这些最严密的格律，纵未必是起于金元之际的曲子的初期，可是曲中通首同韵，绝无换韵之例，并且通体每句押韵者，亦时有所见。沈德符《顾曲杂言》云：

  元人周德清评西厢云：六字中三用韵，如玉宇无尘内"忽听一声猛惊"。……然此类凡元人皆能之，不独西厢为然。如春景时曲云："柳绵满天舞旋。"冬景云："醉烘玉容微红。"私情时曲云："玉娘粉妆生香。"……俱六字三韵，稳贴圆美，他尚未易枚举。

在这些地方，我们便可看出元曲的用韵，却又非常精密。盖完全是为了配合音律之故，并非全部如此，所以只能在此附带说明。

三、文字的通俗

  我们都知道，元曲是产生在民间的口语文学，加以大量使用衬字和平仄声的互叶，所以更显得活泼自然。王国维曾论元曲道："元曲之佳处何在？一言以蔽之，曰：自然而已矣。古今之大文学家，无不以自然胜，而莫著于元曲。"我们看宋方壶的《清江引·咏情》：

  剔秃圞一轮天外月，拜了低低说：是必常团圆，休着些儿缺。愿天下有情的都似你者。

此与王实甫《西厢记》中"愿天下有情的都成了眷属",是一样的有博爱精神。如赵天锡《金山寺》云:

> 长江浩浩西来,水面云山,山上楼台,山水相辉,楼台相对,天与安排。诗句就云山生色,酒杯宽天地忘怀。醉眼睁开,遥望蓬莱。一半云遮,一半烟埋。(《蟾宫曲》)

写得浩浩荡荡,一气呵成,犹如说话一般,然而却有它的规律在。只要是粗通文学的人,谁都能谈,谁都能懂,绝没有艰深晦涩的毛病。次如在张梦征等《青楼韵语》卷四中所载《红绣鞋》云:

> 手腕儿白似鹅翅,指头儿嫩似葱枝。玉台盘捧定水晶卮;话儿甜尽哄劝,意儿勤怎推辞,把一个贾长沙险醉死。

这是写美人劝酒的神态,真是活灵活现;既不用典,又不雕琢,全凭白描的功夫,钩出内心的情绪,读来清新自然,明白晓畅。再如无名氏《红绣鞋》云:

> 背地里些儿欢爱,对人前怎敢明白。狠性情的夫人又早撞将来。拦着粉颈落香腮,终吃取他几下红绣鞋。

传情写态,刻画入微,读之,足令人捧腹三日。又如施子野情词套曲以《驻云飞》写闺情云:

> 短命冤家,道是思他又恨他。甜话将人挂,谎倒天来大。嗏!道是不归来,索须干罢。若是归来,休道寻常骂;须扯定冤家下实打。

最后"下实打"三字,看了令人发噱,真是"不免有些搽旦身份"。若在诗词中是断不能如此放纵的,但在曲中,却更显得出活泼的情趣来。换句话说,这也就是曲的特有风格;若以文语出之,便不能有如此的真刻。杨恩寿《词余丛话》云:

> 或问:曲本中多用"哎哟""哎也""哎呀""咳呀""咳也""咳咽"诸字,同乎?异乎?曰:字异而义略同,字同而呼之有轻重疾徐,则义各异。凡重呼之为厌辞,为恶辞,为不然之辞。轻呼之为

幸辞，为娇羞之辞。疾呼之为惜辞，为惊讶之辞。徐呼之为怯辞，为悲痛辞，为不能自支之辞。以此类推，神理毕见。

即此一端，便可知道曲的通俗性，是如何的浓厚，同时也十足地表现出口语文学的真精神。

四、描写的逼真

古今文艺作品的内容，不外是内在感情的抒发与外在生活的描写。前者以男女间的爱情、骨肉友谊间的悲欢离合为主；后者以社会的生活状况及政治的变迁为主。中国文学数千年来因受着礼教的束缚，诗人们都本着"怨而不怒，哀而不伤"的原则去写诗，无论如何，总是以"含蓄蕴藉"为高。楚辞、汉赋、唐诗、宋词，虽然都具有丰富的时代精神，而对于一个"情"字，却都未曾有过深湛的描写、逼真的刻画，以及尽情的抒发与流露；但在曲中，却完全打破了这种桎梏，脱出了这个藩篱，把男女间相悦的情爱，坦白地、大胆地、赤裸裸地表现了出来，这是它的最大成功处。就拿董、王的《西厢记》来说，便是一个绝好的代表，它那种柔情如绘的佳词艳语，写尽了人间的儿女痴情。兹拿关汉卿《双调·新水令》一套为例：

楚台云雨会巫峡，赴昨宵约来的佳话。楼台栖燕子，庭院已闻雅。料想他家，收针指，晚妆罢。（【新水令】）

款将花径踏，独立在纱窗下；颤钦钦把不定心头怕。不敢将小名儿呼咱，只索等候他。（【乔牌儿】）

怕别人瞧见咱，掩映在酴醿架。等多时不见来，只索独立在花阴下。（【雁儿落】）

等候多时不见他，这的是约下佳期话。莫不是贪睡人儿忘了那：伏冢在蓝桥下。意懊恼恰待将他骂，听得呀的门开，蓦见如花。（【挂搭钩】）

髻挽乌云，蝉鬓堆雅。粉腻酥胸，脸衬红霞。袅娜腰肢更喜恰，堪

讲堪夸。比月里嫦娥，媚媚孜孜，那更撑达。(【豆叶黄】)

我这里觅他唤他，哎！女孩儿，果然道色胆天来大。怀儿里搂抱着俏冤家，搵香腮悄语低低话。(【七弟兄】)

两情浓，兴转佳。地权为床榻，月高烧银蜡。夜深沉，人静悄，低低的问如花，终是个女儿家。(【梅花酒】)

好风吹绽牡丹花，半合儿揉损绛裙纱。冷丁丁舌尖上送香茶，都不到半霎，森森一向遍身麻。(【收江南】)

整乌云欲把金莲屦，纽回身再说些儿话。你明夜个要早些儿来，我等听着纱窗外芭蕉叶儿上打。(【尾】)

读了这一套曲，觉得风流艳冶之至；只有在曲中，才能有这样坦白直率的作品。不像那些白话诗、白话词，只是一些浅近的文言。在这些曲子里，真是以纯粹的口语文学，和着自然的音节而组成的一种新诗。用白描写实的手法，用大胆而又深刻的笔力，写出幽会男女的心理动作，以及各种情态，得到了最活跃、最成功的表现，可算是绘声绘影、曲尽其妙了。尤其在明代沈青门以后，把它的范围更加扩大，材料也更加丰富。类似的例子很多，不再多举。曲中写情如此，写景亦然，如张可久的《小桃红·寄鉴湖诸友》云：

一城秋雨豆花凉，闲倚平山望，不似年时鉴湖上。锦云香，采莲人语荷花荡。西风雁行，清溪渔唱，吹恨入沧浪。

此情此景，真是令人向往！再看王爱山的《小桃红·消遣》：

一溪流水水流云，雨霁山光润，野鸟山花破愁闷。乐闲身，拖条藤杖家家问。谁家有酒，见青帘高挂，高挂在杨柳岸杏花村。

另外，吴西逸的《天净沙》，也是非常动人的作品，如：

长江万里归帆，西风几度阳关。依旧红尘满眼，夕阳新雁，此情时拍阑干。

就这样短短的几句，写得委曲婉转，趣味无穷，把一个他乡游子的归家心情，用周围的景色烘托出来，读之令人神伤！

五、取材的丰富

凡是在诗或词中，其表现方式，无论是叙事也好，言情也好，总是离不了象征的手法以达到含蓄隐藏的境地。然而曲子则恰恰与此相反。它是采取直说白描的写实手法，不以弦外之音为贵，而以情意无余为妙，往往是毫无保留地把所要说的话全部倾吐出来。在文字上，诗词离不了雅正庄重的条规，而曲子则以题材为准；如题材是雅的，文字也就雅，题材是俗的，文字也就俗，雅俗各有其分寸。所以王伯良说："咏物要开口便见是何物。"也正是这个意思。写山水时，显得非常秀丽；写隐居时，显得非常闲适。写倡夫妓女是一种语调，写公子小姐，又是一种语调，总以绘声绘影，能曲合于某一种题材为能事。因此它能庄能谐，能俳优滑稽，能嘲笑戏谑，甚至可以作性欲最大胆的描写，可以作各种人物口调的传声。兹举例言之：

玉箫声断凤凰楼，憔悴人别后。留得啼痕满罗袖，去来休，楼前风景浑依旧。当初只恨，无情烟柳，不解系行舟。（杨西庵《小桃红》）

又如：

老夫人宽洪海量，去筵席留下梅香。不甫能今朝恰停当。款款的分开罗帐，慢慢的脱了衣裳。呸！却原来纸条儿封了裤当。（无名氏《红绣鞋》）

我们读了上举二例，前一首是多么的雅丽与清俊，后一首又是多么的浅俗与秽亵，真不禁令人哑然掩口。唯其如此，曲所能描写的范围，也较词为广泛；描写的程度，也较词为逼真。任中敏在《曲谐》卷一中说：

元人作曲，完全以嬉笑怒骂出之，盖纯以文字供游戏也。惟其为游戏，故选题措语，无往不可，绝无从来文人一切顾忌。宏大可也，琐屑亦可也。渊雅可也，猥鄙亦可也。故咏物如"佳人黑痣""秃指甲"等，皆是好题目，了不觉其纤小。所描写者，下至佣走粗愚、倡优淫烂，皆所弗禁，而设想污秽之处，有时绝非寻常意念所能及者。

明乎此，方可与之谈元曲矣。有人认为曲的缺点是造语幼稚，这是不懂得欣赏曲的外行话，因为那些作者，既非高才硕学的知名之士，不过以兴之所至，以抒发其心中情感，因而愿望的卑陋、意境的幼稚，以及文学的俚俗，他们是不必顾及的。这便是曲的特有风格，其所以能与唐诗、宋词并称者，也就是它能代表那一时代的精神。

第二章　元人散曲

元代散曲作家，据近人搜讨的结果，约有二百二十七人之谱，但实际或许较这个数目更多。关于他们作品的研究，由其技巧与精神的发展看来，我们可以分为前后两期：

一、从金末到元成宗大德年间（约1234—1300）的六十余年，相当于钟嗣成《录鬼簿》上所说的"前辈名公"的时代。

二、从大德到元末（1300—1367）的六十余年，即相当于《录鬼簿》作者钟嗣成的时代。

在这两期中，前期的作品以豪放为主，清丽为辅，大半是充分地表现着曲中特有的那种民众文学的通俗性和白话语气，通俗明畅，具有深刻的社会内容，同时把北方文学中所表现的直率的精神与质朴自然的美丽，也都通通显示无余。后期的作品则以清丽为主，豪放为辅。因为自宋以后，由于南北文学的合流，以及技巧上渐次的演进，于是离开了民众文学的通俗性，在修辞和表现方法上，吸取了南方文学讲究工整而又含蓄琢炼的手法，遂步入骚雅典丽一途。至此，在文字的技巧上，或者可说是进步的，但在前期作品中特有的那种高远的意境、清新的言语、活跃的生命已不复存在了。他们只是抒发些个人的闲愁和牢骚，或写一点风流韵事，把散曲变成了游戏消遣的工具，专重形式和格律的追求，这是文学艺术演变的一定过程，也是无可奈何的事情。

第一节　元代前期的散曲

散曲最初的作家，可依照他们作风的不同，分为清丽与豪放两派。

一、前期的清丽派

在这一派中，纯为隽美的文字，描写男女之情者居多，有时时露诙谐的风趣。重要作家有关汉卿、王和卿、王实甫、杜善夫、商挺、杨果、姚燧、刘秉忠、胡祗遹、元好问、白朴等人。其中当以剧曲家关汉卿为首。

关汉卿　号已斋叟，大都（一说祁州，即今河北安国市）人。前人都说他曾做过金代的太医院尹，国亡不仕，这都是不甚可靠的话。而且有人还以为院尹乃院户之误。所谓的院户，只是他的户籍身份而非官名，此说颇合情理。胡适之先生在他的《关汉卿不是金遗民》和《再谈关汉卿的年代》两篇文章中，以关作《大德歌》十首（大德为元成宗年号，1297—1307）为根据，证明他死当在1307年左右，生年当在1220年至1230年左右。金亡时他才只有十三四岁。同时关的《南吕·一枝花》，题为《杭州景》的套曲里，开口就唱着"大元朝新附国，亡宋家旧华夷"，这绝不是金代遗老的口气；并且把杭州写得是"满城的绣幕风帘，一哄地人烟凑集，百十里街衢整齐，万余家楼参差"，这也不是杭州新破的情形。可知他的南游杭州，总在1280年以后了。胡氏此说，似较近情理，试把汉卿的杂剧与散曲全读一遍，多是些留恋烟花巷、纵情歌舞场的颓废文人的气息，绝没有遗民的国家和保性全真的退隐的心境。他好谈鬼怪,著有《鬼董》一书,所载都为宋人事,极谐谑可喜。《析津志》说他"生而倜傥,博学能文,滑稽多智,蕴藉风流,为一时之冠",大概不错。他是元代的歌剧大家,其剧曲有目可考者约六十三种之多,即现存者,也尚有十六种(据日本青木正儿《元人杂剧序说》第七章)。其散曲,大部分保存在杨朝英的《阳春白雪》和《太平乐府》中,有小令四十余首。所作虽不多,但在第一期的散曲史上,却有重要的地位。其作风也与剧曲颇异,因为他的剧曲以雄奇排奡见长,极汪洋恣肆感慨苍凉之至;但他的散曲,却以婉丽见长,然有时亦非常的豪辣灏烂,最能表现曲的本色与精神。如《大德歌》云:

　　俏冤家,在天涯,偏那里绿杨堪系马。困坐南窗下,教对清风想念他。蛾眉淡了教谁画?瘦岩岩羞戴石榴花。

又如《四块玉·别情》云:

　　自送别,心难舍,一点相思几时绝?凭栏袖拂杨花雪。溪又斜,山又遮,人去也。

这的确是最优美的小令,词句尖新,音调和美。他用最通俗的言语,写出最活动的情意,一面显露着曲的本色,而同时又充满着美丽的诗情。我们再看他的两首《沉醉东风·别情》:

　　咫尺的天南地北,霎时间月缺花飞。手执着饯行杯,眼阁着别离泪。刚道得声保重将息,痛煞煞教人舍不得。好去者望前程万里。

　　忧则忧鸾孤凤单,愁则愁月缺花残。为则为俏冤家,害则害谁曾惯。瘦则瘦不似今番,恨则恨孤帏绣衾寒,怕则怕黄昏到晚。

　　像这样的曲,在女人的情态与心理描写上,尤为深刻,可算是最天真的情歌。前者,叙述闺情的别怨,后者说明别后的凄凉,情真而景亦真,不愧是大家手笔。宋人柳永《雨霖铃》的"执手相看泪眼,竟无语凝咽",再不能专美于前了。汉卿的言情类的作品,无论小令散套,都如隽美晶莹的珠玉,读了令人把玩不忍释手。像"天付两风流,翻成南北悠悠。落花流水人何处?相思一点,离愁几许,撮上心头"(《青杏子·离情》），又如"春闺院字，柳絮飘香雪，帘幕轻寒雨乍歇。东风落花迷粉蝶，芍药初开，海棠才谢"（《侍香金童》）。这些都是可称为婉丽的例子。汉卿是一个"离了名利场，钻入安乐窝"而了却一生的人，所以生活得浪漫，常时与优伶妓女们厮混在一起，弹琴唱曲，跳舞吟诗，真是一个风流浪子的典型。他自己在《不伏老·南吕·一枝花》套数中说：

> 我却是：蒸不烂、煮不熟、捶不扁、炒不爆、响当当一粒铜豌豆。
>
> 谁教您子弟们钻入他，锄不断、砍不下、解不开、顿不脱、慢腾腾千层锦套头。
>
> 我玩的是梁园月，饮的是东京酒。赏的是洛阳花，扳的是章台柳。
>
> 我也会吟诗，会篆籀，会弹丝，会品竹。
>
> 我也会唱鹧鸪，舞垂手，会打围，会蹴鞠，会围棋，会双陆。
>
> 你便是落了我牙，歪了我口，瘸了我腰，折了我手。
>
> 天与我这几般儿歹症候，尚兀自不肯休。只除是阎王亲令唤，神鬼自来勾；三魂归地府，七魄丧冥幽。那其间才不向这烟花路儿上走。

此曲写来，何等痛快淋漓，可谓是关汉卿的自白书。明人曲家有此魄力者，当以施子野《花影集》中之《春游述怀·叨叨令》一曲最为当行（见后）。他的浪漫生活，比起温庭筠、柳永来，真有过之而无不及。因为他在烟花场中混得那么久，对于那一个圈子中男男女女的生活性格以及言语动态，都体会得格外真切，因此，其作品在这方面表现得最为成功。《太和正音谱》谓："关汉卿之词，如琼筵醉客。"这倒是事实。汉卿尚有两首写闲适的《四块玉》，其作风在清丽中带有豪放之气，不妨附录在后，以见一个大作家的作品，往往是多方面的，很难把他硬性地划分为某家某派：

> 旧酒没，新醅泼。老瓦盆边笑呵呵。共山僧野叟闲吟和。他出一对鸡，我出一个鹅，闲快活。
>
> 南亩耕，东山卧。世态人情经历多。闲将往事思量过。贤的是他，

愚的是我，争甚么。

这可能是关氏饱经世故后的肺腑之言，故能安于现状而陶醉在大自然的怀抱中了。

关的夫人亦工吟咏，关因悦一媵婢，欲纳之，便作一小令送给她说："鬓鸦，脸霞，屈杀了将陪嫁。规模全是大人家，不在红娘下。巧笑迎人，文谈回话，真如解语花。若咱，得他，倒了葡萄架。"夫人答以诗云："闻君偷看美人图，不似关王大丈夫。金屋若将阿娇贮，为君唱彻醋葫芦。"关见了，只有太息而已。据谭正璧在《元代戏剧家关汉卿》一书中说，汉卿的《碧玉箫》，写的可能就是他和那位媵婢的关系，如云：

席上尊前，衾枕奈无缘。柳底花边，诗曲已多年。向人前、未敢言。自心中、祷告天。情意坚，每天空相见。天，甚时节、成姻眷？

同时谭氏还解释道："如果是事实，这一支散曲，恰是很曲折地道出了他热恋情人而又不能成功的焦灼心情。然而也可能因此之故，使他离开了家庭，走入了浩瀚的人海，同妓女优伶们在一起，过着风流浪漫的艺术生活，使他由此获得丰裕而多样的生活体验，写出了他丰富多彩的戏剧作品，成为一个中国历史上少有的伟大作家。"这段话虽然说得合情合理，但我们只能姑备一说，谭氏自己也承认是一种猜测，当然还需要可靠的材料来证实的。

王　鼎　字和卿，也是大都人，《录鬼簿》称他为"学士"，与关汉卿为好友。他最善于滑稽佻达，是一个惯开玩笑的老手。他常以讥谑之语加之汉卿，汉卿虽极意还答，终不能胜。后和卿忽坐逝，而鼻垂双涕尺余，人皆叹骇。汉卿来吊唁，询其由，或曰："此释家所谓坐化也。"复问："鼻悬何物？"又对曰："此玉筋也。"汉卿曰："是嗓耳，何玉筋为？"咸发一笑。或戏汉卿曰："若被王和卿轻侮半世，死后方得还他一筹。"盖凡六畜劳伤，则鼻中常流脓水谓之嗓；又爱讦人之过者,亦谓之嗓,故云尔(见《录鬼簿》,参《辍耕录》《鬼董跋》《尧山堂外纪》)。唯其如此,所以他的散曲多半是咏"大鱼"、"绿毛龟"、"长毛小狗"、"王大姐浴房内吃打"、"胖夫妻"(皆《拨不断》)、"咏秃"(《天净沙》)之类的作品,散见于《阳春白雪》及《雍熙乐府》中。如《叨叨令·咏疟疾》云:"冷来时冷的在冰凌上卧,热来时热的在蒸笼里坐。"这种俳优嘲弄之词,已开明陈全的先路(陈亦有《叨叨令·咏疟疾》)。卢冀野《论曲绝句》谓"从此俳优风气盛,时寒时暖到陈郎",即指此而言。我们先看他的《拨不断·咏大鱼》:

胜神鳌,夯风涛,脊梁背上轻负着蓬莱岛。万里夕阳锦背高,翻身犹恨东洋小。太公怎钓?

读此曲,我们不禁联想到庄子《逍遥游》中"北冥有鱼,其名为鲲,鲲之大,不知其几千里也;化而为鸟,其名为鹏,鹏之背,不知其几千里也;怒而飞,其翼若垂天之云……水击三千里,抟扶摇而上者九万里"一段话来。同时又可想到《外物篇》里的那位任公子,他为了钓个大鱼,先用粗黑绳子做成大钓钩,再以五十头阉牛做钓饵,然后蹲在会稽山上,把竿投到东海,天天坐到那里,整年都没有钓到鱼,忽而有一条大鱼来吞饵,牵动大钩沉下水去,翻腾而奋鳍,白波涌起,高如大山,海水动荡,声如鬼神,震惊千里。和卿的曲,大概是受了庄子的影响吧!又如他的《胖夫妻》云:

一个胖双郎,就了个胖苏娘。两口儿都是熊模样,成就了风流喘豫章。绣纬中一对鸳鸯象,交肚皮厮撞。

像这样滑稽梯突之作,正适合于他那种疏狂的个性。至于比较典雅的,便只有题情的《一半儿》:

鸦翎般水鬓似刀裁,小颗颗芙蓉花额儿窄,待不梳妆怕娘左猜。不免插金钗,一半儿鬅松一半儿歪。

和卿以咏蝴蝶出名,相传中统初,燕市有一蝴蝶,其大异常,和卿赋《醉中天·小令》云：

> 弹破庄周梦，两翅驾东风，三百座名园一采一个空。难道是风流孽种，唬杀寻芳的蜜蜂。轻轻飞动，把卖花人扇过桥东。

此曲结语，极缥缈之至，大概是从宋人谢无逸咏蝶诗的"江天日晚风细细，相逐卖花人过桥"句变化而来。王伯良谓："咏物要开口便见是何物，以后如灯镜传影，令人仿佛了然目中，却捉摸不得，方是妙手。"看他只起一句，便知是大蝴蝶，以下势如破竹，没有一句不是俊语。梁伯龙也有《咏蝶》套曲云："画桥风细也，卖花回，乱逐余香过水西。"（《梁州序》句）词弱调卑，分明是南词韵致，而没有和卿那种雄大的气魄。陶九成的《辍耕录》说："（元）中统初，燕市有一大蝴蝶，其大异常，王赋《醉中天》云云……由是名益著。"足见他才思的敏捷与运笔的灵活了。

王实甫 名德信，大都人。其生平不详，年代似较关汉卿稍晚，约生于1240年。沈宠绥的《度曲须知》，在"词学先贤姓氏"条下，谓实甫为元进士，不知何据。他的杂剧凡十四种，今全存者有《四丞相歌舞丽春堂》《崔莺莺待月西厢记》《吕蒙正风雪破窑记》三种。仅存一套者有《韩彩云丝竹芙蓉亭》及《苏小卿月夜贩茶船》两种。宁献王《太和正音谱》评之为"花间美人"。又云："铺叙委婉，深得骚人之趣；极有佳句，若玉环之出浴华清，绿珠之采莲洛浦。"这虽然是些很空泛的赞语，但其作风的绵密婉丽，不言而喻了。像《十二月带尧民歌·别情》有云："怕黄昏不觉又黄昏，不消魂怎地不消魂。新啼痕压旧啼痕，断肠人忆断肠人。"这是多么的旖旎，多么的清丽。兹再举《山坡羊·春睡》一阕：

> 云松螺髻，香温鸳被，掩香闺一觉伤春睡。柳花飞，小琼姬，一片声雪下呈祥瑞；把团圆梦儿生唤起。谁？不做美，呸！却是你！

写得真情自然，写少女春睡，因柳花乱飞而好梦被人惊起；结句栩栩欲活,连当时的声音笑貌也跃然纸上,恰是西厢的同调。有人疑惑王实甫与王和卿为一人(明胡元瑞《少室山房笔丛》),这实在是一种粗莽的判断。我们看和卿之作,多是以半开玩笑的口吻出之,与《西厢记》的著者,写风流而旖旎文字的王实甫绝非一人了。

杜仁杰 字仲梁,号止轩,又号善夫,济南长清(今山东济南市长清区)人。《元诗纪事》卷三、《长清县志》卷十一"人物志"中,都有关于他的记载。初元世祖闻其名,召为翰林承旨。不仕,隐居灵严五峰间以终。武宗时,以子杜之素贵(任福建闽海道廉访使)赠官,谥文穆。他是一位散曲家,同时也是个有名的诗人。元好问曾评之道:

> 麻信之、杜仲梁、张仲经,正大中同隐内乡山中,以作诗为业。予尝窃评之,仲梁诗如偏将军,将突骑,利在速战,屈于持久。故不大胜则大败。(《元遗山集》)

观此,可知他的诗才,贵在出奇。蒋子正《山房随笔》载有当时掌兵官远戍于外,其妻宴客,笙歌终夕,善夫以诗讥之云:

> 高烧银烛照云鬟,沸耳笙歌彻夜阑。不念征西人万里,玉关霜重铁衣寒。

这是多么老辣的手笔。他的性情也很古怪,元好问的《癸巳岁寄中书耶律公书》举荐他和王贲、商挺、杨果、麻革等数十人,都是"南中大夫士归河朔者",他却表谢不赴,中有二联云:

> 俾献言于乞言之际,敢尽其忠;若求仕于致仕之年,恐无此理。不能为白居易,漫法香山居士之名;惟愿学陆龟蒙,拜赐江湖散人之号。

这又是多么旷达的个性!他的散曲传者不多,其中有《庄家不识勾栏》一套,以最通俗的口语写乡下佬第一次入城看戏的情形,极富风趣,可作为研讨元代剧场的重要参考资料。如云:

> 风调雨顺民安乐,都不是俺庄家快活。桑蚕五谷十分收,官司无甚差科。当村许下还心愿,来到城中买些纸火。正打街头过,见吊个花碌

碌纸榜,不似那答儿闹穰穰人多。(【耍孩儿】)

见一个人手撑着椽做的门,高声的叫:"请!请!"道:"迟来的满了无处停坐。"说道:"前截儿院本调风月,背后么末敷演刘耍和。"高声叫:"赶散易得,难得的妆哈。"(【耍孩儿·六煞】)

又如:

要了二百钱放过,咱入的门上个木坡,见层层叠叠团团坐。抬头觑见个钟楼模样,往下觑却是人旋窝,见几个妇女面台儿上坐。又不是迎神赛社,不住的擂鼓筛锣。(【五煞】)

以下再描写剧场上的人物"一个女孩儿转了几遭,不多时引出一火(火即伙,一群的意思)。中间里一个央人货,裹着枚皂头巾,顶门上插一管笔,满脸石灰、更着些黑道儿抹","唇天口地无高下,巧语花言记许多","一个妆做张太公,他改做小二哥。行行行说自城中过","一个太公心下实焦懆,把一个皮棒槌则一下打做两半个。我则道兴池告状,划地大笑呵呵"。这位少见多怪的庄稼汉,看了大半天,最后"则被一胞尿,爆的我没奈何,刚挨刚忍更待看些儿个,枉被这驴头笑煞我"。这是何等滑稽佻达的句子,恰与王和卿如出一辙。朱权的《太和正音谱》评其词如"凤池春色",未免有点"隔靴搔痒"了。

商　挺　字孟卿,一字在山,曹州济阴(今山东菏泽市定陶区)人。生于宋宁宗嘉定二年,卒于元世祖至元二十五年(1209—1288),年八十岁。《元史》卷一百五十九有传。他曾与赵天赐、元好问、杨奂交游。其所作《潘妃曲》(即《步步娇》)十九首,载于《阳春白雪》及《乐府新声》中。写深闺情思,极为传神。如第八首云:

戴月披星忒惊怕,久立纱窗下,等候他。蓦听得门外地皮儿踏,只道是冤家,原来风动荼蘼架。

又第十二首云:

目断妆楼夕阳外,鬼病恹恹害。恨不该,止不住泪满旱莲腮。为你个不良才，莫不少下你相思债。

这真把女子"小小冤家，道是思他又恨他"的矛盾心理，写得惟妙惟肖。等到一见之后，却又转变语气，而要说"煞是你个冤家劳合重，今夜里效鸾凤。多情可意种，紧把纤腰贴酥胸，正是两情浓。笑盈盈吞吐丁香送"了。到最后一首，尤极富艳腻的情趣：

只恐怕窗间人瞧见，短命休寒贱。直恁地胳膝软，禁不过敲才厮熬煎。你且觑门前，等的无人啊、旋。

《乐府新声》，"短命"作"死势儿"，"地"作"般"，"胳膝"作"膝盖"，"禁"作"吃"，"敲才"作"劳成"。末二句作"望门前，觑得没人时旋"，这"时旋"，却还不如"等的无人啊、旋"那样传神了。

杨　果　字正卿，号西庵，祁州蒲阴（今河北安国市）人。《元史》卷一百六十四、《元诗纪事》卷三都有他的记载。约生于金章宗承安二年，卒于元世祖至元八年（1197—1271），年七十五岁。幼失怙恃，流寓河朔，以章句授徒为业。金正大甲申登进士第，曾官满城及陕县。有应变才，能治繁剧。元初起为幕官，世祖中统二年（1261），历官北京宣抚使、参知政事。至元六年（1269）出为怀孟路总管，后致仕，卒于家，谥文献。西庵性聪敏，美风姿，工文章，尤长于乐府。外若沉默，内怀智用，善诙谐，闻者绝倒。他少时避乱河南，曾娶羁旅中女，后虽显贵，竟与偕老，不易其心，人以是称之。著有《西庵集》。他的乐府以小令为最多，散见于《阳春白雪》《太平乐府》《雍熙乐府》及《北词广正谱》中。其作风婉艳凄美，情韵颇为动人；尤以《越调·小桃红》八首写得最为潇洒。如云：

采莲人和采莲歌，柳外兰舟过，不管鸳鸯梦惊破。夜如何，有人独上江楼卧。伤心莫唱、南朝旧曲，司马泪痕多。

又云：

碧湖湖上柳阴阴，人影澄波浸，常记年时对花饮。到如今，西风吹断回文锦，羡他一对、鸳鸯飞去，残梦蓼花深。

西庵因遭亡国之痛，所以词多凄怆之感，而有黍离之忧。又有套曲《赏花时》云：

秋水粼粼古岸苍，萧索疏篱偎短冈；山色日微茫。黄花嫩也，妆点马蹄香。（【仙吕·赏花时】）

见一簇人家入屏障，竹篱折补苔墙。破设设柴门上张着破网。几间茅屋，一竿风旆，摇曳挂长杠。（【胜葫芦】）

晚风林，萧萧响，一弄儿凄凉旅况。见壁指一似桑榆侵着道旁。草桥崩、柱摧梁，唱道向红蓼滩头，见个黑足吕的渔翁鬓似霜。靠着那驼腰拗椿，瘿累垂脖项；一钩香饵钓斜阳。（【赚尾】）

文辞极清疏之至，恰似一幅夕阳垂钓图。《太和正音谱》云："杨西庵之词，如花柳芳妍。"西庵亦能诗，《元史类编》谓："参政李蹊行大司农于许昌，果以诗送之，蹊大称赏，归言于朝，用为偃师爷。"他的《题赵辅之樊川图》有句云："一赋阿房万古传，而今还有赵樊川。"为姚牧庵推为绝唱。（见《元诗纪事》）

姚　燧　字端甫，号牧庵。他的父亲名枢，字公茂，世祖时官至翰林学士承旨，其学以朱、程为本，卒谥文献。他们家，其先柳城（今辽宁朝阳县）人，后徙洛阳，晚年居郢（今湖北钟祥市）。《元史》卷一百七十四、《元诗纪事》卷四皆有记载。少从学于许衡。初为秦王府文学，历官江东廉访使、江西行省参知政事、翰林学士承旨，卒谥曰文。生于元太宗十年，卒于仁宗皇庆二年（1238—1313），年七十六岁。他器识豪迈，性喜音乐，以能作古文，负天下重名。所著有《牧庵集》五十卷。宋濂撰《元史》，称其文"闳肆该洽，豪而不宕，刚而不厉，有西汉风"。黄宗羲《明文案序》云："唐之韩柳，宋之欧曾，金之元好问，元之虞集、姚燧，其文皆非有明一代作者所能及。"由此可知他在文坛上的地位,如何的为人推崇了。他作古文的面貌虽然是严肃的,但是所为散曲,却大都清丽可诵,处处充分表现着浪漫诗人的情调。例如他咏怀的《落梅风》云:

  红颜换,绿鬓凋。酒席上、渐疏了欢笑。风流近来都忘了。谁信道、也曾年少。

结句豪迈有力,自负不浅,非牧庵不能道。又如《阳春曲》云:

  笔头风月时时过,眼底儿曹渐渐多。有人问我事如何?人海阔,无日不风波。

次为《醉高歌》云:

  十年燕月歌声,几点吴霜鬓影。西风吹起鲈鱼兴,已是桑榆暮景。

这些还是比较爽直的句子,其次如《凭栏人·寄征衣》云:

  欲寄君衣君不还,不寄君衣君又寒。寄与不寄间,妾身千万难。

吴梅先生谓此曲熨帖温存,缠绵尽致,深得词人三昧。至若凭栏人写情的"寄与多情王子乔,今夜佳期休误了。等夫人熟睡着,悄声儿窗外敲",真可与《西厢记》媲美,绝非古文家的面目了。另外,还有一首《凭栏人》云:

  两处相思无计留,君上孤舟妾倚楼。这些小兰舟,怎装如许愁。

这简直与宋代李清照的词相似,雅丽的气味重,豪放的气魄少;正是高级文人的手笔。与牧庵大致同时的两位官员,刘秉忠与胡祇遹,也都能曲,在此一并叙述。

刘秉忠 字仲晦,邢州(今河北邢台市)人。《元史》卷一百五十七列传第四十四有传。初名侃,因从释氏,又名子聪,拜官后始改今名。八岁入学,日诵数百言。年十七岁时,为邢台节度使府令史,以养其亲,居常郁郁不乐,一日投笔叹曰:"吾家累世衣冠,乃汩没为刀笔吏乎?丈夫不遇于时,当隐居以求志耳!"即弃去隐武安山中。以后又从天宁虚照禅师学释氏为僧。世祖在潜邸,海云禅师被召,以秉忠博学而多才艺，偕与俱行。既入见，应对称旨，世祖大爱之，于是留藩邸为顾问。曾上书数千百言，大要在讨论如何治理汉地及如何采行汉法。世祖即位，问以治天下大经、养民之良法。秉忠即采祖宗旧典，参以古制之宜于今者，条列以闻。于是建元中统，立中书省，设宣抚司，定国号曰元，皆自秉忠启之。至元十一年，无疾端坐而卒（1216—1274），年五十九岁。世祖惊悼，谓群臣曰："秉忠事朕三十余年，小心慎密，不避艰险，言无隐情，其阴阳术数之精，占事知来，若合符契，惟朕知之，他人莫得闻也。"他晚号藏春道人，有词集名《藏春乐府》；作风萧散闲淡，类其为人。其曲以《干荷叶》八首，最为人传诵。兹举两首为例：

干荷叶，色苍苍，老柄风摇荡。减清香，越添黄，都因昨夜一场霜；寂寞在秋江上。

又云：

干荷叶，色无多，不耐风霜剉。贴秋波，倒枝柯，宫姓齐唱采莲歌；梦里繁华过。

在另一首里，曾说到宋高宗的事，他说："南高峰、北高峰，惨淡烟霞洞。宋高宗，一场空，两度江南梦。"《词品》以为"此借腔别咏，后世词例也。然其曲凄恻感慨，千古之寡和也。"但有人却说："此曲非秉忠作，秉忠助元亡宋，唯恐不早，而复为吊惜之辞，殆俗所谓斧子砍了手摩挲之类也。"这直以二臣目秉忠了。近人卢前力为他辩冤，其所作《论曲绝句》云："我意独怜太保，藏春两字见平生。"（《曲雅》）此外像他的《蟾宫曲》："满目黄花衰草，一川红叶飘飘。"都是很雅丽的句子。至其诗如《溪上》云："芦花远映钓舟行，渔笛时闻三两声。一阵西风吹雨散，夕阳还在水边明。"也极清疏可诵。

胡祗遹 字绍开，号紫山，磁州武安（今河北武安市）人。《元史》卷一百七十、《元诗纪事》卷三都有记载。少孤贫，既长，读书见知于名流。世祖至元中,历官部曹,出为荆湖北道宣慰副使、济宁路总管、山东东西道提刑按察使,所至抑豪右,扶寡弱,以敦教化,以厉士风。召拜翰林学士,不赴;改江南浙西道提刑按察使。以疾辞归,卒于家。仁宗时,追谥文靖。生于金哀宗正大四年,卒于元世祖至元三十年(1227—1293),年六十七岁。所作散曲皆为小令,颇饶逸趣,散见于元人选本中。如《四季·一半儿·咏秋》云:

荷盘减翠菊花黄,枫叶飘红梧干苍。鸳被不禁昨夜凉,酿秋光,一半儿西风一半儿霜。

其次有几首写春景的《寿阳曲》,也极清俊:

几枝红雪墙头杏,数点青山屋上屏,一春能得几晴明。三月景,宜醉不宜醒。

其二云:

闲花酝酿蜂儿蜜,细雨调和燕子泥,绿窗蝶梦觉来迟。谁唤起,帘外晓莺啼。

其三云:

一帘红雨桃花谢,十里清阴柳影斜,洛阳花酒一时别。春去也,闲煞旧蜂蝶。

紫山因为是个高级文人,故所作曲骚雅气甚重,元曲里使用的村言俗话、街谚市语,在他的作品里,很难被发现。显然是宋词的继承者,而不是当行出色的元曲作家。

元好问 字裕之,号遗山,太原秀容人。《金史》卷一百二十六、《元诗纪事》卷三十都有关于他的记载。在金代,他是一位重要的诗人;七岁即能诗,金兴定五年(1221)登进士第。尝作《箕山》《琴台》二诗,赵秉文时为天下文宗,见而奇之,谓少陵以后无此作;因而名震京师,号为元才子。官至尚书省左司员外郎、翰林知制诰,金亡不仕,以著作国史自任,构野史亭于家,有《遗山集》《中州集》。他以文章独步天下者有三十年之久，为金诗人之殿，元文章之祖。生于金章宗明昌元年，卒于元宪宗七年（1190—1257），年六十八岁。其所编《中州集》，可称金元一代诗人之总集，为我们研究金代文学的重要参考书。所作诗慷慨悲凉，情致深挚；五七言小诗尤饶风韵，如《山居杂诗》云：

瘦竹藤斜挂，幽花草乱生。林高风有态，苔滑水无声。

这与王维的《辋川集》诗不相上下。又《塞上曲》云：

平沙细草散羊牛，几簇征人在戍楼。忽见陇头新雁过，一时回首望南州。

潮落沙痕出，堤摧岸口斜。断桥堆聚沫，高树阁浮槎。

《诗薮》曾说："元人绝句，莫过于虞范诸家，至乐府体绝少。惟元好问《塞上曲》《梁园春》《征人怨》，差有唐味。"《郝文忠集》又云："先生当德陵之末，独以诗鸣，上薄风骚，中规李杜，粹然一出于正；天才清瞻，还婉高古，沈郁太和，力出意外。"可谓赞叹备至。现在再看他的散曲：

梅擎残雪芳心奈，柳倚东风望眼开，温柔搏俎小楼台。红袖绕，低唱喜春来。（《阳春曲·春宴》）

这是多么灵巧的曲子，简直令人百读不厌。他的《骤雨打新荷》二曲，尤为杰出，如其一云：

绿叶阴浓，遍池塘水阁，偏趁凉多。海榴初绽，妖艳喷香罗。老燕携雏弄语，有高柳鸣蝉相和。骤雨过，珍珠乱糁，打遍新荷。

其二云：

人生有几，念良辰美景，一梦初过。穷通前定，何用苦张罗？命友邀宾玩赏，对芳樽浅酌低歌。且酩酊，任他两轮日月，来往如梭。

遗山曲，传者虽然不多，即从这两首看来，其造诣并不在关汉卿等人之下。所以，遗山虽始终为金遗民，不肯做元代人的官，我们作元曲史还是不能不提到他。而元代四大曲家之一的白朴，更与遗山有密切关系。

白　朴　字仁甫，一字太素，号兰谷先生，真定（今河北正定县）人，金哀宗正大三年（1226）生，元世祖至元二十八年（1291）尚存，卒年不详。据王博文所作《天籁集》的序文说，父华，字文举，号寓斋，金枢密院判，与诗人元好问为通家。当仁甫七岁时，正遭壬辰（金哀宗天兴元年，公元1232年）之难，文举因事远适。明年春，京城变，遗山遂携仁甫北渡；自是不茹荤血。人问其故，曰："俟见吾亲则如初。"尝罹疾，遗山昼夜抱持，凡六日，竟于臂上得汗而愈；视之如同子侄。数年，文举北归，以诗谢遗山道："顾我真成丧家犬，赖君曾护落巢儿。"后父子卜居滹阳，以律赋为专门之学。而仁甫有文誉，遗山曾赠他诗道："元白通家旧，诸郎独汝贤。"他因幼经丧乱，仓皇失母，恒有满目山川之叹。金亡后更郁郁不乐。中统初，史天泽将以所业荐之于朝，婉谢不就。至元一统后，徙家金陵，从诸遗老放情山水间，日以诗酒优游。后以子贵，赠嘉议大夫、掌礼仪院大卿。他所作杂剧七十种，多已佚，今存者仅有《梧桐雨》及《墙头马上》两种，又传疑《金凤钗》《东墙记》二种。散曲有《天籁集》二卷，也散失不全，近人任中敏据《阳春白雪》《太平乐府》《尧山堂外纪》《乐府新声》《太和正音谱》等辑得小令三十六首，套数四套，共为一卷，名《天籁集摭遗》。卢前收在《饮虹簃所刻曲》中。

他生活严肃，品格很高，因为曾受着元遗山熏陶，得有古典文学深厚的根基。所作散曲，多清俊飘逸，朗朗可喜，如《天净沙·秋》云：

孤村落日残霞，轻烟老树寒鸦。一点飞鸿影下，青山绿水，白草红叶黄花。

此曲若与马致远的"枯藤老树"比起来，可称为"秋思双绝"。至于题情之作，也极灵活自然，一气呵成，如《阳春曲》云：

笑将红袖遮银烛，不放才郎夜看书。相偎相抱取欢娱，止不过迭应举，及第待何如？

其二云：

百忙里铰甚鞋儿样？寂寞罗帏冷患香。向前搂定可憎娘，止不过赶嫁妆，误了又何妨？

用这样轻松的手法，表达出青年男女间纯洁天真的情爱，可谓"乐而不淫"。他又有些豪放的曲，如《欢饮寄生草》云：

长醉后妨何碍，不醒时有甚思？糟腌两个功名字，醅渰千古兴亡事，曲埋万丈虹霓志。不达时皆笑屈原非，但知音尽说陶潜是。

又《醉中天·赋佳人脸上黑痣》云：

疑是杨妃在，怎脱马嵬灾？曾与明皇捧砚来，美脸风流杀。巨奈挥毫李白，觑着娇态，洒松烟点破桃腮。

又如《渔父词·沉醉东风》云：

黄芦岸白蘋渡口，绿杨堤红蓼滩头。虽无刎颈交，却有忘机友。点秋江白鹭沙鸥。傲杀人间万户侯，不识字烟波钓叟。

再如他的《得胜令》，写闻天边的雁声而怀念远人：

红日晚，残霞在。秋水共长天一色。寒雁儿呀呀的飞天外，怎不捎带个字儿来。

涵虚子评其词如鹏抟九霄，又曰风骨磊块，词源滂沛，大概就指的这些曲而言。陆侃如和冯沅君的《中国诗史》曾说，白朴"虽也有以豪放名的作品……但究以俊爽秀美者为多"，这也是事实。

卢　挚　字处道，一字莘志，号疏斋，涿郡（今河北涿州市）人，或云永嘉（今浙江永嘉县）人。太宗七年生，成宗大德四年卒（1235—1300），年六十六岁。至元五年举进士，大德初受集贤学士，持宪湖南，迁江东道廉访使，后复入为翰林学士，迁承旨。他的诗文与姚燧、刘因齐名，曲名与冯子振、贯云石并称。在元初他是一个官位显达、旧学深厚的文人。唯其如此，使他的散曲，偏向于典雅蕴藉的路上去。所作皆为小令，共计一百一十七首，散见元人选本中；近人辑为《疏斋小令》一卷，收入《散曲集丛》（商务印书馆出版），又收入卢前《饮虹簃所刻曲》。他的曲骚雅蕴藉，绝无逞才使气和俚俗轻亵的词句，如《落梅风·送别珠帘秀》云：

才欢悦早间别，痛煞俺好难割舍。画船儿载将春去也，空留下半江明月。

珠帘秀乃官妓，为处道所悦，珠将行，他作此送别；看那"画船儿载将春去也，空留下半江明月"是多么风致婉妙，难怪传诵一时。另有往见金陵名妓杜传隆不遇所题的《踏莎行》调，也最脍炙人口。又以《殿前欢》云：

酒杯浓，一葫芦春色醉疏翁，一葫芦酒压花梢重；随我奚童。葫芦干，兴不穷。谁人共，一带青山送。乘风列子，列子乘风。

这是处道自写胸臆的作品，由此便可想见他那旷浪豪迈的气概。《论曲绝句》的"半江明月珠帘卷，一带青山列子风"即指此二曲而言。他还有两首《沉醉东风》，一写秋景，一写重九，也是清疏别致的佳作，如《秋景》云：

挂绝壁松梢倒倚，落残霞孤鹜齐飞。四围不尽山，一望无穷水，散西风满天秋意。夜静云帆月影低，载我在潇湘画里。

其次，如《重九》云：

题红叶清流御沟，赏黄花人醉高楼。天长雁影稀，日落山容瘦，冷清清暮秋时候。哀柳寒蝉一片愁，谁肯教白衣送酒。

像这样的曲，读之一气呵成，往来徜徉于大自然的怀抱，既似陶渊明，又像谢康乐。此外又如他写即兴的《梧叶儿》云：

低攀语，娇唱歌，韵远更情多。筵席上，疑怪他。怎生啊？眼根里频频觑我！

这种嘲弄风情，真可谓活现之至，尤其"怎生啊"三字，更能传神，如闻其声，如见其人。疏翁生平出而持宪，入而承旨，应为一方正不阿的大臣，但所作此曲，却活泼泼地、赤裸裸地，把他那词人的天真面孔，

呈现在我们面前,而忘其为一个懔然不可稍犯的翰林公了。另外又如《折桂令·扬州汪右丞席上即事》云:

> 江城歌吹风流,雨过平山,月满西楼。几许发生,三生醉梦,六月凉秋。按锦瑟佳人劝酒,掩珠帘齐按凉州。客去还留。云树萧萧,河汉悠悠。

贯云石评他的曲"媚妩如仙女寻春"(《阳春白雪》序),大概是指这一类作品而言吧!他还有一首《蟾宫曲·劝世》曰:"想人生、七十犹稀,百岁光阴、先扣了三十,七十年间,十岁顽童,十载尪羸;五十岁、除分昼夜,刚分得、一半儿白日。风雨相催,兔走乌飞。仔细沉吟,都不如、快活了便宜。"在深挚之中,略带些豪放的气魄;如此一笔清楚的账,能够算明白的人倒不多见,而疏斋乃结以"都不如快活了便宜",真是显赫地表现出他那刹那间的享乐主义与厌世情怀。因此他就曾写出了如下形容醉态的《沉醉东风》:

> 恰离了绿水青山那搭,早来到竹篱茅舍人家。野花路畔开,村酒槽头榨。直吃的欠欠答答。醉了山童不管咱,白头上黄花乱插。

这支曲,除了写他的旷达外,也寓有自伤衰老而强颜欢笑了。

二、前期的豪放派

豪放派是元散曲初期的主流。这一派的重要作家,有马致远、冯子振、白无咎、张养浩、鲜于必仁、刘致、马九皋、邓玉宾、贯云石诸人。他们的作品,大都带有恬退的厌世思想,而以豪放气概出之。以马致远为领袖群英的大家。

马致远 字千里,号东篱,大都人,生平事迹已不可考,只知道他在年轻时,曾一度迷恋过功名,任浙江省行务官,但不久因受环境的压迫,不能施展他的抱负,便毅然跳出了宦海,退隐林下,寄情于声色之中,放浪于山水之间,成为一个啸傲风月、玩世不恭的隐逸之士。关于他自己的遭遇，在《金字经》一曲中说："夜来西风劲，九天鹏鹗飞。困煞中原一布衣。悲，故人知未知？登楼意，恨无上天梯。"有志难伸，关系不够；既无后门，又无捷径，真是困煞他了。他的年代虽不能确定，但据王国维的《宋元戏曲史》，把他列在"第一期"作家中，可知他是13世纪前期的人物；约生于世祖中统初，卒于泰定帝时，与关汉卿、郑光祖和白朴，并称为"杂剧四大家"。他所作散曲无专集，散见于元人选本，近人任中敏辑为《东篱乐府》一卷，收入《散曲丛刊》。虽得小令一百零四首，套数十七套，但总免不了仍有缺佚，并非全豹。其作风，豪放而兼清逸；最为世人传诵的一首《天净沙》，作《中原音韵》的周德清谓为秋思之祖：

枯藤老树昏鸦，小桥流水人家。古道西风瘦马。夕阳西下，断肠人在天涯。

《曲藻》谓此曲通首是景中雅语。《顾曲麈谈》谓明人最喜摹此曲，但终究没有这样自然。王国维《人间词话》里谓："寥寥数语，深得唐人绝句妙境。有元一代词家，皆不能辨此也。"同时王氏又在《宋元戏曲史》中，推为元曲小令之表率。卢前《论曲绝句》云："枯藤老树写秋思，不许旁人赘一辞。"这也是事实。我们看此曲的好处，前三句的十八个字以九事设境，全是静词，在秋天旷野萧瑟、凄凉的日暮景色中，烘托出一个漂流在外的旅人来。后二句除了"下"字和"在"字外，其余亦皆为静词，与诗中"鸡声茅店月，人迹板桥霜"的句法相似。任中敏《作词十法疏证》谓此曲虽富于含蓄幽渺之趣，然词境多而曲境少，这话或稍近情理；若因此而降低了它在曲坛上所享的盛誉，则大不以为然，因为我们仔细体味它的好处，仍然是曲境而非词境。现在再看他的《落梅风》：

云笼月，风弄铁，两般儿助人凄切。剔银灯欲将心事写，长吁气一声吹灭。

东篱本是功名场中不得意的人，所以其曲，多含有悲壮的意味。像《四

块玉》的"本是个懒散人,又无甚经济才,归去来",十足地显露出他那"感士不遇"的情怀。又如下面两首《金字经》云:

絮添芦花雪,鲊香荷叶风,且向江头作钓翁。穷!男儿未济中,风波梦,一场幻化中。

其二云:

担挑山头月,斧磨石上苔,且做樵夫隐去来。柴!买臣安在哉?空岩外,老了栋梁材。

在这两首曲里,都有很浓厚的"自我"色彩,在他人作品中则不易见到。尤其是《双调·夜行船》一套,其放浪的态度,超世的胸襟,令人百读不厌,可谓为元人之冠。兹录其全套:

百岁光阴如梦蝶,重回首、往事堪嗟。昨日春来,今朝花谢,急罚盏夜阑灯灭。(《夜行船》)

此先说明全套的主旨,盖谓流光如电,瞬息即逝,须及时行乐。

秦宫汉阙,做衰草牛羊野,不恁渔樵无话说。纵荒坟,横断碑,不辨龙蛇。(《乔木查》)

投至狐踪与兔穴,多少豪杰!鼎足三分半腰折,魏耶?晋耶?(《庆宣和》)

此二首言贵。前一首《乔木查》说帝王,后一首《庆宣和》说辅佐依帝王的豪杰之士,盖谓若不"行乐当及时",即令为天子,为豪杰,亦不可常保其生命,而奄忽与物俱化矣。

天教富,不待奢,无多时好天良夜。看钱奴硬将心似铁,空辜负锦堂风月。(《落梅风》)

这一首言富。盖谓富有之人,爱钱甚于生命,因而白白地虚度一生,不晓得如何行乐。总括言之,在《落梅风》以上皆为叹世而发,以下才说到他本人:

眼前红日又西斜,疾似下坡车。晓来清镜添白雪,上床与鞋履相别。莫笑鸠巢计拙,葫芦提一就装呆。(《风入松》)

这是东篱说他处世的态度；以下几首，势如破竹似的明白叙述他自己的行藏，放逸宏丽而不离本色，挥洒自如，机趣绝妙：

> 利名竭，是非绝，红尘不向门前惹。绿树偏宜屋角遮，青山正补墙头缺，竹篱茅舍。（《拨不断》）

> 蛩吟罢一觉才宁贴，鸡鸣后万事无休歇，争名利何年是彻。密匝匝蚁排兵，乱纷纷蜂酿蜜，闹穰穰蝇争血。

> 裴公绿野堂，陶令白莲社；爱秋来那些：和露摘黄花，带霜烹紫蟹，煮酒烧红叶。人生有限杯，几个登高节。分付俺顽童记者：便北海探吾来，道："东篱醉了也。"（《离亭宴煞》）

此套曲前半（《落梅风》以上）着重在慨叹时世，后半（《风入松》以下）着重在叙述自己，在萧爽之中，寓有一种渊深朴茂之风。把他那"闲云野鹤"般的特性，也很生动地表现出来，成为元散曲最有价值的文字。《论曲绝句》谓"百岁光阴成绝调"，由此便可看出他才情的弘肆。其在曲坛上的地位，正如李白之于唐诗，苏轼之于宋词，都是能代表着那一个时代的精神的。

《东篱乐府》中的作品，无论小令套数，没有一首不是好的，兹再举几首为例：

> 夕阳下，酒旆闲，两三航未曾着岸。落花水香茅舍晚，断桥头卖鱼人散。（《寿阳曲·远浦归帆》）

> 布衣中，问英雄，王图霸业成何用？禾黍高低六代宫，楸梧远近千官冢，一场噩梦。（《拨不断》）

> 酒旋沽，鱼新买，满眼云山画图开。清风明月还诗债。本是个懒散人，又无甚经济才。归去来。（《四块玉·恬退》）

> 樵夫觉来山月低，钓叟来寻觅。你把柴斧抛，我把渔船弃。寻取个稳便处闲坐地。（《清江引·野兴》）

东篱在曲坛上的成就，是他扩大了曲的范围，提高了曲的意境，并且能适应各种题材而表现各种不同的风格，因此他的曲，虽多属豪放之作，然而也有些是极清丽细密、闲适恬静的,"豪放"二字,实不足以范围他那波涛万状的才情。另外,他的散套如《北般涉调·哨遍》"半世逢场作戏"云云,以及《耍孩儿·借马》"近来时买得匹蒲梢骑"等,都是写得痛快淋漓的好作品!

冯子振　字海粟,号怪怪道人,攸州(今湖南攸县)人。约生于宪宗七年,卒于仁宗延祐二年(1257—1315),年五十九岁。《录鬼簿》把他放在"前辈已死名公"之列。《元史》卷一百九十、《元诗纪事》卷九皆有其记载。曾官承事郎、集贤待制。性豪俊,博学能文,《元史》称他文思敏捷,"酒酣耳热,命侍史二三人润笔以俟,子振据案疾书,随纸多寡,顷刻辄尽"。所作散曲,现存者有小令四十余首,作风豪放而萧爽,如《沉醉东风》云:"缘结来生净果,从他半世蹉跎。冷淡交,唯三个……明月、清风、共我。"海粟以《鹦鹉曲》和白无咎有名当时,以同韵同调,多至三十九首;其实我们看来,并不见得有多么好,姑举一首为例:

嵯峨峰顶移家住,是个不唧嚠渔父。烂柯时树老无花,叶叶枝枝风雨。故人曾唤我归来,却道不如休去。指门前万叠云山,是不费青蚨买处。

海粟有自序云:"白无咎有《鹦鹉曲》云云(见后)。余壬寅岁留上京,有北京伶妇御园秀之属,相从风雪中,恨此曲无续之者。且谓前后多亲炙士大夫,拘于韵度。如第一个'父'字,便难下语;又(白曲:甚也有安排我处。)'甚'字必须去声字,'我'字必须上声字,音律始谐,不然,不可歌也。此一节又难下语。诸公举酒,属余和之。以汴、吴、上都、天京风景试续之。"观此可知白无咎的《鹦鹉曲》,以"难下语"著,而海粟竟和了那么多,便可想见其才力之大;所以宋景濂说:"海粟冯公,以博学英词名于时。"然终系和作,拘于用韵,不能尽其所长。

白　贲　字无咎，钱塘（今浙江杭州市）人。诗人白珽（见《元诗纪事》卷七）之子，曾官学士。《录鬼簿》把他放在"前辈已死名公"之列。《太和正音谱》说："白无咎之词，如太华孤峰。"可见其作风之特异，如所作《鹦鹉曲》云：

侬家鹦鹉洲边住，是个不识字渔父。浪花中一叶扁舟，睡煞江南烟雨。觉来时满眼青山暮，抖擞绿蓑归去。笑从前错怨天公，甚也有安排我处。

唐人张志和的《渔父词》云："西塞山前白鹭飞，桃花流水鳜鱼肥。青箬笠、绿蓑衣，斜风细雨不须归。"恰与无咎此曲旨趣相似，唯不同者，便在白作措语豪放尽情，张诗则质朴不华，正是词曲境界的分野线。与他同时的冯子振，有《鹦鹉曲·故园归计》和白无咎韵（见前），竟达三十九首之多，足见其作品在当时流传之盛。据谓无咎又有咏秋思的《百字折桂令》与马致远《天净沙》都是写秋思，虽然文字的简繁、曲调的长短各有不同，而其劲逸萧爽，却有异曲同工之妙。然而我很怀疑系传抄之误，因为《百字折桂令》在《乐府群玉》中列为郑光祖之作，似较可信故不再录出。无咎之曲也有些极清丽的，如《仙吕·祆神急》套云："绿阴笼小院，红雨点苍苔。"颇称纤细，兹举《六幺遍》一阕：

更别离怨，风流债。云归楚岫，月冷琴台。当时眷爱，如今阻隔；准备从今因他害。伤怀，冷清清日月怎生捱！

这又是与关汉卿、王实甫等人的同调了。

张养浩　字希孟，又字孟卿，号云庄，山东济南人。《元史》卷一百七十五有传。生于世祖至元七年，卒于文宗天历二年（1270—1329），年六十岁。他是马致远这一派中的健将，幼有义行，方十岁，读书不辍，父母忧其过勤而止之，他便昼则默诵，夜则闭户张灯窃读，山东按察使焦遂闻之，荐为东平学士。后游京师，献书于平章不忽木，不忽木辟为礼部令史,仍荐入御史台。一日病,不忽木亲至其家问疾,四顾壁立,叹曰:"此真台掾也。"遂改授堂邑县尹,寻拜监察御史。武宗时上疏论时政,言词过切,当国者不能容,遂除翰林待制,复构以罪罢之,其品格之高,可以想见。仁宗时应召再出,官至礼部尚书,后以父老,弃官归隐,所居有泉石花木之胜,优游其间,虽屡征不起。文宗天历二年(1329),关中大旱,特拜陕西行台中丞。养浩闻命,散其家财以予镇里贫乏者,即日就道。至陕,救荒除弊,勤政抚民,凡遇饿者则拯之,死者则葬之。道经华山,祷雨于岳庙,泣拜不能起,天忽阴翳,大雨二日。及到官,复祷于社坛,大雨如注,水三尺乃止,禾黍自生,秦人大喜。他到官四月,未尝家居,止宿公署,夜则祷于天,昼则出拯饥民,终日无少怠,每一念至,即抚膺痛哭,未几,遂以劳瘁卒。文宗至顺二年(1331),追封滨国公,谥文忠。有集名《归田类稿》行世。所作散曲名《云庄休居自适小乐府》,简称《云庄乐府》,有明成化刻本及卢前饮虹簃本,又有商务印书馆出版《散曲集丛》本。养浩以名儒为名臣,故所写多为罢官后之优游生活,其胸襟气象,自非江湖文士所能比拟。共计小令一百一十五首,套数两套。如《红绣鞋》云:

才上马齐声儿喝道,只这的便是送了人的根苗;直引到深坑里恰心焦。祸来也何处躲?天怒也怎生饶?把旧来时威风不见了。

这是他做官的痛苦经验,他对于崎岖艰险的仕途,认识得很清楚,比起陶潜的"不为五斗折腰"的话来,更加深刻,更加具体。又如《山坡羊·洛阳怀古》云:

天津桥上,凭栏遥望,春陵王气都凋丧。树苍苍,水茫茫,云台不见中兴将;千古转头归灭亡。功!也不久长,名!也不久长。

云庄的另一首《山坡羊·潼关怀古》,写得更加雄厚有力,为人传诵:

峰峦如聚,波涛如怒,山河表里潼关路。望西都,意踟蹰,伤心秦汉经行处。宫阙万间都做了土。兴,百姓苦;亡,百姓苦。

这真是句句点出人民的苦痛，在那群雄争霸的时代，每有一次战争，人民就多遭一次痛苦，管他什么谁胜谁败呢！又如《沉醉东风》云：

> 班定远飘零玉关，楚灵均憔悴江干。李斯有黄犬悲，陆机有华亭叹。张柬之老来遭难。把个苏子瞻，长流了四五番，因此上功名意懒。

看得透彻，说得痛快，直欲唤醒世人迷梦。对短促的人生与无穷的今古，感叹再三。涵虚子评其曲如"玉树临风"，其实未必中肯，若评之如孙仲章之"秋风铁笛"，或李致远之"玉匣昆吾"，差可似之。例如他的一首《朝天子》云："挂冠，弃官，偷走下连云栈。湖山佳处屋两间，掩映垂杨岸。满地白云，东风吹散，却遮了一半山。严子陵钓滩，韩元帅将坛，那一个无忧患？"这样饱经世故的名言，与上举《沉醉东风》是同一格调，真是"说着功名事，满怀都是愁"了。

大凡人的心情，往往因环境的改变而不同；云庄既然厌烦于名利场中的奔逐，所以一旦解脱了那苦痛的樊笼重回到大自然的怀抱中时，其心境的舒适，情感的流露，时时表现在字里行间，自非身在江湖，心怀魏阙的假名士故作闲适者可比。《水仙子·咏江南》云：

> 一江烟水照晴岚，两岸人家接画檐。芰荷丛一段秋光淡。看沙鸥舞再三，卷香风十里珠帘。画船儿天边至，酒旗儿风外飐，爱煞江南。

这支曲句句不离江南景物，勾勒出一幅动人的画面。再如《尧民歌》云：

> 见斜川鸡犬乐升平，绕屋桑麻翠烟生。杖藜无处不堪行，满目云山难画成。泉声，响时仔细听，转觉柴门静。

此曲的好处，犹如王维《过香积寺》的"古木无人静，深山何处钟"一样，一个从静中写出闹，一个从闹中写出静，把林泉的真趣、田园的风味，完全反映在纸上。

关于"闲婉"的曲子，云庄又有《庆东原》云：

> 鹤立花边玉，莺啼树杪弦，喜沙鸥也解相留恋。一个冲开锦川，一个啼残翠烟，一个飞上青天。诗句欲成时，满地云撩乱。

这是多么富有情趣的小词，缓缓读来，令人悠然神往。可见云庄之作，并不能以"豪放"二字尽之。再者，元人的散曲，大都好写儿女情怀，但云庄的作品，没有一首是涉及女性的，足见其为人的耿直与严正了。

刘　致　字时中，号逋斋，石州宁乡（今山西中阳县）人，一曰江西南昌人，约生于世祖至元十七年（1280），卒年不详。他曾任过永新州判，历翰林待制，后出为浙江行省都事。居官清廉，常以生民为念，死后竟贫穷无以为葬。他和姚燧同时而略为后辈，《录鬼簿》列于"方今名公"之内，大德初，曾以文章就正于姚燧（《侍放庵先生西湖夜宴》），燧赏其清拔宏丽，同时他又与卢挚疏斋相唱和（《疏斋同赋木犀》）；可见是个元代中期的作家。所作散曲，现存小令六十余首，套数三套，散见于《阳春白雪》《乐府群玉》各选本中。其作风颇与马致远相似，如《山坡羊·与邸明公孤山游饮》云：

诗狂悲壮，杯深豪放，恍然醉眼千峰上。意悠扬，气轩昂，天风鹤背三千丈，浮生大都空自忙。功！也是谎。名！也是谎。

另外一首，也是《山坡羊》，题目为《西湖醉歌次郭振卿韵》：

朝朝琼树，家家朱户，骄嘶过沽酒楼前路。贵何如，贱何如，六桥都是经行处。花落水流深院宇。闲，天定许。忙，人自取。

次如《朝天子·邸万户席上》云：

虎韬，豹韬，一览胸中了。时时拂拭旧弓刀，却恨封侯早。夜月铙歌，春风牙纛，看团花锦战袍。鬓毛，未凋，谁便道冯唐老。

又如《水仙操·寓意武昌元贞》云：

楚天空阔楚山长，一度怀人一断肠。此心不在肩舆上，泝东风过武昌；替人愁烟景微茫。竹带雨湘妃泪，树间禽蜀帝王，无限思量。

除了这些豪放的作品外，时中还有些清丽可诵的曲子。如《朝天子·同文子方邓永年泛洞庭湖宿凤凰台下》云：

愿天，可怜，乞个身长健。花开似锦酒如川，日日西湖宴。杨柳宫眉，桃花人面，是平生未了缘。过船，醉眠，还不迭风流愿。

时中这一类的作品不少，但不是他上乘之作，故不再举。最后再论述他最享盛名的《上高监司·正宫·端正好》两套。通体有三四十调之多，自来所见元人套式，不论剧曲散曲，都不会有这么长，且内容描述民生的疾苦，历数当时吏役弄奸，广藏积弊情形，以及条陈改革办法，议论纵横，恺切详明，在元曲中尤可称为奇特而珍贵的作品，也可说是篇长而有趣的韵文。如云：

众生灵遭魔障，正值着时岁饥荒。谢恩光。拯济皆无恙，编做本调儿唱。(【端正好】)

开头先说明作词本旨，以下再看他敷陈富人的阴狠及饥民的惨状：

殷实户欺心不良。停塌户瞒天不当。吞象心肠歹伎俩：谷中添秕屑。米内插粗糠。怎指望他儿孙久长。(【倘秀才】)

甑生尘、老弱饥，米如珠、少壮荒。有金银那里每典当？尽枵腹高卧斜阳。剥榆树餐，挑野菜尝。吃黄不老胜如熊掌，蕨根粉以代糇粮。鹅肠苦菜连根煮，荻笋芦蒿带叶咂，只留下杞柳榆樟。(【滚绣球】)

这还不算太惨，再看以下所写：

或是搥麻柘稠调豆浆，或是煮麦麸稀和细糠，他每早合掌擎拳谢上苍。一个个黄如好妣，一个个瘦似豺狼，填街卧巷。(【倘秀才】)

偷宰了些阔角牛，盗斫了些大叶桑。遭时疾无棺沽葬，贱卖了些家业田庄。嫡亲儿共女，等闲参与商。痛分离是何情况？乳哺儿没人要撇入长江。那里取厨中剩饭杯中酒，看了些河里孩儿岸上娘，不由我不哽咽悲伤。(【滚绣球】)

有钱的贩米谷、置田庄、添生放。无钱的少过活、分骨肉、无承望。有钱的纳宠妾、买人口、偏兴望。无钱的受饥馁、填沟壑、遭灾障。小民好苦也么哥，小民好苦也么哥，便秋收鬻妻卖子家私丧。(【叨叨令】)

这简直是一幅流亡图，比读李华《吊古战场文》更令人触目惊心，不忍卒读。文笔是那样明白如话，是那样委曲形容，实不亚于白居易的《秦中吟》和《新乐府》。以下便是写官吏的腐败和贪污，完全是批评当时制度之坏。大胆地掘出库吏的弄奸，揭出江西钞法的积弊，淋漓尽致，是研究元代社会史和经济史的重要参考资料。不像一般散曲作者，只发抒个人情感而忽略了民生的疾苦，真可说是破天荒的杰作！

鲜于枢　字伯机，渔阳（今天津市蓟州区）人，号困学民，又号直寄老人。《元诗纪事》卷八有他的记载。世祖至元间为浙江行省都事，官至太常典簿，晚年，懒不耐事，闭门谢客，营一室曰困学斋，以研读终其身，有《困学斋集》。生于宪宗七年，卒于大德六年（1257—1302），年四十六岁。他为人意象雄豪，工书能诗，又善鉴定书法、名画及古器物。颇负时名，文望与赵孟頫相伯仲；有《题王大令保母帖》四首，系论书之作。苏天爵云："鲜于公早岁学书，愧未能若古人，偶适野见二人挽车淖泥中，遂悟书法。"（《题鲜于伯机诗帖》）至于其诗，《诗薮》曾摘其五言律佳句，有"鸟飞青嶂里，人语翠微中"。所作散曲，仅见《仙吕·八声甘州》一套，载《阳春白雪》中，极清朗疏逸之至，兹全录如下：

江天暮雪，最可爱青帘，摇曳长杠。生涯闲散，占断水国鱼邦。烟浮草屋梅近砌，水绕柴扉山对窗。时复竹篱旁，吠犬汪汪。（【八声甘州】）

向满目夕阳影里，见远浦归舟，帆力风降。山城欲闭，时听戍鼓逢逢。群鸦噪晚千万点，寒雁书空三四行。画向小窗间，夜夜停缸。（【么篇换头】）

从人笑我愚和戆，潇湘景里且徜徉；不谈刘项与孙庞。近小窗，谁羡碧油幢。（【大安乐】）

粳米吹长腰，鳊鱼煮缩项，闷携村酒饮空缸，是非一任讲。恣情拍

手唱山歌，高低不论腔。(【元和令】)

浪滂滂，水淙淙，小舟斜缆坏桥桩。纶竿蓑笠，落梅风里钓寒江。(【尾声】)

写得清逸萧疏，令人玩味不尽，宛如置身于图画中。

鲜于必仁 他是鲜于枢的儿子，字去矜，也能曲，涵虚子评之如"金璧腾辉"，颇为豪放，如《普天乐·平沙落雁》云：

稻粱收，菰蒲秀，山光凝暮，江影涵秋。潮平远水宽，天阔孤帆瘦。雁阵惊寒埋云岫，下长空飞满沧洲。西风渡头，斜阳岸口，不尽诗愁。

此写江上秋日高旷清远之兴，真是秀色满眼，荡人心魄，确是佳作。再如《寨儿令》云：

汉子陵，晋渊明，二人到今香汗青。钓鱼谁称？农夫谁名？去就一般轻。五柳庄月朗风清，七里滩浪稳潮平。折腰时心已愧，伸脚处梦先惊。听！千万古圣贤评。

此曲把汉、晋两个隐士放在一处说，不但没有龃龉的地方，反而令人觉得特别自然，殊为难能。他们父子两人，于枢之作，偏于清逸，必仁则偏于豪放，本不能相提并论，但为了方便起见，所以合在一起。

马昂夫 字九皋，以字行，畏吾（畏吾，元时种族名，本唐回纥之后，散居新疆东南部，即今新疆之维吾尔族）人。官至太平路总管，能篆书。《录鬼簿》列之于"方今名公"，称之为九皋司马昂夫。《太和正音谱》评九皋词如"松阴鸣鹤"，昂夫词如"秋兰独茂"，显然以九皋、昂夫为二人，盖误。

他有《马九皋词》一卷，是卢冀野根据《阳春白雪》《太平乐府》《北宫词纪》《词林摘艳》等所辑成，刻入《饮虹簃丛书》中。计有小令三十八首，套数三套。其作风以豪放为主，如《双调折桂令·快阁怀古》云：

> 舣扁舟快阁盘桓，看一道澄江，落木千山。自山谷留题，坡仙阁笔，我试凭阑。问今古、诗人往还，比盟鸥，几个能闲？天地中间，物我无干，只除是、美酒佳人，意颇相关。

这是何等的放浪？何等的疏狂？俨然是东篱的謦欬，故有"曲中小马"之称。尤其《山坡忆旧》的"帽檐偏，氅衣宽，佳人争卷珠帘看"，以及《殿前欢》的"醉归来，入门下马笑盈腮，笙歌接至朱帘外，夜宴重开"，更能表现出他那风流潇洒的气概。又如《正宫·塞鸿秋·过太白祠谢公池》云：

> 谪仙祠下言诗志，谢公池顾影凝清思。笋舆沽酒青山市，松枝煮茗白云寺。听山鸟奏笙簧，共野叟论文字；甚痴儿了却公家事。

把一种悠闲自得的情怀，完全反映在文字中，描写深刻细腻，充满了委婉真挚的感情，使千百年后的我们读了，就好像大热天吃了冰淇淋一样，觉得浑身轻松愉快。其在马曲中堪称豪放的代表。

但《九皋曲》的缺点是太一味地求豪放，有时不免流于空疏，譬如《山坡羊》"大江东去，长安西去，为功名走遍天涯路"，像这种浮浅而空无所有的东西，便渐次造成了豪放一派的厄运。在元人散曲发展的过程上，这是特别值得注意的。

邓玉宾　字未详，《录鬼簿》称为邓玉宾同知，在"前辈已死名公"之列，其年纪约与冯子振、贯酸斋相若。所作散曲虽少，然而词格很高，《太和正音谱》评其词如"幽谷芳兰"。他的作品如《雁儿落带得胜令·闲适》云：

> 乾坤一转丸，日月双飞箭。浮生梦一场，世事云千变。万里玉门关，七里钓鱼滩。晓日长安近，秋风蜀道难。休干，误杀英雄汉。看看，星星两鬓斑。

此曲意境的超脱、词句的飘逸，的是马致远的同调。现在再看他的两首

《叨叨令》：

> 由云深处青山下，茅庵草舍无冬夏。闲来几句渔樵话，困来一枕葫芦架。你省的也么哥！你省的也么哥！煞强如风波千丈担惊怕。

（《道情》）

又云：

> 一个空皮囊包裹着千重气，一个干骷髅顶戴着十分罪。为儿女使尽拖刀计，为家私费尽担山力。你省的也么哥！你省的也么哥！这一个长生道理何人会？

这样富于生气、富于活力的曲子，令人一读下去，立刻就会感到有一种质朴真率的神情，使人心情开朗，其与贯云石不相上下。

贯云石 畏吾人。世祖至元二十三年生，泰定帝元年卒（1286—1324），年三十九岁。他是一个出身于外族而精通汉文的作家。蒋一葵《尧山堂外纪》云："贯父名贯只哥，遂以贯为氏，名小云石海涯（因系阿里海涯之孙，海涯佐元侵宋有功，封楚国公），自号酸斋。时有徐甜斋失其名（按即徐再思），并以乐府擅称，世谓'酸甜乐府'。"其次元姚桐寿《乐郊私语》云："州（海盐）少年多善乐府，其传多出于澉州杨氏，当康惠公（康惠公为杨梓谥号）在时，节侠风流，善音律，与武林阿里海涯之子（应为孙）云石交善。云石翩翩公子，无论所制乐府散套，骏逸为当行之冠；即歌声高引，上彻云汉，而康惠独得其传。……其后长公国材，次公少中复与鲜于去矜交好，去矜亦乐府擅长，以故杨氏家僮千指无有不善南北歌调者，由是州人往往得其家法，以能歌名于浙右云。"可见他的音乐天才很高，对于后来明代嘉靖以前昆山腔尚未流行时的海盐歌曲，影响颇大。他幼时雄武多力，善骑射，稍长，始折节读书。初袭父官为两淮万户府达鲁花赤，御军严猛，行伍肃然。后让官于其弟，去从姚燧学，燧见其诗文大奇之，继选为英宗潜邸说书秀才。仁宗时，官至翰林侍读学士，既而叹曰："辞尊居卑，昔贤所尚。"即称疾南归,在钱塘市诡名易服,以卖药为生。据此可知他品格的旷达、志趣的清远,非风尘俗士可比。《西湖游览志》说他隐居西湖时,有郡中数人游虎跑泉饮酒,诸人请以泉为韵,中一人但哦泉泉泉,久不能就。忽有一叟曳杖而来,问其故,便应声道:"泉泉泉,乱迸珍珠个个圆;玉斧砍开顽石髓,金钩搭出老龙涎。"众惊问曰:"公非酸斋乎?"曰:"然然然。"在这个故事里,充分表现出他那才情的横溢与胸襟之潇洒。又在《元诗纪事》中,说他曾过梁山泺,见渔父织芦花为被,爱其清,欲易之以绸。渔父见其以贵易贱,异其为人,佯曰:"君欲吾被,当更赋诗。"遂援笔立就,诗曰:"采得芦花不浣尘,翠蓑柳复藉为茵。西风刮梦秋无际,夜月生香雪满身。毛骨已随天地老,声名不让古今贫。青绫莫为鸳鸯妒,欸乃声中别有春。"诗成竟持被而去。人间尽传芦花被诗,因又号"芦花道人"。同时据陶九成《辍耕录》所载,知他有二妾,一名洞花,一名幽草,故他临终时的《辞世诗》云:"洞花幽草结良缘,被我瞒他四十年。今日不留生死相,海天秋月一般圆。"从这些零碎的记载中,知他是一个浪漫而富于幽默感的人;由于他才情极高,所以能把中国文学的精神完全消化在肚里,使其作品成为最纯粹的汉人情调,看不出一点外族的色彩。他的散曲有《酸斋乐府》,存小令八十六首,套数九套;作风以豪放为主,但有时又很清润秾艳,颇近于诗中的苏辛。《太和正音谱》评之如"天马脱羁",倒很相称。如他的两首《清江引》云:

弃微名去来,心快哉!一笑白云外。知音三五人,痛饮何妨碍,醉袍袖舞嫌天地窄。

竞功名有如车下坡,惊险谁参破。昨日玉堂臣,今日遭连祸。争如我避风波走入安乐窝。

这些曲,对功名无心,归隐有意,因此都是饱经世故后的警策语。我们再看他写自己怀抱的《殿前欢》:

畅幽哉!春风无处不楼台。一时怀抱俱无奈,总对天开。就渊明归去来，怕鹤怨山禽怪，问甚功名在？酸斋笑我，我笑酸斋。

"酸斋笑我，我笑酸斋"，说得多么洒脱，令人神往！酸斋在这一方面的作品很多，我们姑再举一首写田家生活的《水仙子》：

绿荫茅屋两三间，院后溪流门外山，山桃野杏开无限。怕春光虚过眼，得浮生半日清闲。邀邻翁为伴，使家僮过盏，直吃的老瓦盆干。

这种生活情趣，只有陶渊明有，马致远有，其他的诗人就难以望其项背了。酸斋另外有两首《寿阳曲》，其一云：

清秋至，人乍别，顺长江水流残月。悠悠画船东去也。这思量起头儿一夜。

这首曲写别情，只寥寥几笔，便觉风趣无尽，与唐代的李青莲有些相似。其二云：

鱼吹浪，雁落沙，倚吴山翠屏高挂。看江潮鼓声千万家，卷珠帘玉人如画。

在以上所举几首中，有的写得很飘逸，有的写得俚俗生动，恰是豪放派的本色。再如《殿前欢》云：

隔帘听，几番风雨卖花声。夜来微雨天街净，小院闲庭；轻寒翠袖生。穿芳径，十二阑干凭。杏花疏影，杨柳新清。

又《塞鸿秋》云：

战西风遥天几点寒鸿至，感起我南朝千古伤心事。展花笺欲写几句知心事，空教我停霜毫半晌无才思。往常得兴时，一扫无瑕疵，今日个病恹恹刚写下两个相思字。

以上那几首，中间虽有些句子写得很华美，但仍然掩不住他那豪放生动的机趣。任中敏曾批评他的《塞鸿秋》道："此词铺排转折，神理气势，无不兼至。周德清力诋其衬字太多，末句至倍有原格字数，在散曲中，诚属不宜，但论气势，则末句非有十四字，收煞不体也。"另外，顾佛影说："事字韵重押，终是一病，前韵或当作史。"这个说法，很合情理。其次如《水仙子·田家》云："绿荫茅屋两三间，院后溪流门外山，山桃野杏开无限。怕春光虚过眼，得浮生半日清闲。邀邻翁为伴，使家童过盏，直吃的老瓦盆干。"着墨不多而风趣无尽。至若《塞鸿秋》的"起初儿相见十分欢，心肝儿般敬重将他占。数年间来往何曾厌"，则渐渐倾向于柔弱隐约的境地。我们不妨举几首这方面的例子，如《清江引·惜别》云：

若还与他相见时，道个真传示。不是不修书，不是无才思。绕清江买不得天样纸。

这支曲所写，真情流露，的是文人坦白直率的口吻。

总观以上所述各家，像卢挚、姚燧、刘秉忠、胡祗遹、张养浩、贯云石等人，因为他们都是大官学士，同时又是正统派的高级文人，所以他们的作品，一部分还保存着豪放派萧爽俊逸的情趣和白描生动的本色，但另一部分却步入于骚雅一途，形成后期雕琢的唯美作风。

第二节　元代后期的散曲

元代前期的散曲，虽然我们依照各家作风的不同，分为清丽与豪放两派，但大体来说，马致远等人的豪放派却占着相当的优势，就是关汉卿等人的清丽派，多少也不免带些初期曲中的俚俗生动、质朴直率的特色。但在后期作家中，除了杨朝英、钟嗣成、刘庭信三人勉强可归之于豪放一派外，其余的都是属于清丽派的作家，原因主要是前期的作家大半为北方人，他们的性情浑厚而直爽，宜乎豪放；后期的作家大半都是南方人，他们的性情潇洒而尚美，宜乎清丽。两者互有所长，同时亦各有所短。前者的毛病是患粗、患野、患晦涩、患无韵，后者的毛病是患巧、患纤、患浮滑、患少骨。若能于清丽之中寓着豪放，雄浑之中写得娟秀，才算是上乘之作。所以我们欣赏某一个作家的作品时，绝不能把它先归之于哪一派后，再去读它、衡量它，而是要站在折中的立场去评断它的优劣。

如果说元代前期是散曲的创始时代，那么元代后期便是散曲的黄金时代。因为前期的散曲作家，把大半精力都用在杂剧上，像关汉卿、马致远诸人之所作，只不过是一时的抒怀遣兴而已！卢挚、冯子振、贯云石等虽致力于散曲的写作，可是总脱离不了创始时代的气息，及至后期的张可久、乔吉起来后，散曲始成了文人的专业，渐渐走上了讲究格律、追求工巧的道路。同时接着又有应运而生的曲学批评以及曲律研究的书籍，我们所熟知的周德清所著《中原音韵》，便是个很好的代表作。全书虽是以曲韵为主，但对于音律及对偶也非常重视，反把曲的内容完全忽略了；其次在书末所附《作词十法》，专门为散曲立论，并且又夹杂着许多评语，正可看出他们对于曲的批评与认识，主要是以对偶修辞和声韵为标准，而纯粹走入格律的古典派。《续录鬼簿》的作者贾仲名说：

> 周德清，江右人，号挺斋，宋周美成之后。工乐府，善音律，病世之作乐府，有逢双不对，衬字尤多失律俱谬者，有韵脚用平上去不一而唱者，有句中用入声拗而不能歌者，有歌其字，音非其字者，令人无所守，乃自著《中州韵》一帙，以为正语之本，变雅之端。……使用韵者随字阴阳，各有所协，则清浊得宜，上下中律，而无凌乱逆物之患矣。又自制乐府更多。《咏头指甲》云："朱颜如退却，白云恐成空。"有言外之意。切对有"残梅千片雪，爆竹一声雷"，雪非雪，雷非雷，皆佳作也。长篇短章，悉可为人作词之定格。故人皆谓德清之韵，不但中原，乃天下之正音也。德清之词，不惟江南，实天下之独步也。

从贾氏这一段话里，恰好说明《中原音韵》这本书的内容和造成这本书的环境；换言之，也就是当代曲坛的风气已经转变到考究声律、讲求对偶的路上去了。试看此书评《山坡羊·春睡》云："意度平仄俱好，止欠对耳！务头在第七句至尾。"又评《水仙子·夜雨》云："惜哉此词，语好平仄不称也。"又评《殿前欢·醉归》云："妙在马字上声，笑字去声，一字上声，秀字去声，歌至才思字音促，黄字急接，且要阳字好。气概二字，若得去上尤妙。"在这些话里，知道周氏品曲的标准，完全以音律、对偶、韵脚为上，反而把曲的内容忽略了。至此，散曲本身，实起了大转变，是研究散曲要特别留意的地方。以下为了方便起见，把后期作家仍按清丽、豪放两派分别叙述。

一、后期的清丽派

这一派重要的作家有张可久、乔吉、郑光祖、曾瑞、睢景臣、徐再思、吴仁卿、曹明善、周文质、赵善庆、王仲元、高克礼、周德清、钱霖、任昱、李致远、王晔等人。在他们的作品中，并不是没有一两首豪爽生动的曲子，但骚雅蕴藉，却成为他们共同的作风，而走上唯美的重格律的阶段。兹照上述次序，叙述如下：

张可久 字小山（《尧山堂外纪》说名伯远，字可久，号小山。朱彝尊《词综》及《御选历代诗余·词人姓氏》说字伯远，号小山。《四库总目》又说字仲远，号小山。《千顷堂书目》则又称可久为久可），庆元（今浙江宁波市鄞州区）人。他的生平已不可考，《录鬼簿》云："以路吏转首领官。"李开先云："即所谓民务官，如今之税课局大使。"后来又调作桐庐典史，也是个卑微小官。他因仕宦不甚得意，便到处游历，凡是江南的名胜古迹之地，如苏州、扬州、金陵、天台、绍兴、洞庭等，都有他的踪迹。他的生卒年代也无法确定，但就《录鬼簿》所说及他的作品中所见，载有《庆东原·次马致远先辈韵》（见《今乐府》）九篇，并且集中与卢疏斋、贯酸斋、刘时中等人的唱和也很多。疏斋即卢挚的号，于成宗朝（1297—1307）授集贤学士，那已是疏斋近死之年。酸斋是贯云石的号，于仁宗朝（1312—1320）拜翰林学士。时中是刘致的字，他与姚燧同时而略为后辈，大德初年，曾以文章就正于姚燧，也曾与卢挚相唱和。从这些佐证看来，小山既是马致远、姚燧的后辈，又与卢、贯、刘三家同时，因此可以推知他必是13世纪后期、14世纪初期之间的人物。再者，钟嗣成的《录鬼簿》，成于至顺元年（1330），把小山的名列得极后，可知小山之卒，当在泰定、天历（1324—1329）之间。

小山因不得志于时，乃把毕生精力集中在散曲上面，在元代曲坛上享受着极大的声誉。其作品即在元代刊行者已有《今乐府》、《苏堤渔唱》、《吴盐》、《新乐府》三卷、外集一卷、《小山乐府》各本。今有任中敏所辑《散曲丛刊》本《小山乐府》六卷，收罗最全，小令有七百五十一首之多，套数则仅有七套，元人散曲之富，无过于小山者。《太和正音谱》曾说："张小山之词，如瑶天笙鹤。"又说："其词清而且丽，华而不艳，有不食人间烟火气，真可谓不羁之才。若被太华之仙风，招蓬莱之海月，诚词林之宗匠也，当以九方皋之眼相之。"《四库全书》说他："遣词命意，实能脱尽尘蹊。"同时在钱惟善的《江月松风集》中，有《送张小山之桐庐典史》诗道：

君家乐府号吴盐，况是风姿美笑谈。公干才名倾邺下，子山词赋擅江南。霜清万木丹青变，雨暝千峰紫翠含，县幕从容钓台去，临流应得漱余酣。

诗中"公干才名倾邺下，子山词赋擅江南"二语，并非溢美，确与他的曲名相称。他虽然官做得很小，想必以盛大文名，得以与当日的达官贵人们交游，在他的集中，《崔元帅席上》《梅元帅席上》《宁元帅席上》《胡使君席间》《湖上和疏斋学士》《湖上酸斋索赋》等一类的题目很多。总观他的作品，约有三个不同的境界：

一是近于诗的句子：

雨细清明后，能消几日春。（《清江引·春思》）

猿啸黄昏后，人行画卷中。（《梧叶儿·湖山夜景》）

雪冷谁家店，山深何处钟？（《梧叶儿》）

海棠香雨污吟袍，薜荔空墙闲酒瓢。（《一半儿》）

落红小雨苍苔径，飞絮东风细柳营。（《喜春来》）

二是近于词的句子：

诗眼明，暮山青，倚高寒满身风露冷。（《寨儿令·吴山塔寺》）

银骢暖玉鞍，彩凤泥金扇。（《清江引》）

春日绣窗前，人立秋千画板。（《梧叶儿》）

屏外氤氲兰麝飘，帘底惺忪鹦鹉娇。暖香绣玉腰，小花金步摇。（《凭栏人》）

三是纯粹曲的句子：

西风又吹湖上柳，画舫携红袖。鸥眠野水闲，蝶舞秋花瘦；风流醉翁不在酒。（《清江引》）

拢钗燕，鞚绣鸳，卷珠帘绿阴庭院。奈何天不教人醉眠，打新荷雨声一片。（《落梅风·睡起》）

小山曲俊语如珠，多不胜举；在他那七百多首小令中，犹如万花筒一样，真是无所不包。写景、言情、送别、怀古、咏物、说理、谈禅、赠答，应有尽有。可知散曲在他手里，能被纯熟而自由地运用，已经夺取了诗词在韵文上所占有的地位。而且炼句之工，对仗之巧，委实费了不少心力，所以涵虚子说他："如瑶天笙鹤。其词清而且丽，华而不艳，有不食人间烟火气，真可谓不羁之才。"又谓："若被太华之仙风，招蓬莱之海月。"刘熙载评他的曲："小令骚雅，不落俳语。"（《艺概》）许光治说他："俪辞追乐府之工，散句撷宋唐之秀。"真可谓知人之论。其次元周德清的《中原音韵》，明陈所闻的《北宫词纪》、沈德符的《顾曲杂言》，清阮元的《序刻天一阁书目》、焦循的《易余龠录》、谢章铤的《赌棋山庄词话》等，也都有零星的评语。这样看来，曲到了小山手里，把那俚语与白描的本色丧失，不免为其缺点，而以骚雅为其特色，正适合一般士大夫们的口味，因而明初的大儒宋濂、方孝孺等，便把他的作品校正出版，并视之为乐府的正音了。

艺术的成就，本来是多方面的，究竟以雅正为高，或以质俚为上，二者很难有个定评。小山之曲，虽然多属于清丽雅正，但也有些凄婉豪放之作，兹举数首为例：

红尘是非不到我，茅屋秋风破。山村小过活，老砚闲功课，疏篱外玉梅三四朵。（《清江引·幽居》）

松风小楼香缥缈，一曲寻仙操。秋风玉兔寒，野树金猿啸，白云半天山月小。（《清江引·桐柏山中》）

门前好山云占了，尽日无人到。松风响翠涛，槲叶烧丹灶，先生醉眠春自老。（《清江引》）

诗情放，剑气豪，英雄不把穷通较。江中斩蛟，云间射雕，席上挥毫。他得志笑闲人，他失脚闲人笑。（《庆东原·次马致远先辈韵》）

傍垂杨画舫徜徉，一片秋怀，万顷晴光。细草闲鸥，长云小雁，乱苇寒螀。难兄难弟俱白发相逢异乡，无风无雨未黄花不似垂阳。歌罢沧浪，更引壶觞，送别河梁。（《折桂令·湖上饮别》）

又如：

唤归来，西湖山上野猿哀。二十年多少风流怪，花落花开。望云霄拜将台，袖星斗安邦策，被烟月迷红寨。酸斋笑我，我笑酸斋。（《殿前欢·次酸斋韵》）

海棠香雨污吟袍，薛荔空墙闲酒瓢，杨柳晓风凉野桥。放诗豪，一半儿行书一半儿草。（《一半儿·野桥酬耿子春》）

他的小令，几乎每首都是脍炙人口的佳作。至于套曲，则以《南吕·一枝花·湖上晚归》最为人所传诵。李开先说："小山此曲，古今绝唱，世独重马东篱《夜行船》，人生有幸不幸耳！"现在请先看他的曲：

长天落彩霞，远水涵秋镜。花如人面红，山似佛头青。生色围屏，翠冷松云径，嫣然眉黛横。但携将旖旎浓香，何必赋横斜瘦影。（《一枝花》）

挽玉手留连锦袒，据胡床指点银瓶，素娥不嫁伤孤另。想当年小小，问何处卿卿？东坡才调，西子娉婷，总相宜千古留名。吾二人此地私行，六一泉亭上诗成。三五夜花前月明，十四弦指下风生。可憎，有情，捧红牙令伊川令。万籁寂，四山静。幽咽泉流水下声，鹤

怨猿惊。(《一枝花·梁州》)

岩阿禅窟鸣金罄,波底龙宫漾水精。夜气清,酒力醒,宝篆销,玉漏鸣。笑归来仿佛二更,然强似踏雪寻梅灞桥冷。(《一枝花·尾》)
沈德符曾批评此曲道:"若散套虽诸人皆有之,惟马东篱'百岁光阴',张小山'长天落彩霞'为一时绝唱。"(《顾曲杂言》)所以卢冀野的《论曲绝句》说:"论曲犹怜落彩霞,包罗天地称当家,庆元一老空凡响,漫说仙风被太华。"由此可见世人对此曲的重视了。

乔 吉 字梦符,一字吉甫,号笙鹤翁,又号惺惺道人。太原(今山西太原市)人,流寓杭州。据《录鬼簿》的记载,知他美容仪,能辞章,有《天风》《环珮》《抚掌》三集。所写杂剧《扬州梦》《金钱记》《两世姻缘》等最脍炙人口。但《金钱记》,可能为石君宝作,或误。《录鬼簿》又说他:"以威严自饰,人敬畏之。居杭州太乙宫前,有《题西湖》(【梧叶儿】)百篇,名公为之序。胥疏江湖间四十年,欲刊行所作,竟无成事者。五年(1345)二月卒于家。"生于世祖至元十七年,卒于至正五年(1280—1345),年六十六岁。他既是一个作客异乡、终身落魄的文人,穷愁潦倒,流浪了四十年之久,连自己的心血结晶,也无法刊行问世。所以在其作品中,有不少的自述和自叙,时时流露出他的身世和抱负。如《绿幺遍·自述》云:

不占龙头选,不入名贤传。时时酒圣,处处诗禅。烟霞状元,江湖醉仙。笑谈便是编修院,留连,批风切月四十年。

此曲与马致远《青杏子》,同一情调。马曲云:"世事饱谙多,二十年漂泊生涯。天公放我平生假。剪裁冰雪,追陪风月,管领莺花。"他们二者,都是功名无分,困于穷愁,只有以诗酒烟霞、花鸟风月来消磨光阴;在不得已中,求其洒脱。又如《升平乐·悟世》云:

肝肠百炼炉中铁,富贵三更枕上蝶;功名两字酒中蛇。尖风薄雪,残杯冷炙,掩清灯竹篱茅舍。

他既然为环境所限，不能一展其抱负，于是只有尽量寻求快乐。同时我们在他的作品里，可以看出他曾经和妓女李楚仪有过热恋，如《贾侯席上赠李楚仪》《楚仪赠香囊赋以报之》，以至《别楚仪》《嘲楚仪》等。其作品中甚至还出现其他的名妓如张天香、崔秀卿、王玉莲、朱翠英、王柔卿、朱阿娇、李玉真、顾观音、郭莲儿等，由此又可窥见他生活之一斑，是与柳永、关汉卿同一类型的人物。他有《梦符散曲》三卷，是近人任中敏据天一阁旧藏《乐府群玉》录出《惺惺道人乐府》一卷，据善本书室旧藏宋、元、明人词录出《文湖州集词》一卷，又据小令及诸选本所别见者，录出《摭遗》一卷。共存小令二百一十三首，套数十套。元人小令，除张可久外，要以梦符为最富。刘大杰在《中国文学发展史》中说："乔吉是一个很洒脱的人。他虽为功名穷愁所困，却能以诗酒烟霞、笑谈风月来消磨他的生命。因此他的作品中，充满了快乐自适的情调，没有半点困苦的哀音。"总观全曲，具有三个不同的境界：

一是豪迈的，如云：

离家一月，闲居客舍。孟尝君不费黄齑社。世情别，故交绝，床头金尽行谁借？今日又逢冬至节。酒，何处赊？梅，何处折？（《山坡羊·冬日写怀》）

秋声一片芦花，正落日山川，过雨人家。羡歌舞风流，太平时事，诗酒生涯。待杨柳晴春风跃马，且桂华凉夜月乘槎。一曲吴娃，笑煞江州，泪满琵琶。（《折桂令·秋日湖山宴集》）

鹏抟九万，腰缠十万，扬州鹤背骑来惯。事间关，景阑珊，黄金不富英雄汉。一片世情天地间。白！也是眼。青！也是眼。（《山坡羊·寓兴》）

拍阑干，雾花吹鬓海风寒，浩歌惊得浮云散。细数青山，指蓬莱一水间。纱巾岸，鹤背骑来惯。举头长啸，直上天坛。（《殿前欢·登江山第一楼》）

以上诸曲，疏朗流宕，意气苍莽。涵虚子评之为："如神鳌鼓浪。若天吴跨神鳌，嘳沫于大洋，有波涛汹涌，截断众流之势。"便是指的这些曲而言；但这仅是他散曲之一体，并不能概括其余。

二是文雅的，如云：

天机织罢月梭闲，石壁高垂雪练寒，冰丝带雨悬霄汉。几千年、晒未干。露华凉、人怯衣单。似白虹饮涧，玉龙下山，晴雪飞滩。（《水仙子·重观瀑布》）

冬前冬后几村庄，溪北溪南两履霜，树头树底孤山上。冷风来何处香！忽相逢缟袂衣裳。酒醒寒惊夜。笛凄春断肠；淡月昏黄。（《水仙子·寻梅》）

琐窗风雨古今情，梦绕云山十二层。香消烛暗人初定，酒醒时愁未醒，三般儿捱不到天明。巉地罗帏静，森地鸳被冷，忽地心疼。（《水仙子·展转秋思京门赋》）

还有像《满庭芳·渔父词》的"风初定，纶丝慢整，牵动一潭星"，以及《红绣鞋》书所见的"扇儿薄不隔歌尘，佯整金钗暗窥人"，都是极清丽的制作。李开先曾评乔曲道："蕴藉包含，风流调笑，种种出奇而不失之怪，多多益善而不失之繁，句句用俗而不失其为文。"倒是很中肯的话。蕴藉包含，风流调笑，即与张小山之骚雅相若，至于句句用俗，而不失之文，便是乔曲独具的风格。

三是通俗的，如云：

黑海春愁浑无处躲，嫩香腻语渐消磨，瘦啊！也不是今春个。无奈何，自画双蛾，添得越愁多。（《升平乐·春闺怨》）

郁金香染海棠丝，云腻宫鸦翅。翠靥眉儿画心字，喜孜孜，司空休作寻常事。尊前但得，身边伏侍，谁敢想那些儿。（《小桃红·赠朱阿娇》）

薄命妾，重离别，长吁一声肠断也。闷弓儿难泄，愁窖儿新掘，花担儿怕担折。兰舟梦水绕云结，香闺恨灯烛烟绝。凤凰衾人硬咽，鸳鸯

枕泪重叠。呀，寒似夜来些。(《寨儿令·有感》)

像这些曲子，字句洒落隽永，信多妙趣，真正达到了"出奇而不失之怪""用俗而不失其为文"的境地；在张小山的散曲中，是不易见到的。另外如《山坡羊·冬日写怀》的"朝三暮四，昨非今是，痴儿不解荣枯事。攒家私，宠花枝，黄金壮起荒淫志，千百锭买张招状纸，身！已至此。心！犹未死"写得最为沉痛、最为动人。王骥德《曲律》云："李中麓序刻元乔梦符、张小山二家小令，以方唐之李、杜。夫李则实甫，杜则东篱，始当。乔、张盖长吉、义山之流。然乔多凡语，似又不如小山更胜也。"他这种批评，关于东篱、实甫的比喻，究竟恰当与不恰当，我们姑且不置论，然以长吉、义山比乔、张，在文学精神上，真是超人之见。至于所谓"乔多凡语"，这也是事实，因为小山一味求雅，梦符集中，仍有一些俚俗之作。然而，这种俚俗之作，并非不如小山，反过来讲，正是小山不如他的地方。清初朱彝尊、厉鹗等人，喜欢梦符、小山的散曲，然其模拟而所能达到的境界，只是张小山的雅，而还无法近似乔梦符的俗，可见写曲，骚雅易为而俚俗难求。元陶宗仪的《辍耕录》说："乔梦符博学多能，以乐府称，尝云：'作乐府亦有法，曰凤头、猪肚、豹尾六字是也。大概起要美丽，中要浩荡，结要响亮；尤贵在首尾贯串，意思清新。苟能若是，斯可言乐府矣。'此所谓乐府，乃今乐府，如【折桂令】【水仙子】之类。"正可借以了解他写曲的技巧。《太和正音谱》说："乔梦符之词，如神鳌鼓浪。若天吴跨神鳌，噀沫于大洋，有波涛汹涌，截断众流之势。"足见前人对他的作品，评价很高。由于他能以俗语造奇句，在曲的作风上俏丽尖新，为他人所不及。

郑光祖　字德辉，山西平阳(今山西临汾市)人。《录鬼簿》云："以儒补杭州路吏，为人方直，不妄与人交，故诸公多鄙之，久则见其情厚，而他人莫之及也。病卒，火葬于西湖之灵芝寺。"他是一位著名的戏剧作家，最喜欢采用浪漫风流的恋爱故事，而又出以艳丽文采的辞藻，使他的作品格外显得妩媚而柔弱，深得闺阁中之欢迎；凡伶界称郑老先生，大家便知道叫的是他。著有杂剧十九种，现存八种（《㑳梅香·翰林风月》《周公辅成王摄政》《醉思乡·王粲登楼》《迷青琐·倩女离魂》《程咬金斧劈老君堂》《立成汤伊尹耕莘》《钟离春智勇定齐》《虎牢关三战吕布》）。至于散曲，现仅存小令三首（《乐府群玉》选《折桂令》二首，《阳春白雪》选《蟾宫曲》一首），套数两套（《太平乐府》选《驻马听》一套，《北宫词纪》选《梧桐树》一套）。其作风，大都以清丽见长。如下引二例：

弊裘尘土压征鞍，鞭倦袅芦花。弓剑萧萧，一径入烟霞。动羁怀西风禾黍，秋水蒹葭。千点万点，老树寒鸦，三行四行，写高寒呀呀雁落平沙。曲岸西边近水涡，鱼网纶竿钓艖。断桥东下，傍溪沙，疏篱茅舍人家。见满山满谷，红叶黄花。正是凄凉时候，离人又在天涯。（《折桂令·失题》）

半窗幽梦微茫，歌罢钱塘，赋罢高唐。风入罗帏、爽入疏棂、月照纱窗。缥缈见梨花淡妆，依稀闻兰麝余香。唤起思量。待不思量，怎不思量。（《折桂令·梦中作》）

像这样饶有画意的清逸句子，置之小山集中，也无逊色，又如《折桂令》另首云："漂漂泊泊，船缆定沙汀。悄悄冥冥，江村碧荧荧。半明不灭，一点渔灯。冷冷清清潇湘景……"也是极晶莹可爱之作。至如他的《驻马听·秋闺》云："月圆苦苦被阴云罩，偏不把离愁照，玉人何处教吹箫？辜负了这良宵。"虽袭用古人句，但是出之自然，我们并不觉得有什么"雕镂"之嫌。涵虚子评他："出语不凡，若咳唾落乎九天，临风而生珠玉。"确很中肯。再附带举他一首剧曲，以见德辉才情之一斑：

竹窗外响翠梢，苔砌下深绿草，书舍顿萧条，故园悄悄无人到，恨怎消？此际最难煞。（《元和令》）

这是《倩女离魂》中，王文举上京应试，倩女送行时所唱曲子，确是写得柔情婉转、美丽动人，与所作散曲是同一个韵味。又如他《驻马听·秋闺》的"雨过池塘肥水面，云归岩谷瘦山腰"等句，颇近于诗，正是张小山的同调。他在《王粲登楼》一剧里，有一首《迎仙客》，写得也极好，如云："雕檐红日低，画栋彩云飞。十二玉栏天外倚，望中原，思故国，感慨伤悲，一片乡心碎。"颇能道中剧中人王粲的胸臆。

曾　瑞　字瑞卿，《录鬼簿》说他是大兴人，自北来南，喜江浙人才之多，羡钱塘景物之盛，因家焉。瑞卿善丹青，能隐语小曲，神采卓异，衣冠整肃，优游于市井，飘飘然若神仙中人。性情高傲，志不屈物，所以无心仕途，自号褐夫。在其《正宫·端正好·自序》一套中，实足以反映出这种心情。如《醉太平·自序》云：

看别人挥鞭登剑阁，举棹泛沧波。争如我得磨跎处且磨跎，无名缰利锁。携壶策杖穿林落，临风对月闲吟课；有花有酒且高歌，居村落快活。

他既是这样一个高怀名士，所以一般有钱的人，经常给他馈赠不绝，遂得以徜徉岁月，过些怡然自得的生活。至临终时，诣门吊者以千数，可见他在当时是如何为人所仰慕了。

瑞卿所作散曲集《诗酒余音》，原集已佚，散见于《太平乐府》《乐府新声》《北宫词纪》等书。近人卢冀野校录成卷，仍冠以旧名，刻入《饮红簃丛书》中。有小令十首，套数十六套，以及补遗两套，大都是描写江村风物和市井人情的俗言土语。如《村居·般涉调·哨遍·么》云：

把闲花野草都锄净，尚又怕稊稗交生。桑榆高接暮云平。笋黄、菜绿、瓜青。葫芦花发香风细，杨柳阴浓暑气清。开心镜，静观消长，闲考盈亏。

又如《愿成双·散套·么》云：

恰初春又早残春至，只愁吹破胭脂。忽惊风雨夜来时，零落了千红万紫。

另外如《斗鹌鹑·风情·尾声》的"假真诚好话二亲曾验,鼻凹里沙糖怎恬贪?顾念眼前甜,不堤防背后闪",都是极平浅的词句。因为他是一位杂剧的作家,所以其散曲也受了影响而通俗畅达。他的杂剧现存有《王月英元夜留鞋记》(见《元曲选》辛集上),《录鬼簿》则题作《佳人误元宵》。

睢景臣 字景贤,扬州(今江苏扬州市江都区)人。大德七年(1303),他从维扬到杭州,与《录鬼簿》的作者钟嗣成相识。嗣成说他:"自幼读书,以水沃面,双眸红赤,不能远视。心性聪明,酷嗜音律。"其所作散曲有《高祖还乡》一套,写得有声有色,不愧是一篇奇作,钟嗣成说:"维扬诸公,俱作《高祖还乡》套数,惟公《哨遍》,制作新奇,皆出其下。"汉高祖还乡的故事,见之于《史记》,他有名的《大风歌》就在那时写成,教给家乡的儿童们歌唱。此曲全用乡村农民的口吻,写出他对汉高祖的轻视,也就是对一般高级官吏的讽刺,村情野趣,令人捧腹不已,实在是一篇空前的奇作。我们先看他对这位起自布衣的皇帝汉高祖的画像:

那大汉下的车,众人施礼数。那大汉觑得人如无物。众乡老屈脚舒腰拜,那大汉屈身着手扶。猛可里抬头觑,觑多时,认得熟,气破我胸脯。(【哨遍·三煞】)

你须身姓刘?你妻须姓吕?把你两家儿根脚从头数。你本身做亭长,耽几杯酒,你丈人教村学,读几卷书。曾在俺庄东住;也曾与我喂牛、切草、拽坝、扶锄。(【二煞】)

春采了俺桑,冬借了俺粟,零支了米麦无重数。换田契强秤了麻三秤,还酒债偷量了豆几斛。有甚胡突处?明标着册历,见放着文书。(【一煞】)

像这种毫无见识、毫无考虑的村人土语,尖辣滑稽,逼真之至。到最后的【尾声】又说道:

少我的钱，差发内旋拨还，欠我的粟，税粮中私准除。只道刘三，谁肯把你揪摔住。白甚么改了姓、更了名、唤做汉高祖！

真是把刘邦挖苦透了。措辞造句，流利尖新，俗而不鄙，在散曲的内容与风格上，表现出异样的色彩。《太和正音谱》评其词如"凤管秋声"，倒很适合他的才情。另外，他所作杂剧有《千里投入》《莺莺牡丹记》《楚大夫屈原投江》三种。

徐再思 字德可，嘉兴（今浙江嘉兴市）人。曾为路吏，《录鬼簿》说他："好食甘饴，故号甜斋。有乐府行于世，其子善良，颇能继其家声。"世人以他和贯酸斋并称，所以把他和贯酸斋的曲，编成一集，谓之《酸甜乐府》。其中有甜斋小令一百零四首之多，载任中敏《散曲丛刊》中，然而酸斋以豪放为主，甜斋却以清丽为宗。他的作品中，包含着凄婉与华艳，同时又不免带些豪放之气，《太和正音谱》说："徐甜斋之词，如桂林秋月。"又任中敏评其曲曰："兴到之作，皆时见其兼至，不可逐词以泥。"的确是很内行的话。例如他的《水仙子·咏弹唱佳人》云：

玉纤流恨出冰丝，瓠齿和春吐怨辞，秋波巧送传心事。似邻船初听时，问江州司马何之。青衫泪，锦字诗，总是相思。

德可大概在一个偶然的场合，遇到了这个佳丽，既能弹，又能唱，使他联想到白居易《琵琶行》中那位"犹抱琵琶半遮面"的美人来。次如《水仙子·夜雨》云：

一叶梧桐一声秋，一点芭蕉一点愁。三更归梦三更后，落灯花棋未收，叹新丰孤馆人留。枕上十年事，江南二老忧，都到心头。

作《中原音韵》的周德清评此曲道："第二句第五字、第六字，及棋未收二字，并二老二字，但得上去为上，平去次之，平上下下着。惜哉此词，语好而平仄不称也。"这是他站在音律的观点上立论，并不是我们所讨论的范围。但就其内容而言，写客中夜，百感交集的情怀，极真挚动人。又如《蟾宫曲·春情》云：

> 平生不会相思，才会相思，便害相思。身似浮云，心如飞絮，气若游丝。空一缕余香在此，盼千金游子何之？证候来时，正是何时？灯半昏时，月半明时。

任中敏在《曲谐》卷一中曾批评此曲道："首尾各以数语同押一韵，全属自然声籁，何可多得。末四句仅各四字，而唱叹转折，能一一尽其情致，真是神来之笔。"又如《梧叶儿·即景》云：

> 鸳鸯浦，鹦鹉洲，竹叶小渔舟。烟中树，山外楼，水边鸥。扇面儿潇湘暮秋。

这是多么娇媚可喜的小诗，把一个"静"字写得如在目前。又像《喜春来·皇亭晚泊》云：

> 水深水浅东西涧，云去云来远近山。秋风征棹钓鱼滩。烟树晚，茅舍两山间。

这又是多么的清俊。至若写得稍微浅露一点的，如《清江引·相思》云：

> 相思有如少债的，每日相催逼。常挑着一担愁，准不了三分利，这本钱见他时才算得。

此曲语质而辞工，的是元曲上乘。又如《阳春曲·春情》之二云：

> 昨宵事，你自说，许着咱这般时节。到西厢等的人静也，又不成再推明夜。

与这类似之作，如《清江引·私情》云：

> 梧桐画栏明月斜，酒散笙歌歇。梅香走将来，耳畔低低说：后堂中老夫人沉醉也。

此等曲写得娇艳动人，读来但觉其为说话，并不知其为韵文。只有在这种地方，正可体味到元曲的特征来，卢冀野《论曲绝句》云："游丝飞絮写相思，落尽灯花枕上时。梦回桂林秋月里，回甘还取水仙词。"也是欣赏他这一方面的曲。我们再看他的《沉醉东风·春情》：

一自多才疏阔，几时盼得成合。今日个猛见他门前过，待唤着怕人瞧科。我这里高唱当时水调歌，要识得声音是我。

这与诗中的"频呼小玉原无事，要使檀郎认得声"，是一样的真诚动人，但又活泼自然，曲中的主人翁，有"呼之欲出"之妙。

吴仁卿 字弘道，号克斋先生，籍贯不详。或云蒲阴（今河北安国市）人，不知何据。他曾历官至府判、检校掾史等。又其曲云："穷知县，日高犹自眠。""晋时陶元亮，自负经济才，耻为彭泽一县宰。"（均《阅金经》句）"虚名仕途，微官苟禄。"（《上小楼·钱塘感旧》）"利无名，官情疏，彭泽升斗微官禄。"（《拨不断·闲乐》）可知他曾做过知县一类的芝麻小官，于是悒郁不伸而致仕退隐，其所作《阅金经》的"道人为活计，七桩儿为伴侣，茶药琴棋酒画书"，正是他晚年的生活写照。所作散曲有《金缕新声》，原本早已不传，今散见于《阳春白雪》《太平乐府》《乐府群玉》《乐府新声》及《太和正音谱》中，近人卢前始把它辑为一卷，刻入《饮虹簃丛书》中。共有小令二十三首，套数四套。《太和正音谱》评其曲如"山间明月"。就他现存作品看，大都是清疏而多逸趣的东西，如《阅金经》云：

这家村醪尽，那家醅瓮开。卖了肩头一担柴。哈！酒钱怀内揣。葫芦在，大家提去来。

又如《拨不断》云：

泛仙槎，寄生涯，长江万里秋风驾。稚子和烟煮嫩茶，老妻带月炰鲜鲊，醉时闲话。

像这一类清淡浅俗的句子，在《金缕新声》中屡见不鲜。与杜工部的"老妻画纸为棋局，稚子敲针作钓钩"同一情趣。另外有叹世的《醉高歌》云：

风尘天外飞沙，日月窗前过马。风俗扫荡伤王化，谁正人伦大雅。

说得老成持重，由此可略知他素日为人是怎样的严肃端谨了。又像《大石调·青杏子》套：

帘卷东风飘香雪，绮窗下翠屏横遮。庭院深沉袅篆斜，正黄昏燕子来时节。（【好观音】）

银烛高烧从今夜，好风光未可轻别。留得东君少住些，惟恐怕西园海棠谢。（【煞尾】）

从这些曲里，又看出他才思的清丽来。他另有杂剧《子房货剑》《火烧正阳门》《醉游阿房宫》《楚大夫屈原投江》《手卷记》五种，今俱不存。

曹　德　字明善，曾为衢州路吏，一说官山东宪吏。《录鬼簿》说他："甘于自适，今在都下，有乐府华丽自然，不在小山之下。"可知他是当时的一位知名之士。所作散曲，有小令十八首，俱存《乐府群玉》卷一中。如《喜春来·和则明韵》三首其二云：

春云巧似山翁帽，古柳横为独木桥。风微尘软落红飘。沙岸好，草色上罗袍。

其三云：

春来南国花如绣，雨过西湖水似油。小瀛洲外小红楼。人病酒，料自下帘钩。

这是多么的馨逸自然之作。又如《庆东原·江头即事》云：

低茅舍，卖酒家，客来旋把珠帘挂。长天落霞，方池睡鸭，老树昏鸦。几句杜陵诗，一幅王维画。

也写得潇洒自如，引人入胜。他还有两首《清江引·长门柳》（一称《岷江绿》），写得极有名。蒋一葵《尧山堂外纪》云："伯颜擅权之日，剡王彻彻都、高昌王帖木儿不花，皆以无罪被杀，山东宪吏曹明善时在都下，作《岷江绿》二曲以风之，大书揭于五门之上。伯颜怒，令左右暗察得实，肖形捕之，明善出避吴中一僧舍。居数年，伯颜事败，方再入京。"其曲云：

长门柳丝千万结，风起花如雪。离别复离别，攀折更攀折，苦无多旧时枝叶也。

其二云：

长门柳丝千万缕，总是伤心树。行人折嫩条，燕子衔轻絮，都不由凤城春做主。

此虽散曲，而立意温柔敦厚，含蓄有致，仍不失诗人之旨。因此他的声名大著，当时无人不知有赋《长门柳》词的曹明善。这段纪事，原载陶九成的《辍耕录》，蒋一葵不过转引罢了。

周文质 字仲彬，其先建德（今浙江建德市）人，后徙居杭州。他与《录鬼簿》的作者钟嗣成为莫逆交。嗣成说他："体貌清癯，学问该博，资性工巧，文笔新奇。家世儒业，俯就路吏。善丹青，能歌舞，能曲调，谐音律。性尚豪侠，好事敬客。余与之交二十年，未尝跬步离也。元统二年（1334）六月，余自吴江回，公已抱病，盛暑中止以为痛疖之毒，而不经意也。医足踵门，病及五月而无冥眩之药，十一月五日，卒于正寝。"又云："余编此集，公及见之，题其名姓于未死鬼之列。尝与论及亡友，未尝不握手痛惋，而公亦中年而殁，则余辈衰老萎蒉者，又何以久于人世也欤？"从这些记载看来，仲彬大约只活了四十多岁，便已死去。生年不详，卒于顺帝元统二年（1334），他著有杂剧四种（《孙武子教女兵》《春风杜韦娘》《持汉节苏武还乡》《敬新磨戏谏唐庄宗》）。至于散曲，在《乐府群玉》中，载有其小令四十四首，《太平乐府》选有其套数五套，其作风清逸潇洒，如《小桃红·失题》云：

当时罗帕写宫商，曾寄风流况。今日尊前且休唱，断人肠，有花有酒应难忘。香消夜凉，月明枕上，不信不思量。

又如《叨叨令·自叹》云：

筑墙的曾入高宗梦，钓鱼的也应飞熊梦。受贫的是个凄凉梦，做官的是个荣华梦。笑煞人也末哥？笑煞人也末哥？梦中又说人间梦。

仲彬此曲思想，颇与庄子《齐物论》"梦之中又占其梦焉"相似，且全篇只押一"梦"字，非但不以重韵为累，反而觉其神理自然。这在曲里叫作独木桥体。又如《落梅风》云：

　　鸾凤配，莺燕约，感萧娘肯怜才貌。除琴剑又别无珍共宝，只一片至诚心要也不要？

这样活泼的文字，写来亲切动人，的确不失为元曲中的佳构。谈恋爱愧无以赠，全靠一片至情之心以博得伊人青睐，浑厚之至，没有一点寒酸气或自卑感。

赵善庆　字文贤，又别作赵文宝，名孟庆，饶州乐平（今江西乐平市）人。钟嗣成说他："善卜术，任阴阳学正。"著有杂剧七种（《教女兵》《七德舞》《满庭芳》《村学堂》《糜竺收资》《执笏谏》《姜肱共被》）。他所作散曲，《乐府群玉》中，载有小令二十九首，大都以清丽见长。像他所作《庆东原·泊罗阳驿》的"砧声住，蛩韵切，静寥寥门掩清秋夜"云云，把人的思想感情带入了另一个清凉的境界。次如《落梅风·秋晴》云：

　　秋声定，微雨歇，透疏棂纸窗风裂。孤灯儿似知愁恨切，照离人半明半灭。

又如《折桂令·西湖》云：

　　问六桥何处堪夸。十里晴湖，二月韶华。浓淡峰峦，高低杨柳，远近桃花。临水临山寺塔，半村半郭人家。杯泛流霞，板撒红牙。紫陌游人，画舫娇娃。

用这么清拔的笔调，来描写湖山风物，是善庆的特长之处。又如《沉醉东风·秋日湘阴道中》云：

　　山对面蓝堆翠袖，草齐腰绿染沙洲。傲霜橘柚青，濯雨蒹葭秀；隔沧波隐隐江楼。点破潇湘万顷秋，是几叶儿转黄败柳。

这是何等的萧疏自然，直令人把玩不忍释手。涵虚子评其词如"蓝田美玉"，倒很相称。但是他也有些气壮的作品，如《山坡羊·长安怀古》云：

骊山横岫，渭河环秀，山河百二还如旧。狐兔悲，草木秋，秦宫隋苑徒遗臭，唐阙汉陵何处有？山！空自愁。河！空自流。

另外还有一首《落梅风·江流晚眺》云：

枫枯叶，柳瘦丝，夕阳闲画阑十二。望晴空莹然如片纸，一行雁一行愁字。

这是何等酣畅的文字，可惜他作品现存太少，不能以窥全豹。

王仲元 据《录鬼簿》所载，知他为杭州人，且与钟嗣成相交有年。《太和正音谱》把他列入"已下一百五人"中，与董解元、卢疏斋、姚牧庵等并举，且注曰："俱是杰作，尤有甚于前列者，其词势非笔舌可能拟，真词林之英杰也。"可见他在当时也是一位著名的作者。著有杂剧三种（《东海郡于公高门》《袁盎却坐》《私下三关》）。他的散曲，据《乐府群玉》所载，有《江儿水·叹世》九首，《妇人脸上笑靥》一首，《普天乐·春日多雨》一首，《太平乐府》选套曲四套。其作风以清逸见长，如《江儿水·叹世》第二云：

茅斋倚山门傍溪，镇日常关闭。安闲养此心，去住从吾意。寻一个稳便处闲坐地。

其次像《妇人脸上笑靥》云：

一团可人衡是娇，妆点如花貌。抬叠起脸上愁，出落腮边俏，千金这窠里消费了。

这又是显得纤雅圆润。或以为此曲为乔梦符作，按梦符集中有《清江引·笑靥儿》四首，第四首即此曲，是否应属乔作，只好存疑了。

高克礼　《录鬼簿》云："克礼，字敬德，号秋泉，见任县尹，小曲荣府，极为工巧，人所不及。"《元诗选》癸集称其："字敬臣，河间人，荫官至庆元理官（即县尹）。治政以清静为务，不为苛刻，以简淡自处。工古今乐府，有名于时。"所作散曲，今存者，不过《乐府群玉》里的四首，却没有一首不是尖新的。如《雁儿落带得胜令》云：

新愁因甚多？浅黛谁教画？倦将珊枕攲，款要朱扉亚。（过）月明闲照绿窗纱，酒冷重温白玉斚。五花骢系何处垂杨下？少年心亏负杀！亏负杀！不恨你个冤家，高烧银蜡，宽铺绣榻，今夜来么？

其次像《黄蔷薇过庆元贞》的"又不曾看生见长，便这般割肚牵肠，唤你你酪子里赐赏，撮醋醋孩儿弄璋"，写贵妃禄山事，极为自然。连用俗语，也非常妥帖得当。秋泉亦能诗，《元诗纪事》中载有《和杨铁崖西湖竹枝词》云："第四桥头第一湾，看鱼直上玉泉山。大鱼已逐龙飞去，留得当年旧赐环。"写得清俊自然，毫不雕琢。

周德清　贾仲名《续录鬼簿》云："江右人，号挺斋，宋周美成之后。"他在元散曲的演变上，是一个关键人物，所作《中原音韵》《作词十法》，完全以声律、音韵、对偶来衡量曲的优劣，为曲家所宗。散曲到此，始纯粹步入骚雅一途。《太和正音谱》评其词为"玉笛横空"。《尧山堂外纪》云：

泰定（晋宗）甲子（1324）秋，周德清既作《中原音韵》并起例，以遗青原萧存存；未几，访西域友人琐非复初，同志罗宗信见饷，复初举觞，命讴者歌乐府《四块玉》，至"彩扇歌，青楼饮"，宗信止其言而曰："'彩'字对'青'字，而歌'青'字为'晴'，吾揣其音，此字，合用平声字，必欲扬其音，而'青'字乃抑之，非也。"复初因前驱红袖，而自用调歌曰："买笑金，缠头锦，得遇知音可人心，怕逢狂客天生沁。纽死鹤，劈碎琴，不害磣。"德清闻其歌大喜曰："予作乐府三十年，未有如今日之遇二公，知某曲之非，某曲之是也。"遂捧巨觞，口占《折桂词》一阕曰："宰金头黑脚天鹅，客有钟期，坐有韩娥。吟既能吟，听还能听，歌也能歌。和《白雪》新来较可，放行云飞去如何？醉睹银河，灿灿蟾孤，点点星多。"歌既毕，相与痛饮，大醉而罢。

从这个故事里，看他们所作的曲，意思虽然都很平庸，但在字音的阴阳上却甚协调；这正是德清等人之所尚。因此他的曲，也都是经过千锤百炼而来的，显得极为精美。例如他的《朝天子·秋夜客怀》云：

月光，桂香，趁着风飘荡。砧声催动一天霜，过雁声嘹亮。叫起离情，敲碎客况，梦家山声在异乡。夜凉，枕凉，不许离人强。

读之令人感觉痛快明畅，惹起无限的乡愁。又如他的《喜春来·别情》云：

月儿初上鹅黄柳，燕子先归翡翠楼，梅魂休暖凤香篝。人去后，鸳被冷堆愁。

又如同调《秋思》云：

千山落叶岩岩瘦，百结柔肠寸寸愁。有人独倚晓妆楼。楼外柳叶眉，不禁秋。

这都是晶莹可爱之作。挺斋另有《喜春来·春晚》云：

镫挑斜月明金韂，花压春风短帽檐，谁家帘影玉纤纤。黏翠靥，消息露眉尖。

也是字字珠玑，令人把玩不已。挺斋家境贫寒，曾有《折桂令》写当时穷状云：

倚蓬窗无语嗟呀，七件儿全无，做什么人家？柴似灵芝，油如甘露，米若丹砂。酱瓮儿恰才梦撒，盐瓶儿又告消乏。茶也无多，醋也无加。七件事尚且艰难，怎生教我折柳攀花？

卢冀野《论曲绝句》谓："开门七事苦嗟呀，柴米油盐酱醋茶。"即指此曲而言。清代湖南诗人张璨曾有诗云："书画琴棋诗酒花，当年件件不离他。而今七字都更变，柴米油盐酱醋茶。"似较挺斋略胜一筹了。

钱　霖　字子云（见《录鬼簿》），松江（上海市松江区）人，与徐再思同时（徐有《钱子云赴都蟾宫曲》一首）。弃俗为黄冠，更名抱素，号素庵。善诗与曲，多游名公卿间。曾类集当时诸公曲曰《江湖清思集》行于世。所作散曲《醉边余兴》，今已失传，仅在《乐府群玉》中载有《清江引·无题》小令四首，《辍耕录》卷十七载有《般涉·哨遍》套数一套而已。由卢前辑成一卷，仍用旧名，刻入《饮虹簃丛书》中。其作风以"工巧"胜。如《清江引》云：

梦回昼长帘半卷，门掩荼蘼院。蛛丝挂柳棉，燕嘴粘花片，啼莺一声春去远。

其二云：

高歌一壶新酿酒，睡足蜂衙后。云深鹤梦寒，石老松花瘦，不如五株门前柳。

像这些词句，中间五言对偶精工，便可看出他的才思来。至若《清江引》第四的"梧桐一叶秋，砧杵千家月，多的是几声儿檐外铁"，则又写得词意雅驯。但其所作套曲，则又以"巉刻"见长，如写守财奴的《聚敛》云：

忍包羞，油铛插手，血海舒拳，肯落他人后。晓夜寻思机彀，缘情钩距，巧取旁搜。（【耍孩儿】）

狠毒性如狼狗，把平人骨肉，做自己膏油。（【十煞】）

写穷人的痛苦无告，富人的横征苛敛，与刘时中《上高监司》套颇为相似；"工巧"二字，却不能尽之。因此我们知道，凡是一个作家的作品，绝不能以单纯的眼光去判断其优劣。

任　昱　字则明，四明（今浙江宁波市鄞州区）人。他少年时，生活很浪漫，好"狎游平康，以小乐章流布裙钗。晚乃锐志读书"。他与张小山、曹明善同时。在《乐府群玉》卷一中有曹《喜春来·和则明韵》三首，在任氏曲中，也有《清江引·曹明善北回》一首，可见他们年辈相若。所作散曲，存《乐府群玉》中者有五十八首，《太平乐府》选《南吕·一枝花》一套。作风以华美胜，如《红绣鞋·春情》云：

暗朱箔雨寒风峭，试罗衣玉减香销，落花时节怨良宵。银台灯影淡，绣枕泪痕交，团圆春梦少。

又如《水仙子·友人席上》云：

绛罗为帐护寒轻，银甲弹筝带醉听。玉奴捧砚催诗赠，写青楼一片情；倦疏狂席上风生。红锦缠头罢，金钗剪烛明，有酒如渑。

他这种少年时的生活，很像词人中的柳永，把大好光阴，整日消磨在"倚红偎翠，浅斟低唱"中。但到了晚年的作品里，却以恬淡的手法，刻画出他的生活情况，则又与前判若两人。如《红绣鞋·和友人韵》云：

茅屋秋风吹破，桂丛夜月空过；淮南招隐故情多。无心登虎帐，有梦到渔蓑；不归来，等甚么？

又如《小桃红·失题》云：

山林钟鼎未谋身，不觉生秋鬓。汉水秦关古今恨。漫劳神，何须斗大黄金印？渔樵近邻，田园随分，甘作武陵人。

文学是生活的一面镜子，在什么样的环境下，便写成什么样的诗歌。则明少年时的作品，显得那么温香旖旎；晚年的作品，无形中便转到闲适清疏的境地，而略带些豪放的意味了。则明又能诗，如《西湖竹枝词》云："侬住湖边二十年，花开花落任春妍。门前有个垂杨树，不着游人系画船。"写得也极清绝脱俗，的是佳作。

李致远 仕履不详，但知其在《元曲选》中有《还牢末》杂剧一种。所作散曲，在《乐府群玉》中有小令二十六首，《太平乐府》中有套曲四套。涵虚子《论曲》，谓其词如"玉匣昆吾"。我们看他的散套，多不甚好，唯小令颇玲珑有致。如《迎仙客·暮春》云：

吹落红，楝花风，深院垂杨轻雾中。小窗闲，傍绣工，帘幕重重，不锁相思梦。

又如《天净沙·离愁》云：

敲风修竹珊珊，润花小雨斑斑。有恨心情懒懒，一声长叹，临鸾不画眉山。

像这样清圆玉润的曲，真令人三叹不置。此外如《清江引·赠妓》的"樽前有人颜似玉，笑索多情句"也是极尽风情之作。但他也有些壮气的句子，如《拨不断·夏宿山亭》云：

立峰峦，脱簪冠，夕阳倒影松阴乱。太液池虚月影宽，海风散漫云霞断，醉眠时小童休唤。

《北词广正谱》把此曲归之于马致远作品中，然而我们看其《梧叶儿·失题》的"夜雨留荷泪，西风吼树音；秋月弄桐阴，梅花谢别来到今"的句法、气势，与前作近似。《北词广正谱》或以名字相同而误入。

王　晔　字日华，号南斋，杭州人，著有《优谏录》，惜已佚。《录鬼簿》说他："体丰肥而善滑稽，能词章乐府。临风对月之际，所制工巧；有与朱凯《题双渐小卿问答》，人多称赏。"原词自《黄肇退状》至《议拟》，共十六首，俱载于《乐府群玉》卷二中，是极为流利动人的作品。全词是描述一个三角恋爱的故事。女主角是苏卿，男主角是茶商冯魁和诗人双渐。如用【天香引】问苏卿云：

俏排场惯见曾经，自古惺惺，爱惜惺惺。燕友莺朋，花阴柳影，海誓山盟。那一个坚心志诚？那一个薄倖离情？只问卿卿：是爱冯魁？是爱双生？

【天香引】苏卿答：

平生恨落风尘，虚度年华，减尽精神。月枕云窗，锦衾绣褥，柳户花门。一个将百十引江茶问肯，一个将数十联诗句求亲。心事纷纭，待嫁了茶商，怕误了诗人。

我们看苏卿所答,是那样含糊其词,模棱两可。茶商、诗人,前者是贪图物质的享受,后者是为了精神的慰藉;在这样的情况下,要一个女孩子做断然的处置,所以便觉其心事纷纭,左右为难了。因而免不了以下【凤引雏】的再问:"小苏卿,言词道不实诚,江茶诗句相兼并。那件着情?休葫芦提二面应。……"接着苏卿也用【凤引雏】答道:

满怀冤,被冯魁掩扑了丽春园。江茶万引谁情愿!听妾明言:多情小解元,休埋怨;俺违不过亲娘面。一时间不是,误走上茶船。

不有此问,不足以平书生之愤。苏卿所答,既说是违不过亲娘面,为什么又要说"一时间不是,误走上茶船"?显然有语病。所以再用【凌波仙】驳斥道:

明明的退佃了丽春园,暗暗的开除了双解元。碜可可说下了神仙愿。却原来都是骗;再谁听甜句儿留连。同他行坐,和他过遣,怎做的误走上茶船?

苏卿被驳得无言再辩,只有坦白地招认道:"书生俊俏却无钱,茶客村虔倒有缘,孔方兄教得俺心窑变。葫芦提过遣;如今是走上茶船。……"这才道出了女孩子心底的奥秘,尤其是"孔方兄(谓钱为孔方兄,见晋鲁褒《钱神论》)教得俺心窑变"句,更是一针见血。以后又用【天香引】问冯魁,冯魁用【凌波仙】答,真是铜臭喷人,倨傲不可一世。接着再用【大香引】问双渐道:

小苏卿窑变了心肠,改抹了因缘,倒换了排场。强折鸳鸯,轻分莺燕,失配鸾凰。实丕丕兜笼了富商,虚飘飘蹭脱了才郎。你试思量:不害相思,也受凄凉?

这时的双生,便只有死心塌地地说:"小苏卿是接了冯魁定,俏书生便噤声。没来由闲战闲争,非干是咱薄幸。既然是他薄情,我着甚干害心疼。"以下又是以【天香引】问黄肇,黄肇以【凌波仙】答。最后便以【凌波仙】问苏妈妈道:"只为贪钱,将个婵娟,卖上茶船。"但是苏妈妈以【凌波仙】答得更妙:"有钱的问甚纸糊锹,没钞的由他古定刀。是谁俊俏谁村拗,俺老人家不信索。冯员外将响钞摅着,双生号咷休干闹。黄肇嗏且莫焦,价高的俺便成交。"原来价高的才能成交,难怪苏卿说"俺违不过亲娘面"了。统观此曲全案角色甚多,问答亦纷纭错杂,很难有个好的收场,只有以"老虔婆指明,小苏卿既已招承"而结束了这一场风流断案,劝"双生好去觅前程"了。

　　任中敏在《曲谐》中说:"自元以来,曲中播咏最盛者,有三大情史。一为普救西厢,一为天宝马嵬,一则为豫章茶船也(即双渐小卿事)。西厢极于王、关,马嵬盛于稗畦,人所共知。茶船则其事其文,都不显著。然诸宫调则有张五牛、商正叔之《双渐小卿》。北杂剧则有庾天赐之《苏小卿丽春园》,王实甫之《苏小卿月夜贩茶船》,纪天祥之《信安王断复贩茶船》(将苏小卿断归双渐)。……不知南北则有《风月所举问汝阳记》,传奇则有明王玉峰之《三生记》,万历间无名氏之《千里舟》《赶苏卿》等。散套则自周文质《斗鹌鹑》一套咏小卿以后,载在太平雍熙(指《太平乐府》和《雍熙乐府》)者不下二三十套。小令则既有王氏此种问答体,其余零星拈咏者,亦可以不计矣。"此以异调间列的体裁,来推演故事,全案角色纷陈,而尤能叙述得当;且问答栩栩如生,实堪与明人王彦贞以百首《小桃红》叙述西厢故事相媲美。赵万里有《水浒传双渐赶苏卿故事考》一文,载《北平图书馆月刊》三卷一号;赵景深的《小说戏曲新考》中,也有《双渐和苏卿》一文,是根据各家所题咏有关双渐、苏卿的散曲二十余首,编成一个小故事,内容是说:"苏卿又名小卿,金斗郡人氏,美容仪,善织锦,通文墨,卜居帝都。其母苏妈妈三婆命其为娼,识双渐解元,两情缱绻。双渐字通叔,能琴,所谓风流才子也。讵知好事多磨,有茶商冯魁(或云江洪)者,为苏卿美色所惑,以重金聘之,虽姨夫黄肇冒充苏卿之夫,亦无效。小卿嫁后,渴念双生,每于月明之下,坐茶船中,俯首叹息,似闻双生琴声,登舟相会,又恐惊醒冯魁。既醒,方知是梦。后茶船泊金山,冯魁偕苏卿入寺进香。冯魁先归,苏卿忆念双生不已,题诗于壁。双渐既为苏卿所弃，落拓不得意，益放荡，识柳青于风尘中。后双生得官，赴临川县任时，偕柳青往，俨然夫妇。及双生见题壁诗，乃急往豫章，得与苏卿重晤焉。"这是一个大概的说明，可以帮助我们了解以上复杂的情况。

日华尚作有杂剧三种，即《卧龙岗》《双卖记》《桃花女》。今仅见《桃花女》一种，其余皆不传。

二、后期的豪放派

元代散曲后期的作家，大部分都是倾向于清丽的风格，这时豪放派的阵容，远不如前期那么虎虎有生气。勉强说来，便只有杨朝英、钟嗣成、刘庭信等三人，占着比较重要的地位。

杨朝英　号澹斋，郡城人，自署为"郡城后学"。其生平事迹已不可考，只知道与贯酸斋为莫逆交，酸斋尝道："我酸则子澹。"遂因以为号（见邓子晋《太平乐府》序）。他以选辑《阳春白雪》及《太平乐府》而著称于世。杨氏不但选曲，同时本身也是一个有名的作家。其作品散见于杨氏二选及其他选本中，有小令二十余首，写得都很清隽，作风与贯酸斋相似。如《清江引》云：

秋深最好是枫树，叶染透猩猩血。风酿楚天秋，霜浸吴江月。明日落红多去也。

这是他作品的最高成就，颇有豪放的意味。又如《湘妃怨》（又名《水仙子》）云：

闲时高卧醉时歌，守己安贫好快活。杏花村里随缘过，胜尧夫安乐窝。任贤愚后代如何？失名利痴呆汉，得清闲谁似我？一任他门外风波。

朝英所歌咏的对象，除了这些以外，当然还有些极缠绵的，如《水仙子》云："灯花占信又无功，鹊报佳音耳过风。绣衾温暖和谁共？隔云山千万重，因此上惨绿愁红。不付能博得个团圆梦，觉来时扑个空，杜鹃声来又过墙东。"又如《阳春曲》云："浮云薄处瞳曚日，白鸟明边隐约山。"这都可看出其绮丽的才华来。《太和正音谱》评其曲如"碧海珊瑚"，大概就是指的这一类作品而言。若仅以"碧海珊瑚"四字，衡量他整个的作风，自然不甚切当。例如他所写《叨叨令·叹世》云："昨日苍鹰黄犬齐飞放，今日单鞭羸马江南丧。他待说欺君冈上曹丞相，不如俺葛巾漉酒陶元亮。到也么哥，到大来快活也么哥，渔翁把盏樵夫唱。"就略带苍莽之气了。

钟嗣成 字继先，生卒不详，约元英宗至治初前后在世。为人因状貌丑怪，累试不第，故自号丑斋。其先世是河南开封人，后侨居杭州。他所写《录鬼簿》，为我们保存了许多元代曲家的掌故。贾仲名《续录鬼簿》说他："以明经累试于有司，数与心违，因杜门养浩然之志。……其德业辉光，文行温润，人莫能及，善音律，德隐语。……所编小令套数极多，脍炙人口。"他所编《录鬼簿》，叙录有元一代曲家作品，并记其官位行谊，为元曲保存了不少最可珍贵的材料，其功不在杨朝英之下。他是邓文原、曹克明、刘声之的高足弟子；和这一时期的作者，大都有来往，如金仁杰、施惠、周文质皆与之游。他又很佩服曾瑞卿、郑光祖；但他的作风，却比他们更为漂亮。所作小令三十余首，套数一套，散见于《乐府群玉》《太平乐府》中。其作风以豪放为宗，但常显露着特殊的诙谐与颓放的风趣。其自序《丑斋·南吕·一枝花》套曲，幽默诙谐，大吐胸中闷气，乃绝代妙文。如云：

子为外貌儿不中抬举，因此内才儿不得便宜。半生未得文章力，空自胸藏锦绣，口唾珠玑。争奈灰容土貌，缺齿重颏，更兼着细眼单眉。人中短，髭鬓稀稀。那里取陈平冠玉精神，何晏般风流面皮？那里取潘安般俊俏容仪？自知就里，清晨倦把青鸾对；恨杀爷娘不争气。有一日黄榜招收丑陋的，准拟夺魁。（【梁州】）

此篇全文很长，不能尽举，单凭这首《梁州》，不但看出他诙谐的风趣，而且他把自己的外貌也给我们一个简单的描绘。其次有《醉太平》小令三首，写乞儿自述，惟妙惟肖：

绕前街后街，进大院深宅。怕有那慈悲好善小裙钗，请乞儿吃顿饱斋。与乞儿绣副合欢带，与乞儿换副新铺盖，将乞儿携手上阳台，设贫咱波奶奶。

其二云：

俺是悲天院下司，俺是刘九儿宗枝，郑元和俺当日拜为师，传留下莲儿落稿子。掤竹杖绕遍莺花市，提灰笔写就鸳鸯字，打爻槌唱会《鹧鸪词》，穷不了俺风流敬思。

其三云：

风流贫最好，村沙富难交，拾灰泥补砌了旧砖窑，开一个教乞儿市学。裹一顶半新不旧乌纱帽，穿一领半长不短黄麻罩，系一条半联不断皂环绦，做一个穷风月训导。

明代有薛近兖的《绣襦记》，其中《莲花落》一出，为世人所称赏；如《顾曲杂谈》说："鹅毛雪一折，乞儿家长口头语，镕铸浑成，不见斧凿痕。"然而我们看了丑斋的《醉太平》，便知薛作全由钟曲学来。

另外像《水仙子·失题》二首云：

菊栽栗里晋渊明，瓜种青门汉邵平。爱月香水影林和靖，忆莼鲈张季鹰，占清高总是虚名。光禄酒扶头醉，大官羊带尾撑，他！也过平生。

其二云：

灯前抚剑听鸡声，月下吹箫引凤鸣。功名两字原无命，学神仙又不成，叹吴侬何处归耕？日月闲中过，风波梦里惊，造物无情。

涵虚子评丑斋如"腾空宝气"，读了此曲，的确有些豪气万丈，尤其"功名两字原无命，学神仙又不成"两句，真有无可奈何之叹！又如《沉醉东风·失题》云：

听不厌鸾笙象板,看不足凤髻蝉鬓。按不住刺史狂,学不得司空惯。常不教粉咨红悭,若不把群花恣意看,饱不了平生饿眼。

这是如何豪放的句子!在元散曲后期的作家中,很少看到。此外又如《清江引·题情》的两首云:"夜长怎生得睡着?万感萦怀抱。伴人瘦影儿,惟有孤灯照,长吁气一声吹灭了。"又云:"昨天话儿说甚底?今日都翻悔。直恁铁心肠,不管人憔悴,下场头送了我都是你。"用句真挚而深刻,虽是写情之作,也极富豪迈的情趣。

刘庭信 原名廷玉,《尧山堂外纪》说他为"南台御史刘廷翰族弟,俗呼曰黑刘五"。贾仲名《续录鬼簿》又云:"行五,身长而黑,人尽称黑刘五舍。与余先人至厚。风流蕴藉,超出伦辈,风晨月夕,唯以填词为事。有'枕头痕一线印香腮'双调,和者甚众,莫能出其右。又有'丝丝杨柳风''金风送晚凉'南吕等作,语极俊丽,举世歌之。兄廷干,任湖藩大参,因之,卒于武昌。"他的散曲,存小令七十余首,套数六套,均见《词林摘艳》。其作风和钟丑斋一样,极富风趣。如《折桂令·别情》云:

想人生最苦别离,唱到阳关,休唱三叠。意迟迟抹泪揩眸,急煎煎揉腮抓耳,呆答孩闭口藏舌。情儿分儿你心里记着,病儿痛儿我身上添些。家儿活儿既是抛撇,书儿信儿是必休绝。花儿草儿打听得风声,车儿马儿我亲自来也!

按嗣成所作《折桂令》,共有四首,每一首的起句,都是"想人生最苦别离",极为动人。这不是诗中"记得临歧两行泪,带烟和露不分明"的情调,也不是词中"执手相看泪眼,竟无语凝噎"的滋味。只有在曲中,才能把"小妇人"急煎煎的心境,活生生地刻画在纸上。尤其结尾二句"花儿草儿打听得风声,车儿马儿我亲自来也",描写泼辣妇人恫吓其夫,更令人发噱。任中敏谓《西厢记·伤离》的《叨叨令》,已先有此种语调,然而不如此语之妙。(见《曲谐》卷一)又云:"他那里鞍儿马儿身子儿劣怯,我这里眉儿眼儿脸脑儿乜斜。侧着叫一声行者,搁着泪说一句听者:得官时早报个期程,准备你丢丢抹抹远远的来迎接。"又云:"过了一百五日上坟的日月,早来到二十四夜祭灶的时节。寂寂寞寞终岁巴结,孤孤另另彻夜咨嗟。欢欢喜喜盼的他回来,凄凄凉凉老了人也。"像这样写寻常夫妇话别,措语极为生动新切。他还有些奇丽的曲子。如《水仙子》云:

秋风飒飒撼庭梧,秋雨潇潇响翠竹,秋云黯黯迷烟树;三般儿一样苦,苦的人魂魄全无。云结就心间愁闷,雨好似眼中泪珠,风做了口内长吁。

其二云:

虾须帘控紫铜钩,凤髓茶闲碧玉瓯,龙涎香冷泥金兽。凭雕栏倚画楼;怕春归绿惨红愁。雾濛濛丁香枝上,云淡淡桃花洞口,雨丝丝梅子墙头。

涵虚子评庭信曲如"摩云老鹘"。我们看上面的例子,炼字炼句,都显得非常苍老,然而在苍老之中,却又含着一种清新的感觉,这是常人所不易达到的境界。

元代散曲作家,可考者二百余人,以上所述,不过数十人而已。大约说来,在前期的曲坛上,马致远等人的豪放派,占着优势,但关汉卿诸人的清丽派,亦略可与之旗鼓相当。后期的曲坛,则几乎为张可久等人的清丽派所独霸,豪放一派,便如"日暮崦嵫",已恹恹无生气了。另外,还有一些无名氏的作品,甚多佳构。在那些作品里,民歌的色彩最为浓厚,有赤率大胆的肉欲描写,有趣味横生的嘲笑戏谑,有乡村生活的素描,有山水风景的速写。这也是元曲中重要的成分,可惜是零金碎玉,时代的先后不明,姑举以下八首为例:

眼皮儿怕待合,好梦儿难成就。听更鼓,数更筹,青鸾无信入红楼。新月儿半钩,印纱窗上头。沉沉的梅影儿,仿佛是玉人瘦。(《胡十八》)

垂杨外低低粉墙，烛花前小小银床。镇春寒翡翠屏，藏夜月芙蓉帐，几般儿不比寻常。回首桃源路渺茫，手抵着牙儿慢想。（《沉醉东风》）

　　梦回酒醒初更过，月转南楼影渐没。玉人低唤粉郎呵，休睡波，良夜苦无多。（《喜春来》）

　　秋来到，天渐凉，寒雁儿往南翔。梧桐树，叶又黄。好凄怆，绣被儿空闲了半张。（《梧叶儿·闺情》）

　　拂水面千条柳线，出墙头几朵花枝。醉看雨后山，醒入桥边肆。正江南燕子来时。到处亭台好赋诗，少几个知音在比。（《沉醉东风》）

　　百年三万六千场，风雨忧愁一半妨。眼儿里觑，心儿里想，教我鬓边丝怎地当。把流年仔细推详。一日一个浅斟低唱，一夜一个花烛洞房，能有得多少时光。（《水仙子·遣怀》）

　　芝兰满种功难就，荆棘都除力未周。百年心事两眉头。除是酒，消尽古今愁。（《喜春来》）

　　早霞，晚霞，妆点出庐山画。仙翁何处炼丹砂，一缕白云下。客去斋余，人来茶罢，叹浮生、指落花。楚家，汉家，都做了渔樵话。（《朝天子·叹世》）

像这样可爱的无名氏之作，元曲中俯拾即是。元人所作散曲，据隋树森编的《全元散曲》，共得小令三千八百五十三首，套数四百五十七套，较之《全唐诗》四万八千多首，《全宋词》两万多首，当然是相形见绌。然而我们要知道，唐代立国二百九十年，两宋共三百一十多年，而元代则仅有九十多年。这样看来，元人作品之盛，绝不亚于唐、宋两代，何况元人还有《元曲选》一百种，《元曲选外编》六十二种，共计有一百六十二种之多，那些失传了的五六百种，还没有计算在内。因此我们不得不承认它在中国文学史上的地位。如果没有这些作品，我们要谈到元代的文学，就只有空白了。

第三节　散曲的过渡时期

散曲发展到了元末明初的时候，犹如诗到了晚唐、词到了南宋一样，完全走上了"工巧""骈俪"的途径。凡字句的琢炼，对仗的整齐，写情的深密，写景的秀丽，使曲坛一时现出不少活气。在文章的技术上讲，确实是很成功的。但就因为他们过于琢炼工整，过于含蓄文雅，因此所表现出来的情韵，完全失去了曲的特有风格，成为文人们花前月下助酒侑唱的工具。散曲那种质朴、本色与白描的语调，丧失殆尽。这时期的作家，我们可以分作两部分来说明。一部分是元人散曲的结束者，像汪元亨、唐以初、汤舜民、刘东生、高明等算是比较重要的作家。一部分是明人散曲的开始者，像朱权、朱有燉等是。

一、元人散曲的结束者

汪元亨　号云林，饶州（今江西鄱阳市）人，是由元入明者。贾仲名云："浙江省掾，后徙居常熟，至正间，与余交于吴门。有《归田录》一百篇，行于世，见重于人。"又《乐府群珠》卷三称他为"元尚书"，不知何据。有杂剧三种，今俱不存。《归田录》又名《小隐余音》，见明黄虞稷《千顷堂书目》；又在赵琦美《脉望馆书目》中，有云林《清赏》一卷。二者均已散佚。据王九思《碧山新稿》为许柳蹊作《端正好》套曲跋有云："闲中览云林《清赏》爱而和之。"由此可知《清赏》一书，其中所载，自然也是散曲了。今本《雍熙乐府》中，有《醉太平》《沉醉东风》《折桂令》《朝天子》及《雁儿落带得胜令》各二十首，总计恰好有百首之多，大概就是所谓的《归田录》，为卢冀野刻入《饮虹簃丛书》中，题名《小隐余音》。其作风是张云庄"休居自适乐府"的同调。如《醉太平·归隐》云：

憎苍蝇竞血，恶黑蚁争穴。急流中勇退是豪杰，不因循苟且。叹乌衣一旦非王谢，怕青山两岸分吴越；厌红尘万丈混龙蛇。老先生去也。他这种高瞻远瞩、睥睨一切的气概，颇与陶渊明有点相似。任中敏《曲谐》论此曲道："论世既觉尽情，属语亦见工致。寻常谓古人文字好处，每日光景常新，其实并非过去之文字真能常新也，乃未来之人事大都仍旧耳！昔日青山两岸，吴越屡分，昔人因有此词。今日两岸青山，屡分吴越，固未尝与昔异，则读昔人此词，时同此艰，心同此感，顾有不觉其光景常新者乎？此词原无所谓光景也，特着语警切，古今之情无异，令人具兹同感耳！"其次在《沉醉东风》中又说：

远城市人稠物攘，近村居水色山光。打点出野叟情，铲削去时官样；演习会牧歌樵唱。老瓦盆边醉几场，不撞入天罗地网。

这样闲适的情调，正宜过着那"向陇首寻梅，着杖头挑酒，就驴背吟诗"（《折桂令》）的萧散生活，充分说明了遭逢国家丧乱之际，一般遗民野老们的无聊心绪。又如他的《朝天子》云："荣华梦一场，功名纸半张。是非海波千丈，马蹄踏碎禁街霜，听几度头鸡唱。尘土衣冠，江湖心量。出皇家麟凤网，慕夷齐首阳，叹韩彭未央。早纳纸风魔状。"次如写归田的《沉醉东风》："二十载江湖落魄，三千程路途奔波。虎狼丛辨是非，风波海分人我，到如今做哑妆矬。着意来寻安乐窝，摆脱了名缰利锁。"他再三感叹人生祸福无常，应该急流勇退。顾佛影选注的《元明散曲》中说："这是因为明太祖在政权稳之后，对于知识分子异常猜忌，屡次诛戮功臣，大兴文字狱。当时群臣生命都朝不保夕，每天早晨入朝，都要和妻子诀别。云林这些作品正反映了明初一般士大夫的心理。"这些话说得对极了，明白了此中缘故，才可了解作者的心境。

唐　复　字以初，京口人，号冰壶道人。"以后住金陵，吟小诗，晓音律。"杂剧有《陈子春四女争夫》，今佚。所作散曲，词意很奇特。如《水仙子》云：

蓝桥驿一步步鬼门关，阳台路一层层刀剑山，桃源洞一处处连云栈；有情人难上难，姻缘簿扯做了引魂幡。波浪起尾生心碎，云雨散襄王梦残，桃花谢刘阮情悭。

写得层次分明，措语紧切。此外尚有《徐都相书堂》云："伯牙琴，王维画，文章公子，宰相人家。联一篇感兴诗，说几句知音话。"写得也很畅达。又在《乐府群珠》中，载有他的《红绣鞋·花阴避暑》四首，兹录一首为例：

　　九里青林如障，一团翠影生凉。云根宴坐兴偏长。簟铺湘水冷，酒清碧筒香，风轻琴韵响。

写得雅丽工整，乃一时风气使然，可惜他的作品不多，无法作深一层介绍。

汤　式　字舜民，号菊庄，象山（今浙江象山县）人。为明初散曲十六家之一。有《菊庄乐府》行世，又有《笔花集》，有单行本。贾仲名云："补本县吏，非其志也，后落魄江湖间。好滑稽。与余交，久而不衰。文皇帝在燕邸时，宠遇甚厚。永乐间，恩赉常及。所作乐府、套数、小令极多，语皆工巧，江湖盛传之。"因为他是一个始穷终遇的词人，所以早年所作多牢骚语，而晚年所作，则多颂圣语。如送友应聘的"莫迟留，壮志须酬，不负平生经济手"，这是志得意满之语。至如他所写情词的"蓦地相逢，眼眩魂飞动，方信道仙凡有路通"（《赠妓》），几全是陈言腐语，已开明人堆砌雅辞的风气。他的《蟾宫曲·咏西厢》一首，音调别致，情韵悠然，为曲中重句格俳体之一种。其词云：

　　冷清清人在西厢，叫一声张郎，骂一声张郎。乱纷纷花落东墙，问一会红娘，絮一会红娘。枕儿余，衾儿剩，温一半绣床，闲一半绣床。月儿斜，风儿细，开一扇纱窗，掩一扇纱窗。荡悠悠梦绕高唐，萦一寸柔肠，断一寸柔肠。（《蟾宫曲》）

明人施子野的《花影集》中有《闺怨蟾宫》，冯惟敏的《海浮山堂词稿》有《四景闺词》，都是仿舜民此格。后来的小曲中，模拟者更多，蔚然形成一种体制了。类似之作，如《商调·望远行·闺情》云：

> 杏花风习习暖透窗纱，眼巴巴盼望他，不觉的月儿明钟儿敲鼓儿挝。梅香，你与我点上银台燎，将枕被铺排下。他若是来时节，那一会坐衙，玉纤手忙将这俏冤家耳朵儿掐。嗏！实实的那里行踏？乔才！你须索说一句儿真实话。

写娇泼少妇如见其形，如闻其声，造语又是那样的圆稳老到、真朴浑厚，不愧为曲中名手。他又著有杂剧《娇红记》《瑞仙亭》二种，可惜都失传了。

刘 兑 字东生，生卒不详。《续录鬼簿》云："作《月下老定世间配耦》四套，极为骈丽，传诵人口。"同时他又作有《金童玉女娇红记》两卷，写得很不坏。至他的散曲，除了陈所闻《南宫词纪》卷三所存的一套南曲《秋怀》外，像《正宫·刷子带芙蓉·四时闺怨》，也是一套佳作。如《四时闺怨》的《山渔灯犯》云：

> 燕将雏，逢初夏，梦断华胥，风弄檐马，闲局了刺绣窗纱。香消宝鸭，那人在何处贪欢耍？空辜负沉李浮瓜。寂寞，厌池塘闹蛙。庭院日长偏怜我，枕簟上夜凉不见他。多娇姹，爱风流俊雅。闷倚阑干，猛思容貌胜荷花。

又如《四时闺怨》的《朱奴插芙蓉》云：

> 渐迤逦寒侵绣榻，早顷刻雪迷了鸳瓦。自恨今生分缘寡，红炉畔共谁闲话。晚妆罢，托香腮闷加，胆瓶中懒添雪水浸梅花。

以上所录的两调是夏、冬二季。春的结句是："黛眉懒画，弹宫鸦鬓边斜插小桃花。"秋的结句是："对西风，病容憔悴似黄花。"写得极为清疏。至如《刮地风》："炎气浮，月影脯，送长天落霞孤鹜。"《步步娇·秋怀》："簟展湘纹新凉透，睡起红绡皱，无言独倚楼。一带寒江，几树疏柳，牵惹别离愁，天回苍山瘦。"其铺叙的手法也极高妙，颇饶富丽的情趣。

高 明 字则诚（一说名拭，字则明），后人称高东嘉，温州（今浙江永嘉县；或云瑞安人，或云平阳人，三县均属温州）人。元顺帝至正五年（1345）进士，授处州录事，后调浙江阃幕都事，转江西行台掾，又转福建行省都事。初方国珍叛，省臣以他是温州人，知海滨事，择以自从。国珍就抚，欲留置幕下，不从，即日解官，旅寓鄞县（今浙江宁波市鄞州区）栎社之沈氏，以词曲自娱。明洪武初，太祖闻其名。召修元史，以老病辞，隐居以终。著有《琵琶记》及《柔克斋集》。所作散曲，仅见陈所闻《南宫词纪》中所载《二郎神》一套，又南北合套"东野翠烟消"，亦有题高作者。如《春游》的【千秋岁】云：

杏花梢，间着梨花雪，一点点梅豆青小。流水桥边，流水桥边，只听得卖花声声频叫。秋千外，行人道。粉墙内，佳人笑。笑道春光好，把花篮旋簇食榼高挑。

又云：

俊多娇，只顾贪欢笑，却不道冷被人瞧。绿柳阴中，绿柳阴中，藏身暗折花枝来到。低声问：奴容貌，比花貌争多少？又被才郎恼，道花枝胜似奴貌妖娆！

又如《春游》的【越恁好】云：

闹花深处，闹花深处，滴溜溜酒旆招。牡丹亭左侧，寻女伴，斗百草。翠巍巍柳条，翠巍巍柳条，见忒楞楞晓莺儿，飞过树梢。扑簌簌落红，舞翩翩粉蝶儿飞过画桥。一年景，四季中，惟有春光好。向花前畅饮，月下欢笑。

这是多么漂亮的文字！陈所闻《南宫词纪》卷六载有《道情·浪淘沙》："绿竹间青松，翠影重重，仙家楼阁白云中。"写得也极婉丽，郑振铎疑为则诚之作。现在再举一首《二郎神》套的【黄莺儿】：

霜降水痕收，迅池塘，已暮秋。满城风雨还重九。白衣人送酒，乌纱帽恋头，思忆那人一似黄花瘦。合强登楼，云山满目，遮不尽许多愁。

则诚在中国戏剧史上，是一位杰出的人才，所作《琵琶记》，早已脍炙人口，描写人生社会的问题，细腻深刻，说白中时有妙言妙语；模拟剧中人物的口调与身份，也非常生动而有趣，在艺术上是一部成功之作。他当时所交，亦多知名人士。尝往来无锡顾阿瑛的玉山草堂，阿瑛选其诗入《草堂雅集》，说他"长才硕学，为时名流"。如其诗云：

晓雨池上来，微风动寒绿。幽人睡初起，开窗见修竹。西山带层宾，隐隐出林木。境寂尘自空，虑淡趣常足。独坐无晤言，流泉下深谷。（《宿说公房晓起偶成》）

此诗境界之高古，词句之简淡，颇与南宋陈与义相似。他如《题岳坟》《采莲曲》等篇，虽格不甚高，要非传奇中语。他又能作词，如《鹧鸪天·题顾氏景筠堂》云：

绿玉参差傍短楹，高堂清梦已冥冥。满枝只带湘灵点，一曲空听秦凤鸣。天莫问，物多情。此君潇洒若平生。风声月色来庭榭，老泪年来湿几更。

至于所作文章，有《乌宝》一传，见《辍耕录》。由此可知则诚之学，所涉甚广，不仅一端而已！

二、明人散曲的开始者

在元末明初的曲坛上，除了汪元亨、唐以初、汤舜民、刘东生、高明外，能够下开弘治、正德北曲隆盛的先声者，便是宁献王朱权和周宪王朱有燉了。

朱　权　他是明太祖朱元璋的第十七子，洪武二十四年（1391）就封大宁，永乐元年（1403）改封南昌。晚年学道，自号臞仙，一号涵虚子，又号丹邱先生。他精通音律，著《太和正音谱》及《琼林雅韵》等，有名于曲坛，并且编选《北雅》三卷（《栋亭书目》），惜今已佚。曾作杂剧十二种，今仅存《卓文君私奔相如》《冲漠子独步大罗天》二种及传奇《荆钗记》一本。后者，明人传为柯丹丘敬仲撰，王国维则考订为朱权之作。至于所作散曲，小令有《出队子》《天上谣》两首，套数有《醉花院》《喜迁莺》两套，其他国内已无传本。尔后我在西班牙马德里圣劳仑佐图书馆中所藏的明人刻本《新刊耀目冠场擢奇风月锦囊》里，发现有《黄莺儿》八首，题为"臞仙作"。此书因久已流落国外，故鲜为人知，于1952年，由台湾大学历史系教授方豪先生摄成影片带回，交由我整理；因其材料极不易得，趁便把它全部录出，以飨读者。如《咏风》云：

　　无影又无踪，卷杨花西复东，过园林乱摆花枝动。飘黄叶舞空，推浮云出峰，江湖上常把孤舟送。吼青松，穿帘入户，银烛影摇红。

其次《咏花》云：

　　落尽又还开，逞娇姿妆嫩色，千红万紫人堪爱。娇滴滴蒲台，翠巍巍蒲阶，佳人笑倚阑干外。解愁怀，王孙公子，压得帽檐歪。

再次是《咏雪》云：

　　遍地聚琼瑶，满空中蝶翅飘，白茫茫占断蓝关道。银铺着野桥，乇妆着小楼，佳人团坐围炉笑。饮羊羔，山童来报，压折腊梅梢。

最后一首是《咏月》云：

　　疏影荡银河，展清光漾碧波，玉钩番作冰轮舵。到黄昏盼他，遇中秋赏他，江湖常伴渔樵坐。问嫦娥，分明是镜，谁下得苦功磨？

这四首虽然分咏的是风、花、雪、月，然而并不曾明说到本题的字眼，可见作者的匠心了。另外四首是咏春、夏、秋、冬的。其一春云：

　　春日百花香，睹园林锦绣妆，千红万紫人争赏。只见粉蝶成双，紫燕飞忙，游春仕女频来往。细思量，良人远别，甚日得成双？

其二夏云：

夏日热难当，独坐孤房日又长，困腾腾纵步凉亭上。只见芰荷生香，交胫鸳鸯，双双并立莲池畔。细思量，飞禽成偶，奴命薄不成双。

其三秋云：

梧叶乍飘黄，暑退凉生夜正长，愁闻铁马叮当响。兰房寂寞，更漏又长，孤灯独坐谁为伴。细思量，相思两地，一样受凄凉。

其四冬云：

冬日朔风狂，想夫君愁断肠，孤身旅邸多凄况。他乡故国，天各一方，远迢迢何日同鸳帐？告穹苍，惟愿得名成利遂，及早得还乡。

臞仙的作品，虽然传者不多，仅就在这短短的几首里，很可看出他那才调的过人与运思的深邃，尤其是咏春、夏、秋、冬的四首，渲染着浓厚的民间色彩，很可能已开了明代小曲的先声。

朱有燉 号诚斋，又号锦窠老人，太祖之孙，周定王橚长子。定王于洪武十一年（1378）改封为周王，于仁宗洪熙元年（1425）薨，有燉乃袭封为周王（府在开封，即宫故址）。太祖洪武十二年生，英宗正统四年卒（1379—1439），年六十一岁，谥曰宪。他因遭遇隆平，奉藩多暇，留心翰墨，尤精马（致远）、贯（云石）之学。据《百川书志》外史类著录，所撰有《甄月娥》等传奇，多至三十一种，今俱存，收在《杂剧十段锦》、《周宪王乐府》三种、《奢摩他室曲丛》二集、《盛明杂剧》二集及孤本《元明杂剧》诸书中。这些剧本的文字，虽不见得怎样漂亮，但音调颇称和谐。《列朝诗集》谓："诚斋所作，音律谐美，流传内府，至今中原弦索多用之。"由此便可想见他的乐府在当时所传之盛了。

他的散曲有《诚斋乐府》，宣德九年（1434）刊。今有卢冀野饮红簃刻本，有小令二百七十九首，套数三十五套。郁蓝生《曲品》评他："色天散圣，乐国飞仙，嗣出天潢，才分月露。"如《红绣鞋・咏雪》云：

踏瑞雪蹇驴破帽，访幽梅野径荒郊，赤紧的待沽酒前村价尤高。白茫茫银海岛，寒凛凛玉溪桥，把一个老先生干冻倒。

又云：

乘兴去虽然美话，兴阑归也自由他。着艄公怎地不嗟呀，忍着饥催去棹，捱着冰又还家，把一个老先生埋怨煞。

前一首是写孟浩然踏雪寻梅的荒村野景，后一首是写王子猷雪夜访戴故事里的船夫的心情。取材虽是平淡无奇，但却如王士禛《花草蒙拾》所云有"生香真色"之妙，不是常人容易达到的境界。至如写隐居的《一枝花》套，写嘲子弟省悟修道的《粉蝶儿》套，却是极不自然的作品。

除此以外，当然也还有些"诙嘲谑浪，微伤鄙俚"的情词艳曲，如《醉乡词・风流体》二十篇、《柳营曲・风月担儿》二十三篇之类。这都是他养尊处优的环境使然。因为他出身王室，且当升平之时，狎妓享乐，在所难免。同时他也写了不少以妓女为对象的杂剧，如《刘盼春守志香囊怨》《李亚仙花酒曲江池》《美姻缘风月桃源景》《宣平巷刘金儿复落娼》《甄月娥春风庆朔堂》《兰红叶从良烟花梦》等是。

在《诚斋乐府》中，尚有其他足资考订者，如《白鹤子・咏秋景五首》序中，畅论南北曲的流别，为词隐、鞠通辈所未悉。又有《南北楚江情・闺情五更》，是属于小曲之流，复见《吴骚合编》中，而张旭初兄弟，竟不知为诚斋所作，乃题作古词。并且在原本每首曲后，各附北词《金字经》一支，现存选本多把它删去，由此可知明季选曲之陋。同时有"二更露正凉"一曲，实为袁箨庵"西楼朝来翠袖凉"所本。《西楼曲》名重一时，《楚江情》尤为吴骏公（伟业）所激赏，但也不知是否脱胎于有燉之曲。《诚斋乐府》价值之大，影响之深，于此可见。

第三章　明人散曲

元人统治中国,将近一百年之久,除了世祖、仁宗两朝的政治稍见清明外,其余的都是处处压迫汉人,尽情地摧残中国文化。及至元代末叶的顺帝,荒淫无度,内乱频仍,当过和尚的朱元璋便乘机而起,削平群雄,驱逐元室,定都南京,建立了汉族的大明帝国。

朱元璋本人是一个起自布衣的帝王,对于文学赏鉴的程度并不甚高。加以考试科目,全用八股,于是把一般读书人的精力都用在习作八股文上面,以求高官厚禄,因而正统派的古文诗词,衰落不振,反倒是近于白话的曲,却颇适合这位平民皇帝的口味。徐渭《南词叙录》说:

> 永嘉高经历明……我高皇帝即位,闻其名,使使征之,则诚佯狂不出,高皇不复强,亡何卒。时有以《琵琶记》进呈者,高皇笑曰:"五经四书,布帛菽粟也,家家皆有。高明《琵琶记》如山珍海错,贵富家不可无。"

在明田艺衡《留青日记》、黄溥言《闲中今古录》中,都有类似的记载,是否属实,尚待考证。又李开先在《张小山乐府序》里说:

> 洪武初年,亲王之国,必以词曲千七百本赐之。

此说虽不见得可靠，想亦不为无因。皇族中，能文之士甚多，帝王如宣宗朱瞻基，宗室如宁献王朱权、周宪王朱有燉尤为杰出。宁王的《太和正音谱》，至今为制曲者所称；周王为明杂剧的大家，作品有三十余种，所作散曲集《诚斋乐府》，在明初曲坛上占着很重要的地位。李梦阳《汴梁元宵绝句》云："齐唱宪王新乐府，金梁桥外月如霜。"又牛左史恒诗也说："唱彻宪王新乐府，不知明月下樊楼。"由此便可想见明初乐府所传之盛况了。"上有好者，下必有甚焉者矣。"于是明代便成了散曲的第二个黄金时代。

明初曲坛，虽然因有帝王的提倡而大盛，但实际说来，他们作品流传下来的并不多，涵虚子《太和正音谱》所录古今群英中，明初曲家共列有王子一等十六人，大都是由元入明者，然而他们的作品，百不存一，偶有所见，多为零篇，很难看出他们作品的特色。任中敏《散曲概论》云：

明代未有昆曲以前，北曲为盛。涵虚子所列明初十六家中，惟汤氏一人传作有五十余套，余皆二三篇，未足言派。汤之套数简短，不病拖杳，惟多赠答应酬之作。端谨之余，与一二小令，皆豪丽参用。十六家外，士大夫染翰此业者正多，亦多零星，无足数者。惟周宪王朱有燉之《诚斋乐府》，裒然成帙，是称一家；而论其文字，乃十九端谨，且庸滥居多。豪丽两面，均鲜至处。

明初的曲坛，确是如此。自朱有燉而后，到了弘治、正德间，北曲的作家们，忽又像风起云涌般活跃起来。作者们类皆以典雅为宗，像元人那样的纵笔所如、村言野语无不拉入的勇气已不多见了；唯真实的、出于"性灵"之作，却较明初为盛。他们都很认真地写曲，即连最凡庸不过的"贺寿""宴集"之作，有时也非常令人可喜。为了叙述上的便利，我们姑以嘉、隆间昆曲的兴起为中心，分为昆曲流行以前及昆曲流行以后两部分来说明。

第一节　昆曲流行以前的散曲

在昆曲流行以前的散曲曲坛上,我们可以把曲家分为南北两系。一为西北派,以陕西的康(海)、王(九思)为中心,李开先、常伦、王越、韩邦靖、杨循吉、冯惟敏诸家属之;这些作家的籍贯并不都是西北,但他们的气势粗豪,颇多本色,喜写咏怀、叹世一类的作品,犹有马致远之风。一为南京派,以南京的王(磐)、陈(铎)为中心,王田、金銮、杨廷和、杨慎、黄娥、唐寅、祝允明、陈所闻、夏言、沈仕诸家属之;这些作家的籍贯也并不都是南京,然他们的作品以清丽为主,专门讲求修辞的细美、风格的婉约,喜写闺情、闲适一类的作品,犹有张可久之风。

一、西北派

西北派的作者,因为环境关系,所以他们的作品,大都带有些浑厚的气质;音节的高亢,意境的雄浑,文笔的高古,自然是他们的特色。兹分别论述之:

康　海　字德涵,号对山,陕西武功人,《明史》卷二百八十六有传。宪宗成化十一年生,世宗嘉靖十九年卒(1475—1540),年六十六岁。孝宗弘治十五年(1502)状元及第(时二十八岁),授翰林院修撰。与李梦阳、何景明、徐祯卿、边贡、王九思、王廷相诸人以诗名,号七才子。正德初,宦官刘瑾乱政,以海为同乡,慕其才,欲招致之,海不肯往。会李梦阳以代尚书韩道贯草疏,出言极为切直,刘瑾深恨之,而下之于狱。梦阳急书片纸语海曰:"对山救我!"海曰:"吾何惜一官,不救李死。"乃谒瑾,瑾大喜,倒屣迎之,并对海称扬备至,云为关中增光者。海即对曰:"海何足言,今关中有三才:老先生之功业，张尚书之政事，李郎中之文章是也。"瑾曰："李郎中非李献吉（梦阳）邪？应杀勿赦！"海曰："应则应矣，杀之，关中少一才奈何？"瑾解其意，明日释梦阳。逾年瑾败，海坐瑾党，落职为民，梦阳于时却不一援手，他乃作《东郭先生误救中山狼》杂剧以讥梦阳（明清人如何元朗、朱彝尊、王阮亭皆谓此剧为马中锡作）。其剧末有："俺只索含悲忍气，从今后见机莫痴。呀！把这负心的中山狼做傍州例。"悻悻之意，犹存字里行间。按《对山集》也有《读中山狼传》诗云："平生爱物未筹量，那记当年救此狼。"则此传是刺梦阳无疑了。他本是个豪放不羁的人，经过这次的挫折后，更加放浪形骸，以山水声伎自娱。《蜗亭杂订》记他坐废后的生活道：

康德涵既罢免，以山水声伎自娱，间作乐府小令。使二青衣歌以侑觞，游于四方。停骖命酒，以歌其曲。尝生日邀名伎百人为百年会。酒阑，各书小令一阕，命送诸王邸，曰："此差胜锦缠头也。"

又明何良俊《四友斋丛说》云：

对山尝与伎女同跨一蹇驴，令从人赍琵琶自随，游行道中，傲然不屑。

钱谦益《列朝诗集》也说：

德涵既罢免，以山水声伎自娱……西登吴岳，北陟崾崾，南访经台，东至太华、中条，停骖命酒。歌其所制感慨之词，飘飘然辄欲仙去。

焦循《剧说》卷三引王世贞《艺苑卮言》又说：

德涵既罢官，居鄠杜，葛巾野服，自隐声酒。时有杨侍郎廷仪者，少师之弟，以使事过康，康故契分不薄，大喜，置酒至醉，自弹琵琶，唱新词为寿。杨徐谓家兄恒相念君，但得一书，吾为道地史局。语未毕，康大怒，骂若伶人我耶！手琵琶击之，胡床迸碎，杨踉跄走免，康遂入，口咄咄，更不相见。

从这些记载中，我们知道对山被放逐后的生活情况，是极端的浪漫而颓废的。因为胸中满腹牢骚，发之于曲，粗豪之气，自然难掩；而愤世乐闲的情趣，常觉有不相调和之处。所作散曲集有《沜东乐府》二卷、《补遗》一卷，有明嘉靖三年刊本、《散曲丛刊》本及饮虹簃本。存小令二百数十首，套数三十余套。例如《水仙子·酌酒》云：

论疏狂端的是我疏狂，论智量谁如我智量。细寻思往事皆虚诳，险些儿落后我醉春风五柳庄。汉日英雄、唐时豪杰，问他们今在何方？好的、歹的一个个尽撺入渔歌樵唱。强的、弱的乱纷纷埋在西郊北邙。歌的、舞的受用者，休负了水色山光。

他由于在政治上的挫折，所以只好以歌舞自娱而避祸了。又如《落梅风》云：

烧银蜡，泛紫霞，沉醉在海棠亭下。想人生好如亭下花，怎支吾雨狂风乍。

又如《雁儿落带得胜令》云：

数年前也放狂，这几日全无况。闲中件件思，暗里般般量。真个是不精不细丑行藏，怪不得没头没脑受灾殃。从今后花底朝朝醉，人间事事忘。刚方，奚落了膺和滂。荒唐，周全了籍与康。

对山之曲，时有故作硬语盘空者，像"轻蓑一笛晚云湾，这逍遥是罕"（《醉太平·浒西即事》）、"多君况乃青云器。乐传凤凰歌，灯转芙蓉戏，剔团圆明月悬天际"（《塞鸿秋·元夜》）、"雾冥蒙好兴先裁，意绪难摅，诗酒空开。万里泥途，三径何哉"（《折桂令·苦雨》）之类，处处洋溢着愤懑不平的呼声。又像《寄生草·读史有感》云：

天岂醉，地岂迷，青霄白日风雷厉。昌时盛世奸谀蔽，忠臣孝子难存立。朱云未斩佞人头，祢衡休使英雄气！

除此以外，对山也有些很清隽的作品，如《满庭芳·晴望》云：

天空雾扫，云淡雨散，水涨波潮，园林一带青如棹，山水周遭。点玉池新荷乍小，照丹霄晴日初高。两件儿休支调：鸡肥酒好，宜醉浒西郊。

对山还有些极为俚俗的曲，却含有无穷的言外之意。如《山坡羊》云：

我和尚发了誓,离了庵观。我和尚发了誓,再不去看经向善。这寺里出家的尽有,论成佛轮不着你和俺。倒不如还俗了罢手,佛也不与我众生为怨。娶一个美貌佳人也,锦帐罗帏,受用上几年。成就了我的姻缘,我把那阿弥陀佛拾得过来撩的他远。成就了我的姻缘,那怕他碓捣磨碾,去上过儿刀山。

他这种厌作僧尼、反对佛教的文辞,很可能是后来昆曲中流行的尼姑思凡及和尚下山之所本。又如《沉醉东风》云:

装几车儿羊毛笔管,载几车儿各样花笺。凤阳墨三两房,天来大三台砚。请孔门弟子三千,一夜离情写半年,添砚水尽都是离情泪点。

从这些例子看来,对山写曲,根本毫不经意地随手成章,粗率之处,在所难免,所以任中敏在《散曲概论》卷二中,曾批评对山的曲道:

《沜东乐府》用本色为豪放,摆脱明初阘茸之习,力为振拔,有功于明代散曲之作风不少。惟贪多务博,殊欠剪裁,是其一失。用俗之处,往往为俗所累,元人衣钵,未尽真传,是其二失。其中极热极怨,而表面以解脱之语盖之,其志趣并非真正恬淡,根本有异于元贤,是其三失。此三失虽不必独集康氏一身,而康氏实启此派之咎,王九思、李开先辈,应分任其咎者也。

这是很公允的话。现在再看他的同调王九思。

王九思 字敬夫,号渼陂,一号碧山,又号紫阁山人,鄠(今陕西西安市鄠邑区)人。《明史》卷二百八十六有传。生于宪宗成化四年,卒于世宗嘉靖三十年(1468—1551)。他是孝宗弘治九年(1496)进士,授翰林院检讨。刘瑾乱政,翰林悉调部属,历练政务;九思得吏部,不数月长文选司。瑾败,降寿州(今安徽寿县)同知,居一年复勒令致仕。家居垂四十年,年八十四乃卒。他与康海同里同官,同以瑾党废,每相聚沜东、鄠、杜间,挟声伎酣饮,制乐造歌曲,自比俳优,以寄其怫郁。他有杂剧《杜子美沽酒游春》,据说是为讥讽当时宰相李东阳（西涯）而作，《蜗亭杂订》云：

长沙（李东阳）当国时，王九思以少年屏斥，永锢不用，无所发怒，作杜甫游春杂剧，力诋西涯，流传关陇，群相附和。嘉靖初纂修实录，议起用九思，有言于朝曰："游春记李林甫固指李西涯，杨国忠得非石斋，贾婆婆得非南坞耶！"吏部闻之，缩舌而止。

于是他从此与政治绝缘，日与康对山谈宴，征歌度曲以终老。《尧山堂外纪》谓："敬夫将填词，以厚赀募国工，杜门学唱三年，然后操笔。德涵于歌弹尤妙，每敬夫曲成，德涵为奏之，即老乐师毋不击节叹赏也。"他的散曲有《碧山乐府》一卷、《碧山拾遗》一卷、《碧山续稿》一卷。又次李开先韵《傍妆台》百首，名《南曲次韵》，俱收入卢前《饮虹簃所刻曲》中。如《驻马听·咏怀》云：

暗想东华，五夜清霜寒驻马。寻思别驾，一天残月晓排衙。路危常与虎狼狎，命乖却被儿曹骂。到如今谁管咱，葫芦一任闲玩耍。

《尧山堂外纪》谓此曲"句特雄爽"，诚然。又如《沉醉东风·叹世》云：

有时节露赤脚山巅水涯，有时节科白头柳堰桃峡。戴什么打角巾？结什么狂生袜？得清闲不说荣华。提起封侯几万家，把一个薄福的先生笑煞。

在渼陂曲里，也同康对山一样充满着牢骚与愤怒，正表现出北方人豪放的本色与特有的爽朗的情调。王世贞以为渼陂"秀丽雄爽，康大不如也。评者以敬夫声价，不在关汉卿、马东篱下"（《艺苑卮言》）。平心而论，王作确有些是胜于康的，但王集中确也有些过于粗豪、过于做作的句子。像《水仙子带折桂令》的"拳打脱凤凰笼，两脚蹬开虎豹丛，单身撞出麒麟洞。望东华人乱挤，紫罗襕老尽英雄"，未尝不想其气势的浩荡，然而免不了有些做作的斧痕。王的坏处就在此，康并非无此坏处，但比较起来，康作多出之于浑朴自然，要收敛得多。无论怎样说，他俩为当代曲坛的宗匠，影响所及有数十年之久，那是无疑的。至如《水仙子》：

紫泥封不要淡文章，白糯酒偏宜小肚肠，碧山翁有甚高名望？也只是乐升平不妄想。听濯缨一曲沧浪。瞻北阙心悲壮，对南山兴转狂，地久天长。

倒很恬静闲雅，算是上乘之作。《论曲绝句》谓："自有高名垂后世，碧山岂是淡文章。"即指此曲而言。

李开先 字伯华，号中麓，章丘（今山东济南市章丘区）人。孝宗弘治十五年生，穆宗隆庆二年卒（1502—1568），年六十七岁。他是世宗嘉靖八年（1529）进士，除户部主事，改吏部，历员外郎中，擢太常寺少卿，提督四夷馆，以太庙灾，上疏乞罢归，时年四十，家居近三十年卒。与王慎中、唐顺之、熊过、陈东、任瀚、赵时春、吕高诸人，号称"嘉靖八才子"，诗文反对拟古派，有名于时。《列朝诗集》说："伯华弱冠登朝，奉使银夏，访康德涵、王敬夫于武功、鄠、杜之间，赋诗度曲，引满称寿，二公恨相见晚也。罢归，置田产，蓄声伎，征歌度曲，为新声小令，挡弹放歌，自谓马东篱、张小山无以过也。为文一篇辄万言，诗一韵辄百首，不循格律，诙谐调笑，信手放笔。……所著词多于文，文多于诗。又改定元人传奇乐府数百卷（今仅存六种），搜集市井艳词、诗禅、对联之属；多流俗琐碎，士大夫所不道者。尝谓古来才士，不得乘时枋用。非以乐事系其心，往往发狂病死。今借此以坐销岁月，暗老豪杰耳！"他有《中麓闲居集》十二卷，杂剧有《园林午梦》，传奇有《宝剑记》《断发记》，更有词谑及巧对等通俗读物。他喜藏书，甲于齐东，而词曲尤为最富，有"词山曲海"之称。《海岳灵秀集》尝论他道："中麓积书好客，豪宕不羁，著作甚富，如貔貅纵横，江海泛滥，一韵百篇，盖白乐天之流也。"散曲集有《李中麓乐府》《中麓小令》，已不存，另有《傍妆台》百首，与王九思和作合编，名《南曲次韵》，收入《饮虹簃所刻曲》。今录其二首：

曲参参，一轮残月照边关。恨来口吸尽黄河水，拳打碎贺兰山，铁衣披雪浑身湿，宝剑飞霜扑面寒。驱兵去，破虏还，得偷闲处且偷闲。

恨匆匆，眼前光景耳边风。疾飞夜月如朝日，春雁即秋鸿。每逢冷节花相似，但入新年人不同。为栖鸟，作卧龙，得从容处且从容。

这种算他的好的作品。王九思序《傍妆台》谓："李作感愤激烈，有正有谑，洋洋盈耳。"实则李曲除了"曲参参""恨匆匆"数首外，其他多乏剪裁，冗长拖沓。所以《论曲绝句》说："只他百阕妆台句，参半瑕瑜没主张。"冯惟敏与他交情至厚，在他的集中有《醉太平·李中麓醉归堂夜话》十八首、《傍妆台·效中麓体》六首，另有《李中麓归田》套曲一篇，前有长序一段，对于开先推崇备至。中有《混江龙》一曲云："似您这天才杰出，真个是无愧前修。霎时间对客挥毫风雨响，世不曾闭门觅句鬼神愁。囊括了三坟五典，八索九丘。网罗了百家众技，三教九流。席卷了两汉六朝，千篇万首。弹压了三俊四杰，七步八斗。俺也曾夜到明，明到夜，听不彻谈天口，则为他心窝儿包尽了前朝秘府，舌尖儿翻倒了近代书楼。"这把李开先恭维得真是无以复加了。

常　伦　字明卿，号楼居子，沁水（今山西沁水县）人。正德六年（1511）进士，除大理寺评事；嘉靖时，以酒狂忤上官谪寿州判官，复忤台使，弃官而归。他多力善射，好酒使气。他自己也曾说："少好游侠，谈兵击剑，有古豪士风。甫弱冠则折节读书，好治百家言，尤邃黄老。"（《楼居先生传赞》）他的性格，既然那样疏狂，罢官后，益纵酒自放，居恒从歌伎，酒间变新声，悲壮艳丽，称其为人。后以省墓，饮大醉，衣红，腰双刀，驰马尘绝。前渡水，马顾见水中影，惊蹶，堕水，刃出于腹，溃肠死。生于孝宗弘治五年，卒于世宗嘉靖四年（1492—1525），仅三十四岁。他的散曲有《常评事写情集》二卷，有嘉靖刊本（附《常评事集》后）及饮虹簃刻本。存小令百数十首，套数

九套。作风奔放而豪迈,如《天净沙》云:

> 知音就是知心,何拘朝市山林。去住一身谁禁,杖藜一任,相思便去相寻。

楼居作品的特色,便是潇洒自如。又像《折桂令》云:"平生好肥马轻裘,老也疏狂,死也风流。不离金尊,常携红袖。"这是何等的粗率直爽!又如《山坡羊》第四首云:

> 闷葫芦一摔一个粉碎,臭皮囊一挫一个蝉蜕,雅儿守定兔窠中睡。曲江边混一回,鹊桥边撞一回,来来往往无酒也三分醉。空攒下个铜斗儿家缘也,单买那明珠大似椎。恢恢,试问青天我是谁?飞飞,上的青霄咱让谁?

像这些曲子,都是豪放恣肆之作,实足地代表他那放浪不羁的个性。任中敏《曲谐》卷二批评此曲道:"亦愤慨,亦解脱,若颠若狂,的是楼居一生行径也。"话虽这么说,但是楼居之作,也颇多神仙家言,像回首蓬莱的古《水仙子》云:"寻寻寻偃月炉,降降降袖里青蛇胆气粗。"颇觉浮浅乏味。王世贞谓其作品:"虽词气豪逸,亦未当家。"郑骞先生亦谓:"气粗韵薄,肆而不雄,初见可喜,再读索然矣。"这都是很公允的话,当然远不如康对山及王敬夫。

王　越　字世昌,浚县(今河南浚县)人。代宗景泰二年(1451)进士。生于成祖永乐二十一年,卒于孝宗弘治十一年(1423—1498),年七十六岁。《明史》卷一百七十一、《明词综》卷二都有记载。天顺中,官右副都御使,巡抚大同,进兵部尚书。论出塞功封威宁伯,寻加少保,赠太傅,谥襄敏。著有《云山老懒集》四卷(词附)。他在当时是一位政治家,而兼文学家。《明史》曾记载他的事迹道:

> 性故豪纵,尝西行谒秦王,王开筵奏妓,越语王:"下官为王吠犬久矣,宁无以相酬者?"因尽乞其妓女以归。一夕大雪,方围炉饮,诸妓拥琵琶侍,一小校调敌还,陈敌情未竟,越大喜,酌金卮饮之,命弹

琵琶侑酒，即以金卮赐之。语毕益喜，指妓绝丽者目之曰："若得此何如？"校惶恐谢，越大笑，立予之。

世昌既是那样的豪纵，所以他的曲也粗豪震荡如其人。像《朝天子》：

> 万古千秋，一场闲话，说英雄都是假。你就笑我刺麻，你休说我哈杳，我做个没用的神仙罢！

他的散曲虽传者不多，但就这少数的作品看，也可知他是康、王的同调。他也能诗能词，诗如"发为胡笳吹作雪，心因烽火炼成丹"，极感慨悲凉之至，若不是久经沙场的老将，绝不会有这样深刻的描绘。词如《浪淘沙》云：

> 远水接天浮，渺渺扁舟；去时花雨送春愁，今日归来黄叶闹，又是深秋。聚散两悠悠，白了人头；片帆飞影下中流。载得古今多少恨，都付沙鸥。

写得也极疏荡。他以"名公巨卿"而有这样的才具，却是少见。和他同时的显宦而能曲者，尚有李空同、王浚川、何粹夫、何太华、许少华、韩苑洛等，俱有乐府行世，然今并不尽传，故略而不论。

韩邦靖 字汝庆，号五泉，陕西朝邑（今陕西大荔县）人。生于孝宗弘治元年，卒于世宗嘉靖二年（1488—1523），年三十六岁。十四岁举于乡。武宗正德三年（1508）进士，除工部员外，以直言系锦衣狱，夺官，世宗（嘉靖）即位，起山西右参政，分守大同。岁饥，人相食，奏请发帑，不许，复抗书千余言不报，乞归，不待命辄行，军民遮道泣留，抵家病卒。有《五泉集》二卷、《附录》二卷。邦靖的哥哥邦奇，字汝节，号苑洛，与邦靖为同科进士，并以曲名，有《苑洛集》，载卢前《饮虹簃所刻曲》中。如《朱履曲·边城夜雨》云："对寒灯边城今夜，望长安家山在那些？雁南归人没个去时节。风瑟瑟催残漏，雨萧萧打红叶，多管是替愁人来添闷也。"又如

《驻马听·过北邙》云："落日荒荒，羸马西风度北邙。但见寒鸦古木、衰草平原、残柳长岗。累累高冢卧斜阳，知他是何朝何代何卿相？展转思量，荣华富贵古为今样。"从此二例看来，可知邦奇也是康、王的同调。他曾作乃弟邦靖行状，末云："恨无才如司马子长、关汉卿者以传其行。"这正是北方人豪迈之处。当邦靖辞官归田时，曾书一《山坡羊》于驿壁云：

  肯排山南山北偃。肯倒海东海西翻。我如今心儿里不紧，意儿里有些懒，如今一个个平步里上青天，一个个日日近龙颜。青山绿水，且让我闲游玩。明月清风，你要忙时我要闲。严潭！你会钓鱼，谁不会把竿？陈抟！你会睡时，谁不会眠？

《四库总目》尝评《韩五泉诗集》云："邦靖兄弟负重名，时有'关中二韩'之目；而诗则不出当日之风气。王九思云：'五泉子七言绝句诗，绝类少陵古歌词，浸淫唐初，逼汉魏矣。'标榜之词，未免溢美。朱彝尊《静志居诗话》云：'五泉心摹手追乃在大复，比与西原、南泠不足，方之孟有涯、李嵩渚似胜一筹。'斯为平允之论矣。"由此亦可窥知五泉在诗方面的造诣，也很精湛。

杨循吉 字君谦，江苏吴县（今江苏苏州市吴中区）人。生于代宗景泰七年，卒于世宗嘉靖二十三年（1456—1544），年八十九岁。生时，其父梦人告曰："郎中当中五十四名。"已而乡会廷三试，皆得一十八名，合起来恰恰是五十四。性好山水，居于南峰，因自号南峰山人。宪宗成化二十年（1484）进士，授礼部主事。善病，好读书，每得意，辄手足踔掉不能自禁，人谓之颠主事。孝宗弘治初，奏乞改教不许，遂请致仕归，时年仅三十一岁，因作《水仙子》词云：

  归来重整旧生涯，潇洒柴桑处士家。草庵不用高和大，会清标岂在繁华。纸糊窗，柏木榻，挂一幅单条画，供一枝得意花，自烧香，童子煎茶。

于是，结庐支铆山下，课读经史，旁通内典。他性情狷隘，好持人长短，又好以学问穷人，致颒赤不顾。《尧山堂外纪》云："正德末，循吉老且病，尝识伶臧贤，为上所幸爱，上一日问谁为善词者，与偕来。贤顿首曰：'故主事杨循吉，吴人也，善词。'上辄为诏起循吉，郡邑守令心知故，强前为循吉制装，见循吉冠武人冠，靴韐戎锦，已怪之，又乘势语多侵守令。已见上毕，上每有所幸燕，令循吉应制为新声，咸称旨受赏。然赏亡异伶伍，又不授循吉官与秩。间谓曰：'若娴乐，能为伶长乎？'循吉愧悔汗洽背。谋于贤，乃以它语恳上放归。"他辞归后，益坚癖自好，尚书顾璘道吴，以币贽促膝论文，欢甚，俄郡守邀璘，璘将赴之，他忽变色，驱之出，掷还其币，明日璘往谢，闭门不纳。他的诗文，有《松寿堂集》及《南峰逸藁》。他性至嗜书，所藏十余万卷。既老，散书于亲故曰："令荡子爨妇无复着手。"他有《题书厨诗》云：

自我始为士，家无一简编，辛勤二十载，购求心颇专。……经史及子集，一一义贯穿。当怒读则喜，当病读则痊。恃此用为命，纵横堆满前。

正可看出他奇特的嗜好来。纪晓岚说他："任诞不羁，故其词往往近俳。"他又有遣兴的《对玉环带清江引》有云："百岁光阴霎时过，不饮待如何？枉自将春蹉，桃花笑人空数朵。"完全是崇尚刹那间享乐主义者的论调，颇与他的身世相称。

冯惟敏 字汝行，号海浮山人，临朐（今山东临朐县）人。生于武宗正德六年，约卒于神宗万历八年（1511—1580），年七十岁。父裕，为理学名儒，亦好吟咏。他幼承家学，聪慧过人，既长，博学能文，与兄惟健、弟惟讷等五人，以诗文名齐鲁间。世宗嘉靖十六年（1537）中举人，后屡试南宫不第，啸傲故乡山水间二十余年，曾为贪吏所苦，乃入京谒选，授涞水知县，后改镇江儒学教授，迁保定通判，又调鲁王府审理，嘉靖六年（1527）致仕，遂归临朐，住在故乡的海浮山下，过他的田园生活，以此终老，他所居七里溪别墅，风景绝佳，朱彝尊《静志居诗话》云：

临朐冶源，山水胜绝，高梧一林，修竹万个，泉流其中。郦善长所云分沙漏石者也。世人谓园是海浮所筑，绁马林间，想见东山丝竹之盛。后游莫再，恒萦于怀。读先生《七里溪别墅》二诗，犹不禁神往。

陈田的《明诗纪事》也说：

海浮山在临朐县南二十五里，石青色，无寸土，上有古松数百株，松下野生迎春，花时望若金。岭下即海浮先生别业，危楼三楹，颜曰："凭襟"，取《水经》郦注语也。左右古木千章，修竹数十亩，干霄蔽日，夏不知暑。旧署杜句为联云："名园依绿水，野竹上青霄。"可谓切矣。北邻冶泉，一名熏冶水，发源山之西麓冶官祠下，汇为巨浸，大百顷，渊深渟泓，游鳞可数；中产鲫最美，客至主人举网为脍。

在海浮的作品里，歌咏那风景的地方很多，读之可以想见其盛。他虽做了十几年官，但因官小事杂，骨肉分离，过得很不得意，时有"秋风莼鲈"之思，加以位卑人轻，处处要受上司的闲气，真是苦恼极了。如《点绛唇·郡厅自筹》小序云："己巳（1569）菊月，余至保郡，越半年矣。每念桑梓在东齐，而余又西来。余弟治江南，而侄领北吕，或远或近，均莫之聚也。"又《点绛唇·量移东归述喜》小序云："是年春，余弟得旨东归，余是以有雄州之会，相将同隐南山中，弟不可曰，不告而去非礼也。余曰告则不得去，余既屡告之矣，迄不得请奈何！弟曰姑徐之，或有擢也。至是擢'鲁士师'，遂行。"又在《粉蝶儿·辞署县印》的序中说："郡斋后室，病卧暖榻，蘧然午梦未足。方在山中，旷若无营也。忽喧传郡丞陈大夫到厅上，声势甚厉，余谢不任倒屣之罪，呼儿出捧茗碗授之，将命者，反命云，善视印在也，余闻之，股木僵，肌鸡肤，栗栗若风雨之骤至，儿问余寒乎？亟析薪，嘘燃之，纳榻底，余乃喜；附暖熟眠，暮而醒，竟不问印所在；徐听无人声，印出矣。"从这些记载看来，可知海浮为人，性至洒脱，无奈所遇环境恶劣，于是不得不学陶渊明的归去来兮，乃自"知足始远辱，至人贵自全，不羡公与侯，所志受一廛"，而达到"幸兹协初心，归我汶阳田"了。因此他对归田后的生活，是非常心满意足的，虽也免不了偶发牢骚，然而毕竟仍豪迈旷达，寄情于山水酒色。如《塞鸿秋·乞休》云：

论形容合不着公卿相，看丰标也没个挡搜样。量衙门又省了交盘账，告尊官便准俺归休状。广开方便门，大展包容量，换春衣直走到东山上。

此曲亦豪辣，亦闲静，毫无乖张粗犷之气，且结语"换春衣直走到东山上"句，飘飘然有情意凌云之概，有水流花逐之妙。又如《朝天子·自遣》云：

海翁，命穷，百不会千无用；知书识字总成空，浮世乾和哄。笑俺奔波，从他搬弄。您乖猾，俺懵懂。就中，不同，谁认的鸡和凤。

只此一曲，便可想见他那洒脱的性格来。又如《雁儿落带得胜令·谢友枉驾》云：

邀的是试春游张曲江，访的是耽病酒陶元亮，行的是快吟诗唐翰林，坐的是会射策江都相。呀！这的是白云明月谢家庄，抵多少秋风野草镇边堂。你只待平开了西土标名字，俺只待高卧在东山入醉乡。周郎！耳听着六律情偏畅。冯唐！身历了三朝老更狂。

豪放之气咄咄逼人。他又有《河西六娘子·笑园六咏》，在放浪中寓着滑稽。如第三首云：

闲看山人笑脸儿红，笑时节双眼儿朦胧，平白地笑入玄真洞。呀！也不辨雄雌，也不见西东，笑不醒风魔胡突虫。

第五首云：

名利机关没正经，笑的我肚皮儿生疼，浮沉胜败何时定。呀！个个哄人精，处处陷人坑，只落得山翁笑了一生。

《曲谐》曾批评说:"此公下笔,无论为丹邱体豪放不羁,为淮南体趣高气劲,为草堂体山林泉石,为香奁体脂粉钗裙;都异样写得出,说得透,不仅此骚人一体,嘲讥戏谑者,颠狂欲绝也。"海浮又以曲为家训,如《醉太平》云:

劝哥哥学好,休舍命贪饕;聪明伶俐莫心高,只随缘便了。抹了脸遮不尽旁人笑,肿了手拿不尽他人钞,放倒身吃不尽小人敲,急回头自保。

又如:

劝哥哥休歹,把两眼睁开,一还一报一齐来,见如今天矮。人人心地藏毒害,家家事业多成败;时时局面有兴衰,到头来怎解?

又如《沉醉东风·缮室》云:

也不羡雕梁画斗,也不羡紫阁朱楼。人都要所事强,俺只待胡将就,甚的是万载千秋?仔细思量算到头,单看你儿孙谨守。

此曲警戒痴顽,与前举家训两首,突兀可喜,自非海浮之辣笔不可。其他好的作品如《一枝花·赠许石城》套曲、《李中麓归田》、《邑斋初度自述》、《听钟有感》、《对驴弹琴》,以及小令的《东村》二十首、《病忆山中》四首、《解官至舍》二十首、《六友》六首、《十劣》十首、《赠田桂芳》八首等,都是篇篇珠玑,琳琅满目,美不胜收。因此,我们可以说海浮词句恳切清新,直可振聩发聋,警醒愚顽。在散曲上的成就,当然要超出北派诸作家之上。他不仅是明代一大家,实可与元代大家并列而无愧。郑骞先生曾批评说:"秀丽似逊于王九思,而深厚雄肆过之,盖明代北曲作家之瑜亮也。"这是很中肯的话。

总之,海浮之曲,概括起来,有四大特色:一是题材的广阔与内容的丰富。二是能把方言土语,运用得活泼纯熟。三是把北方人特有的爽朗性格,充分地发挥无遗。四是气度大,意境高,为人所不及。因此他是明代最能表现和保存元曲前期本色的作家。他在明曲中所占的地位,犹如苏辛之于宋词,关马之于元曲。另外,他的散曲《吕纯阳三界一览》,

人争传之，是用【正宫·端正好】写成，系借扶乩之术，记吕纯阳游历天堂、地狱、人间之所闻，事实上是写官吏的凶恶。次有用【般涉调·耍孩儿】写成的《骷髅诉冤》及《财神诉冤》，也是《吕纯阳三界一览》的续作，想象奇特，含意深远，可见他思想的精巧与才华的过人。

二、南京派

在昆曲流行前的散曲曲坛上，除了以豪放为主的西北派外，其他作者，大都集中于南方；因为环境的不同，所以气质不同；因为气质不同，所以思想当然也不同了。有终南之美，而后可为辋川之作；有环滁之景，而后可为庐陵之记。因此在南方山明水秀、茂林修竹的环境下，所产生出来的作品，自然多为和柔绵远的新词妙句。在这派的作家中，只有金銮虽为北人，然而从小在南京长大，其作风也是属于南派的。

王　磐　字鸿渐，高邮（今江苏高邮市）人。因"家于城西，有楼三楹"，故号西楼。其生卒年代，虽不能确定，但据《尧山堂外纪》说，他与成化进士储柴墟、庄定山友善。在正德间阉寺当权，往来河下无虚日，每到，便吹号头，齐丁夫，民不堪命，他作《朝天子·咏喇叭》一首嘲之。那首《咏喇叭》的曲极有名，兹抄录如下："喇叭，唢哪，曲儿小腔儿大。官船来往乱如麻，全仗你抬身价。军听了军愁，民听了民怕。那里去辨甚么真共假。眼见的吹翻了这家，吹伤了那家，只吹的水尽鹅飞罢。"又康熙《扬州府志》云："嘉靖初，李梦阳就医京口，故自矜重。元夕，饮杨文襄一清宅，磐短衣下坐，梦阳傲不为礼。磐分赋得《老人灯》，口占曰：'形骸憔悴不堪描，还自心头火未消；自分不知年老大，也随儿女闹元宵。'梦阳心知其嘲，嘿然而罢。"按梦阳生于宪宗成化九年（1473），卒于世宗嘉靖九年（1530），共活了五十八岁。嘉靖初年，梦阳不过五十岁左右，这时西楼自称为"老人"，讥梦阳为"儿女"，一定是个老态龙钟的六七十岁的人了。综上所述，可知西楼之生，约当英宗天顺中叶，西楼之卒，亦当世宗嘉靖中叶，即在十五、十六世纪之间。

关于西楼生平，他的外甥张守中在《王西楼乐府》序中说："翁生富室，独厌绮丽之习，雅好古文词。家于城西，有楼三楹，日与名流谭咏其间，风生泉涌，听者心醉。脱略尘俗之故，以从所好。既而艺日精，家日窘，翁怡然不以为意；逍遥乎宇宙，徜徉乎山水。出其金石之声，寄兴于烟云水月之外，洋洋焉，不知老之将至。此其襟度有过人者，故所作冲融旷达，类其人也。……翁妙达律吕，率意口占，皆合格调，每一传诵，人争慕之。……翁琴、弈、诗、画咸精，不特长于词学而已！"万历《扬州府志》也说他："有隽才，好读书，洒落不凡；恶诸生之拘挛，弃之。纵情山水诗画间，尤善音律，度曲清洒，每风月佳胜，则丝竹觞咏，彻夜忘倦。性好楼居，构楼于城西僻地，坐卧其中，幅巾藜杖，飘然若神仙，一时名重，海内多愿与纳交。"这与张守中所说略同，可见并非仅守中一人溢美之词。这里还要特别介绍的是西楼的画，其笔力饶有神韵，今高邮八景之一的"露筋晓月"，相传映于水中之月，即西楼所绘而坠于水中者。此虽为传者故神其说，然其画名之重，于此可见。又高邮谚语有曰："王西楼嫁女，画（借作话）多银子少。"这或近事实，因为他恬淡自甘，不慕名利，饶有靖节风味，嫁女奁资自然无多，即有他也不会斤斤介意于此的。

他著有《野菜谱》，散曲有《王西楼乐府》一卷，存小令六十五首，套数九套，有《散曲丛刊》本，是任中敏据嘉靖辛亥（嘉靖三十年，1551）磐甥张守中校订重刻本，复以蒋一葵《尧山堂外纪》、江盈科《雪涛诗话》、徐釚《词苑丛谈》、康熙《扬州府志》、陈所闻《北宫词纪》、张旭初《吴骚合编》、王骥德《曲律》、徐复祚《花当阁丛谈》等书，为之考订。不单辨明了前人的许多错误，而且搜集了不少有关西楼的逸闻轶事，很有助于我们对西楼身世个性的了解以及对他作品的赏鉴。

西楼的作品，数量虽不甚多，但在明代散曲上很有地位，可算是南派曲家的代表。任中敏在《西楼乐府提要》中说，所作以精丽胜，颇能融合元人乔、张二家之长，不论写怀、咏物，或讽刺、俳谐，俱称能手。任中敏又说他："其丽也，不仅工雅，兼能出奇；其清也，潇疏放逸，且好为游戏俳谐之作。"（《散曲概论》卷二）却是事实。如《满庭芳·失鸡》云：

平生淡薄。鸡儿不见，童子休焦。家家都有闲锅灶，任意烹炰。煮汤的贴他三枚火烧，穿炒的助他一把胡椒，倒省了我开东道。免终朝报晓，直睡到日头高。

此曲并无深意，但可表现出作者胸怀之旷达。又如《朝天子·瓶中杏花为鼠所啮倒》云：

斜插，杏花，当一幅横披画。毛诗中谁道鼠无牙，却怎生咬倒了金瓶架！水流向床头，春拖在墙下，这情理宁甘罢。那里去告他，何处去诉他，也只索细数着猫儿骂。

所写对象，都是极普遍、极常见的事物，却能以毫不经意出之，却是作得那么样纯熟精练，难怪作《曲律》的王骥德在咏物时要说："小令北调，王西楼最佳。"又云："俊艳工炼，字字精琢。"同时《雪涛诗话》也说："材料取诸眼前，句调得诸口头，朗诵一过，殊足解颐。其视匠心学古，艰难苦涩者，真不啻啖哀家梨也。"此种略带诙谐性的作品，较王和卿的《嘲胖妓》《嘲秃子》一类的作品，要浑厚老成得多。至西楼咏物的，如《沉醉东风·蝶拍》云：

庄子梦轻轻按醒，谢公诗句句敲成。撺断的燕舞娇，供亲的莺歌应。俏知音千载韩凭，独占了梨园板色名，难怪那滕王阁图形画影。

又《沉醉东风·夏日即事》云：

销午梦清茶漱口，趁凉风玉手梳头。写芙蓉小画成，题鹦鹉新诗就；爱青山懒下西楼。门外垂杨系小舟，来问讯的是西湖钓叟。

另如《折桂令·元宵》云：

听元宵往岁喧哗,歌也千家,舞也千家。听元宵今岁嗟呀,愁也千家,怨也千家。那里有闹红尘香车宝马,只不过送黄昏古木寒鸦。诗也消乏,酒也消乏。冷落了春风,憔悴了梅花。

从这些曲里,西楼那种洒脱的风趣,可以想见。他曾自题其画像云:"卷之一握,放之俨然。子孙贤,多挂几年;子孙不贤,不值半文钱。西楼可怜!西楼可怜!"也是以诙谐出之,类似之作,像《清江引·闺中八咏》的《浴裙》云:

温泉起来权护体,带湿云拖地。翻嫌月色明,偷向花阴立。俏东风有心轻揭起。

其次像《睡鞋》:"灯前换晚妆,被里勾春兴,醉人几回轻拨醒。"实堪令人发噱,其滑稽诙谐的程度,可与王和卿媲美。另外如咏暖帽、寒袭、暑袜、棕履、蒲靴等,也都"首首尖新"。读了这些作品,才知道张守中说的"所作冲融旷达,类其人也"是不错的。他不仅只会写这些清丽的句子,同时也有些豪放的作品,如《正宫·脱布衫带过小梁州·秋夜同陆秋水湖上泛舟》云:

画船儿满载诗豪,问先生何处游遨?水晶宫中闻品箫,广寒乡里回头棹。分付鱼龙稳睡着,等闲间休放波涛。老夫今夜放风骚,搜诗料,翻动水云巢。一天星斗都颠倒,爱银蟾水底光摇。我这里用手捞,不觉的翻身落,也是俺形神俱妙,飞上紫爸鳌。

《曲谐》卷一曰:"涵虚评元人费唐臣词,谓:'放则惊涛拍天,敛则山河倒影。'夫'山河倒影',精丽可知,若此得毋又'惊涛拍天'者也!"观此可知,西楼笔致,有南方人的华美清俊,同时又带一点北方人的英爽与古直,有时写得极正经,有时写得极诙谐,所以其作品的色彩,随意变化而难为宗派所限。

王　田　这里还应该附带一提的是在同时另有一个王西楼,他名田,字舜耕,山东济南人。明人如王世贞之《曲藻》、陈所闻之《北宫词纪》、方悟之《青楼韵语广集》，已常把二人混为一谈；独王骥德《曲律》，始辨明为两人。按王田事迹，传者不多，《济南府志》云：

> 王田……以县佐请老归田，才敏喜为乐府词，脍炙人口，远近传播。山水学高房山，不失距度。（卷四十九《人物五》）

如此说来，舜耕也和西楼一样，能词能画，为时所重，难怪易为人混淆不清。王骥德称舜耕"多近人情，兼善诙谐"，又是西楼的同调。如所作《红绣鞋·咏琵琶》云：

> 身子儿生来偏瘦，玳筵前逞尽风流，子弟每抱着喜优优。一只手膊儿上搂，一只手肚儿上抠，抠的他百般声气有。

这明明是借题发挥，哪里是咏琵琶？其"滑稽佻达"，有胜于西楼，而其品质则较为低下了。《曲藻》所诋为浅于风人之旨者，大概是指此等曲子而言。

金銮 字在衡，号白屿，甘肃陇西人。约生于孝宗弘治初年，卒于神宗万历初年（1494—1583？），年九十岁左右。他曾从天水胡世甫中丞学制举业，后随父宦，侨居金陵，年事稍长，家道中落，继乃弃去，转习歌诗，因而洞解音律；每当酒酣，据几高吟长咏，中节可听，四座忘疲。他性俊爽，喜交游，凡所结识者皆为四方豪士。常往来淮扬两浙，所至辄倒屣以迎。《客座赘语》曾记其轶事云：

> 金白屿山人銮，尝渡江，同舟一人无渡钱，且有饥色，金怜而为代给，且饮食之。后数年往真州过驿门，一人呼金，乃前同舟者也，以事问徒，银铛系驿中。金问所以，其人泣而曰：得银十二铢即脱械矣。金如数与之。后二年，金于湖广江中遇盗登其舟，已胠箧矣。忽一人从后遽呼曰：此非金先生也邪？金应曰是也，其人亟从舟跃而过，执金手痛哭，且告其侣曰：此吾大恩人，何以劫之？亟衷己囊得银十三两，腊肉数十斤赠金。金临别语其人曰：汝良家子也，不宜久为绿林玷，今盍且

休矣？其人复垂涕而别。

从这个故事里，便可看出北方人豪迈的气概来。他与金陵盛时泰交谊颇笃，时泰字仲文，号云浦，家中藏书甚富，白屿常寝馈其间，故其散曲能为明代一大宗。至于他的著作有《徒倚轩稿》，今已佚。他的散曲集有《萧爽斋乐府》二卷，为万历刻本，是环翠堂四词宗（冯海粟、王西楼、金白屿、梁伯龙）合刻之一。今有《饮虹簃丛书》本，约存套数二十四套、小令一百三十首。他虽为北籍，因侨居南京，文笔濡染南风，钱牧斋称他的诗："风流婉转，得江左清华之致。"的确，在他的作品中，北方的气息极淡，倒是浓厚地带着南方的清华之致。他的作风清丽，兼善诙谐，有点与王磐相似。如《河西六娘子·闺情》云：

> 海棠阴轻闪过凤头钗，没人处款款行来。好风儿不住的吹罗带，猜也么猜？待说口难开，待动手难抬，泪点儿和衣暗暗的揩。

此曲写女子一腔幽怨，动作灵巧，神态黯然，确是逼真之至，犹如一幅美人画。任中敏在《曲谐》卷一中批评道："风物人情四件写得无一不美，无一不真；而文字于妩媚中犹令人觉朗畅。合之涵虚评林，则吴西逸之空谷流泉，张云庄之临风玉楼，仿佛似之；有不仅杨西庵之芳妍花柳，吕止庵之结绮晴霞矣。故《萧爽乐府》，即可以萧爽二字为评也。"又如《水仙子·广陵夜泊》云：

> 城边灯火几家楼，江上风波一叶舟，月中箫鼓三更后，听谁家犹唤酒：正烟花二月扬州。人已去锦窗鸳鸯，物犹存青浦细柳，怨难平舞态歌喉。

这支曲是由于作者重过扬州，夜泊江上，偶然回念旧游，乃写出心头的今昔之感，造句既美，意境尤佳。任氏又批评此曲说："雅洁细致，如古蕃锦，酷似元人张小山作。"诚然，白屿之曲，俊语如珠，上举两首，极为出色。《论曲绝句》的"写情自有生花笔，羞嚼红绒唾北窗。记得海棠阴下听，几家灯火谱新腔"，即是指白屿的这两首曲而言。白屿有南曲《一封书·闲适》四首，声情跌荡，体调天成，兹录两首。

青溪畔小堂，四壁虽空书满床。碧岩下小窗，半世虽贫酒满缸。好山有意常当户，明月多情远过墙。伴诗狂，与酒狂，睡向西风枕簟凉。

又云：

青溪畔小园，任荒芜种几年。黄庭畔小笺，任生疏写半篇。分来红药春前好，摘去青葵雨后鲜。又不颠，又不仙，拾得榆钱当酒钱。

这是多么漂亮的文字，轻轻写来，丝毫没有一点生硬做作的感觉。又如《醉太平·漫兴》云：

深深的草莱，小小的亭台，多山多水少尘埃，任流光过客。好人儿留得百年在，好酒儿落得千家卖，好花儿常得四时开，大家来合采。

清人胡大川《幻想诗》有云："好花常令朝朝艳，明月何妨夜夜圆。大地有泉皆化酒，长林无树不摇钱。"曾传诵一时，若比之于白屿此曲，则觉其空泛多矣。其次像《黄莺儿·咏燕》："花落燕飞来，弃高梁过小斋，当时故主今还在。门儿半开，帘儿半抬，声声只向茅檐外。莫疑猜，绿杨满院，还是去年栽。"寓意深长，写得极为清俊，《曲品》云："白屿响振江南。"大概就是指的这一类而言。

白屿也能诗，五言的如《徐太傅园》曰："杨柳晚风静，芙蓉秋水香。"《静海寺》云："长风吹老树，斜雨过疏篱。"七言的如《北河道中》云："归鸟乱啼原上树，夕阳多在水边邨。"《忆江南》云："空江积雪添霜鬓，细雨疏灯共一楼。"陈田《明诗纪事》说："山人诗清圆浏亮，无当时叫嚣之习。"钱氏又称其得江左清华之致，可见他诗才之高。他所作小曲，尤脍炙人口，留待下章叙述。

杨廷和　字介夫，新都（今四川成都市新都区）人。生于英宗天顺三年，卒于世宗嘉靖八年（1459—1529），年七十一岁。《明史》卷一百九十有传，是大诗人杨慎之父。年十二举于乡，成化十四年（1478），年十九成进士。弘治二年（1489）进修撰。正德二年

（1507）由詹事入东阁，专典诰敕，以讲筵指斥佞幸，忤宦官刘瑾，改南京吏部左侍郎，寻又迁为南京户部尚书，进兼文渊阁大学士，加少保兼太子太保。刘瑾败，论功进少傅，寻兼太子太师、华盖殿大学士。嘉靖初，以议大礼削职归。介夫美风姿，性沉静详审，为文简畅有法；所作散曲集《乐府遗音》，有饮虹簃刻本。存小令一百一十二首，套数五套，都是"课耕农，劝读诵；称说孝友，沐浴膏泽"之作（曾屿小序）。其情调颇与张养浩的《云庄休居乐府》相似，如下面的三首《清江引·竹亭漫兴》云：

闲亭雨余诗兴好，尽日无人到。飞花鸟不惊，落叶风来扫，绿茸茸小窗前书带草。

山间有谁闲似我，尽日虚亭坐。才看语燕来，又听流莺过，诗兴逼人无处躲。

朝朝起来天未晓，多是鸦初叫。寻思田野间，分付家僮道，谁去下秧谁刈草。

这是多么情韵自然的作品，宛如置身其中。介夫集中，也有些豪爽的句子，如《天净沙·三月十三日竹亭雨过》云：

风阑不放天晴，雨余还见云生。刚喜疏花弄影，鸟声相应，偶然便有诗成。

此曲颇有天然的机趣，与陶渊明"采菊东篱下，悠然见南山"同一境界。

杨　慎　字用修，号升庵，新都人，大学士廷和之子。生于孝宗弘治元年，卒于世宗嘉靖三十八年（1488—1559），年七十二岁。《明史》卷一百九十二有传。幼警敏，十一岁便能诗，十二岁拟作《古战场文》及《过秦论》，长老惊异，入京赋《黄叶》诗，李东阳见而嗟赏，令受业门下，年二十四，举正德六年（1511）殿试第一（俗称"状元"），授为翰林修撰。他既是一位少年得志的人才，又出身宦门，所以"美才甘放",疏纵不为儒缚。正德十二年(1517)八月,武宗微行出居庸关,他曾抗疏切谏。世宗立,充经筵讲官,尝讲舜典。嘉靖甲申(1524)两上议大礼,他与同列伏左顺门力谏,帝震怒,便命执首事八人下诏狱,于是他及王元正等撼门大哭,声彻殿廷,帝益怒;廷杖后,谪戍云南永昌卫(今云南保山市),故又自号博南山人、博南戍吏、金马碧鸡老兵等。卒于任所。穆宗隆庆初,追赠光禄寺少卿,谥壮介;天启初,改谥文宪(一作献)。

《明史》谓:"世宗以议礼故,恶其父子特甚,每问慎作何状,阁臣以'老病'对,乃稍解。慎闻之,益纵酒自放。"王世贞的《艺苑卮言》,曾记载他当时的生活道:"用修在泸州。尝醉胡粉傅面,作双丫髻,插花,门生舁之,诸伎捧觞,游行城市,了不为怍。"因为他怀才不遇,流落穷荒,再加以佯狂避祸,所以才会有这样颓废的狂态。他的学问很博洽,著书有百余种。《明史》又称:"明世记诵之博,著作之富,推慎为第一。"《四库总目》也说他:"赅博渊通,究在明人诸家之上。"所作散曲,有《陶情乐府》四卷、《拾遗》一卷。近人黄缘芳又编有《升庵夫妇乐府》,以及他与弟弟等合作《玲珑唱和集》。其作风多是历尽风霜的凄迷回忆和纵酒疏狂的生活描述。属于前者的如《折桂令·改云林古曲》云:

想英雄四海为家,楚尾吴头,海角天涯。墙外青山,丘中白雪,篱下黄花。古道上来牛去马,小亭中暮霭晨霞。世事如麻,吾已瓠瓜。……

又如《落梅风》云:

思乡泪,远戍人,夜更长砌成幽恨。四年余瘴海愁春,梦儿中上林花信。

又如《黄莺儿》云:

客枕恨邻鸡,未明时又早啼,惊人好梦三千里。星河影低,云烟望迷,鸡声才罢鸦声起。冷凄凄,高楼独倚,残月挂天西。

这都是升庵无可奈何的呼声,试缅想:"金鞍少年风韵别,翠被春寒夜。消息未归来,寒食梨花谢,秋千明月肠断也。"他盖不胜迟暮之感。《曲品》说:"杨状元美才甘放。"一点不假。

属于后者的,如《黄莺儿·和夫人》云:

丝雨湿流光,爱青苔绣粉墙,鸳鸯浦外清波涨。新篁送凉,幽芳美香,云廊水榭堪游赏。倒金觞,形骸放浪,到处是家乡。

又如《驻马听·和王舜卿舟行之咏》云:

明月中天,照见长江万里船。月光如水,江水无波,色与天连。垂杨两岸净无烟,沙禽几处惊相唤。丝缆停牵,乘风直上银沿畔。

像这极爽丽真挚、情词并茂的曲,在升庵的《玲珑唱和集》中还有很多。如"凝妆上翠楼,垂杨映玉钩,垂帘不卷余寒透"(《香罗带》)、"罗袖钿箜篌,弹出江南怨,翻成塞北愁"(《梧叶儿》)、"漫凝眸,繁华时候。只见得王孙芳草,千里路悠悠"(《水红花》)也是极为爽丽,此外他的诗词,亦能独立门户,沈德潜《明诗别裁》、王昶《明词综》均甚称之。

黄　娥　她是杨慎的继室,字秀眉。父名珂,字鸿玉,官至工部尚书,有介直之誉。她自幼秉承家教,博通经史,能诗文,工笔札。正德十四年(1519)与慎结婚。慎谪戍云南,她以《寄外诗》知名当时,其诗曰:"雁飞曾不到衡阳,锦字何由寄永昌。三春花柳妾薄命,六诏风烟君断肠。曰归曰归愁岁暮,其雨其雨怨朝阳。相闻空有刀环约,何日金鸡下夜郎?"《又寄升庵》诗云:"懒把音书寄日边,别离经岁又经年。郎君自是无归计,何处青山不杜鹃。"真不啻是一纸血书了!明朱孟震《玉笥诗谈》曰:"升庵杨先生夫人黄氏,遂宁黄简肃公女……娴于女道,性复严整,闺门肃然,虽先生亦敬惮之。"《晚香堂清语》称其作《巫山一段云》词:"巫女朝朝艳,杨妃夜夜娇,行云无力困纤腰,媚眼晕红潮。阿母梳云髻,檀郎整翠翘。起来罗袜步兰苔，一见又魂销。"甚为雅丽。又云："或比之赵松雪管夫人，但管工画竹，诗词鄙俚，不及黄远矣。"又《尧山堂外纪》谓夫人作《黄莺儿》一词："积雨让春寒，见繁花树树残，泥涂满眼登临倦。江流几湾？云山几盘？天涯极目空肠断。寄书难，无情征雁，飞不到滇南。"（《雨中遣怀》）杨曾别和三首，俱不能胜。骚隐居士《衡曲麈谭》称其字字绝佳，固为神品。可见她才情之高，堪与词人中的李清照、朱淑真先后媲美。她的年龄，比杨慎少十岁。杨慎死后的第十年，她才去世，夫妇二人，同活了七十二岁（1498—1569）。

她的作品，在明代即有徐渭新编订的《杨升庵夫人词曲》（嘉靖刊本）四卷，《拾遗》一卷；又有近人黄缘芳编的《升庵夫妇乐府》、任中敏编的《升庵夫妇散曲》及卢前饮虹簃刻的《杨夫人乐府》等。约有套数四套，重头五十二首，小令十一首。其作风爽丽真挚，与杨慎相近，但较杨为纵恣。如《落梅风》云："春寒峭，春梦多，梦儿中和他两个。醒来时空床冷被窝，不见你、空留下我。"此外像《红绣鞋》的"实指望花甜蜜就，谁承望雨散云收"等，都是比较放浪、大胆的作品。又如《雁儿落带得胜令》云：

俺也曾娇滴滴徘徊在兰麝房,俺也曾香馥馥绸缪在蛟绡帐。俺也曾颤巍巍擎他在手掌儿中，俺也曾意悬悬阁他在心窝儿上。谁承望？忽刺刺金弹打鸳鸯，支楞楞瑶琴别凤凰。我这里冷清清独守莺花寨，他那里笑吟吟相和鱼水乡，难当！小贱才假莺莺的娇模样；休忙！老虔婆恶狠狠做一场。

这写得多么直率有力。起初追忆新婚时的甜蜜生活，继又说到自己因丈夫远戍而空房独守的寂寞心情，自"谁承望"句以下，再又说到不意丈夫别有新欢，心中气愤不平，骂其丈夫的新欢为"小贱才"，又自称为"老虔婆"，最后还要赶上去和她"恶狠狠做一场"。这种甜辣并用的手段，非夫人爽朗的才华，不易臻此。她又以怀念远戍云南的丈夫《罗

江怨》四首,流脍人口,兹举一首:

空亭月斜,东方既白,金鸡惊散枕边蝶,长亭十里唱阳关也。相思相见,相见何年月?泪流襟上雪,愁穿心上结,鸳鸯被冷雕鞍热。

其他三首,最后一韵都押"热"字,一为"红炉火冷心头热",一为"倚楼偎得阑干热",一为"世情休问凉和热"。写得语重心长,意极沉挚。至如《落梅风》:

楼头小,风味佳,峭寒生雨初风乍。知不知对春思念他,背立在海棠花下。

则又活泼生动,呼之欲出。这首曲虽是从元人周文质的"楼台小,风味佳。动新愁雨初风乍。知不知对春思念他,倚阑干海棠花下"脱来,然而却有点石成金之妙。夫人曲中,体制最奇态者,莫过于《骂玉郎带感皇恩采茶歌·仕女图》,全篇二十四句,即用了二十四个"一个",写出二十四个美人的不同姿态,毫无重复冗长之嫌。词云:

一个摘蔷薇刺挽金钗落。一个拾翠羽,一个捻鲛绡。一个画屏侧畔身斜靠,一个竹影遮,一个柳色潜,一个槐阴罩。一个绿写芭蕉,一个红摘樱桃。一个背湖山,一个临盆沼,一个步亭皋。一个管吹凤箫,一个弦抚鸾胶。一个倚阑凭,一个登楼眺,一个隔帘瞧。一个愁眉雾锁,一个醉脸霞娇。一个映水匀红粉,一个偎花整翠翘。一个弄青梅攀折短墙梢,一个蹴起秋千出林杪,一个折回罗袖把做扇儿摇。

这样奇丽的手法,虽然是仿效元代马致远杂剧《任风子》第一折的《金盏儿》曲而来,但句法的变化较多,直欲夺造化之工,真要算曲中的神品,要比李清照一连用了十四个叠字的《声声慢》伟大得多。若专以散曲而论,夫人之作,不但可与升庵抗衡,有时且似驾升庵而上。近人陆侃如和冯沅君夫妇的《中国诗史》中,称道此作为"奇丽",并且说为"《陶情乐府》所无",大概是事实。《论曲绝句》云:"自是世间难见事,杨家夫妇两词人。"千载而后,有谁能及!

唐　寅　字伯虎，一字子畏，因生而六指，故号六如居士，吴县（今江苏苏州市吴中区）人。生于宪宗成化六年，卒于世宗嘉靖二年（1470—1523），年五十四岁。他是一个有名的画家，《明史》卷二百八十六《文苑传二》说他性颖利，与里狂生张灵纵酒不事诸生业，祝允明规之，乃闭户浃岁。举弘治十一年（1498）乡试第一。座主梁储奇其文，还朝示程敏政，敏政亦奇之。未几，敏政因事被劾，语连寅，下诏狱谪为吏。他耻不肯就，归居益放浪。宁王宸濠厚币聘之，寅察其有异志，佯狂使酒，露其丑秽，宸濠不能堪，放还。筑室桃花坞，与客日饮其中，曾自署印曰"江南第一风流才子"，又曰"普救寺婚姻案主者"。从这些地方，便可知道他为人的行径了。《蕉窗杂录》说他点秋香的故事，想必实有其事，而非面壁虚构。《明史·文苑传二》又曰："寅诗文初尚才情，晚年颓然自放，谓后人知我不在此，论者伤之。吴中自枝山辈以放诞不羁为世所指目，而文才轻艳，倾动流辈，传说者增益而附丽之，往往出名教外。"因此他的散曲，多细腻温香之作。如《黄莺儿·美人出浴》云：

衣褪半含羞，似芙蓉怯素秋，重重湿作胭脂透。桃花在渡头，红叶在御沟，风流一段谁消受？粉痕流，乌云半軃，撩乱倩郎收。

此曲结语，颇为清隽。又有《山坡羊》九首，兹录一例：

嫩绿芭蕉庭院，新绣鸳鸯罗扇；天时乍暖，乍暖浑身倦。整金莲，秋千画板前。几回欲上，欲上差人见，走入纱厨假欲眠。芳年，芳年正可怜；其间，其间不敢言。

这真是如任中敏所说"姿态横生，情意浓郁"（《曲谐》卷一）的作品，写少女情，有呼之欲出之妙。又如《集贤宾》云：

数过清明春老，花到荼蘼事了。光阴估价，估价钱多少。望酒标，先拼典翠袍。三更尚道，尚道归家早，花压重门带月敲。滔滔，滔滔醉一宵；萧萧，萧萧已二毛。

王骥德《曲律》云："小令如唐六如、祝枝山辈，皆小有致。"王世贞

《曲藻》也曰："伯虎小词，翩翩有致。"这都是指的他年轻时的香奁体之作。但到晚年，他的作品，突然改变态度，极端地走向了厌世主义的道路。如《对玉环带清江引·警世词》云：

春去春来，白头空自挨；花落花开，红颜容易衰。世事等浮埃，光阴如过客。休慕云台，功名安在哉？休想蓬莱，神仙真浪猜。清闲两字钱难买，苦把身拘碍。人生过百年，便是超三界，此外更无别计策。

其二云：

极品随朝，谁是倪宫保？万贯缠腰，谁是姚三老？富贵不坚牢，达人须自晓。兰蕙蓬蒿，算来都是草；鸾凤鸱枭，算来都是鸟。北邙路儿人怎逃？及早寻欢乐。痛饮千万觞，大唱三千套，无常到来犹很少。

此曲共有四首，写得皆深切著明，极是过来人亲自体会之言。以六如那样的放恣，能说出这样端谨的话，无疑地使沉迷在名利场中者能够回头猛省。

他的散曲集最初有明万历间何大成所刻的《六如曲集》四卷，但不甚完备；近人卢前又据《珊瑚网》卷十六补入若干首，名《伯虎杂曲》，刻入《饮虹簃丛书》中。

祝允明 字希哲，因生而枝指，故号枝指生，又号枝山，长洲（在今江苏苏州市吴中区）人。生于英宗天顺四年，卒于世宗嘉靖五年（1460—1526），年六十七岁。《明史》卷二百八十六《文苑传二》有传。他九岁能诗，稍长，博览群籍，文章有奇气。弘治五年（1492）举于乡。久之不第。授广东新宁知县，捕戮盗魁三十余，邑因之无警。后迁应天通判。旋谢病归，卒于家。他与唐六如友善，一生行径，亦大略相同。《尧山堂外纪》云：

祝枝山为人好酒色六博，不修行检，尝傅粉黛，从优伶；酒间度新声，侠少年好慕之，多赍金游。尝赋《金落索四景词》，为时脍炙。

又《明史》也说：

> 祝允明……尤工书法，名动海内，好酒色六博，善新声，求文及书者踵至，多贿妓掩得之。恶礼法士，亦不问生产，有所入辄召客豪饮，费尽乃已。或分与持出，不留一钱。晚益困，每出，追呼索逋者相随于后，允明益自喜。

可见他性情的乖僻，行为的放荡，并不在杨慎、唐寅之下。他的散曲集，名《新机锦》，今已不传。徐文长《南词叙录》谓："本朝北曲，推周宪王、谷子敬、刘东生；近有王检讨（九思）、康状元，余如史痴翁、陈大声辈皆可观，惟南曲绝少名家，枝山先生颇留意于此，其《新机锦》亦冠绝一时；流丽处不如则诚，而森整过之，殆劲敌也。"《曲品》云："祝山人神凝洒翰。"可以想见其作风。现在且看他的《金落索·四景词》：

> 东风转岁华，院院烧灯罢。陌上清明，细雨纷纷下。天涯荡子心，尽思家。只见人归不见他，合欢未久难抛舍，追悔从前一念差。伤情处，恹恹独坐小窗纱。只见片片桃花，阵阵杨花，飞过了秋千架。

这是四景之一的春词，以那么陈旧的题目，写出那么隽妙的好词，实在不易，难怪当时为许多人传诵。夏词的开头是："杨花乱滚绵，蕉叶初成扇。翠盖红衣，出水新莲现。"秋词的开头是："闲阶细雨收，翠幕新凉透。衰柳残荷，正值愁时候。"冬词的开头是："银台绛蜡笼，翠幄金钩控。锦帐红炉，独自无人共。"像这样流丽隽妙的好词，一般豪荡子弟看了，当然要疯狂似的追随其后，而愿与之日夜邀游了。任中敏曾说："弇州以为枝山能为大套，富才情而多驳杂；伯良以为枝山小令佳，长则草草而多漫语。按枝山长处在流利，短处在支蔓，殆为定评。"此外，枝山有"新红上海棠"警句云："想桃花也会殢刘郎，恨远山无计留张敞。"又有《桂枝香》云："青春难在，朱颜日改，待要逐浪随波，怕负了凌云节概。论功名富贵，功名富贵，兀谁不爱！天公尴尬，可嗟哉！本是个英雄汉，差排做酸秀才。"这都是极见才情之作。《论曲绝句》云："一时作手出吴中，洒翰凝神顾盼雄。巧擅解衣亦上品，南词从此盛江东。"在这首诗中，不仅止是对枝山个人的批评，即以整个南词的演变观之，亦可知其梗概。

陈　铎　字大声，号秋碧，又号七一居士，原籍下邳（今江苏邳州市）人，他大约是公元1488至1521年间的人。世居南京，据《明词综》卷三的记载，知他是睢宁伯陈文的曾孙，世袭指挥。居第南有秋碧轩与七一居，精洁绝尘，通人胜流，过从谈宴，称一时盛事，金陵的教坊子弟，都称他为乐王，因置"正事"于不顾。周晖《金陵琐事》卷三曾记载他一段有趣的故事：

指挥陈铎，以词曲驰名，偶因卫事谒魏国公于本府，徐公问：可是能词曲之陈铎乎？陈应之曰：是。又问：能唱乎？陈遂袖中取出牙板，高歌一曲。徐公挥之去，乃曰：陈铎是金带指挥，不与朝廷做事；牙板随身，何其卑也！

他这种为艺术而艺术的精神，与《史记》所说"驺忌子以鼓琴见威王……王曰：夫治国家，何为丝桐之间也"是同一类型，表面看来似乎癫狂可笑，实在是出于至情至性。例如薛千仞《笔余》所记的王渼陂，徐复祚《花当阁丛谈》所记的冯正伯，《柳南随笔》所记的王厈等，都是以艺术至上的。这也是明代风气使然。《论曲绝句》谓："牙板随身只自怜，梨云冉冉板桥边。"由此可以想见当年这位"才情驰骋"的金带指挥，是如何的风流倜傥了。

他的散曲有《秋碧乐府》《梨云寄傲》及《滑稽余音》《公余漫兴》（见《周氏曲品》）；前二种有卢前饮虹簃刻本，后两种则早已不传，《秋碧乐府》共收套曲二十六套，《梨云寄傲》约存小令一百零八首。卢刻之外，还有些套曲，散见《雍熙乐府》诸书。另外，他还有《月香亭稿》及词集《草堂余意》。在他的作品里，充分地表现出南方人的性格与情调，多半是柔媚的闺情之作。如《落梅风·风情》云：

更初静，月渐低，绣房中老夫人先睡。我敢连走到三四回，嘱多情犬儿休吠。

这与梁少白《二犯月儿高》套的"重门惯卧金铃犬，欲叩花房未敢前"同一境界。

又如《胡十八》云：

半晌家定睛，越教人动情。模样儿都记得，悔不曾问姓名。

又云：

跪在他面前，曲膝似软棉。所事儿不敢说，一千个可怜见。

又云：

相会了半霎儿，作念有千百遍。情勾引，意牵缠，粉墙高处是青天。

这种刻画儿女之情的作品，写来姿态横生，清朗可喜。此外如《小梁州·咏闺情》云：

碧纱窗外月儿高，秋到芭蕉。和衣刚得眼合着，谁惊觉，花底一声箫。吹来总是相思调，把闲愁唤上眉梢。展转听，伤怀抱，粉香花貌，一夜为君消。

又如《驻云飞》云：

杏脸桃色，展转思量不下怀。新月疑眉黛；春草伤裙带。嗏！独坐小书斋。自入春来，欲待花开，反被花禁害，情思昏昏眼倦开。

像这样"一气呵成，不着波折，而情韵自然浓厚"的作品，在《秋碧集》中很多。其佳者并不亚于沈青门的《唾窗绒》。显然在南曲曲坛上，他是一位纵横驰骋罕逢敌手的大家。王世贞说他："所为散套，既多蹈袭，亦浅才情。"未免过苛。《曲品》评他："南音嘹亮。"却是中肯之言。《列朝诗集》又说他："所为散套，稳协流丽，被之丝竹，审宫节羽，不差毫末。"因之教坊子弟尊他为"乐王"（《客座赘语》）。至其所作《天空碧水澄》套曲，《顾曲杂言》谓："与马东篱百岁光阴皆咏秋景，真堪伯仲。"除写情的小令外，他也长于写景，如《驻马听·渔隐》云：

月小潮平,红蓼滩头秋水冷。天空云静,夕阳江上乱峰青。

又如《沉醉东风·闲情》云:

铺水面辉辉晚霞,点船头细细芦花。缸中酒似渑,天外山如画,点秋江一片鸥沙。若问谁家是俺家,红树里柴门那搭。

这都是难得的好作品。

大声除工散曲外,诗、词、画三者亦俱佳。诗如《斋居》云:"晚树低分霁,春云淡隔城。"《夜往新丰》云:"山月巧窥人影瘦,夜凉先向客衣生。"《送毛都督》云:"刁斗夜严山月冷,旌旗晴放野云平。"都是诗中胜语。词如《浣溪沙》云:"波映横塘柳映桥,冷烟疏雨暗庭皋,春城风景胜江郊。花蕊暗随蜂作蜜,溪云还伴鹤归巢,草堂新竹两三梢。"这又是多么流丽的好词,比之于唐末五代,并不逊色。

陈所闻 字荩卿,秣陵(今江苏南京市)人。明诸生,约生于世宗嘉靖末,卒于熹宗天启初。当时,与陈大声、金在衡齐名,而年辈略后。他所辑的《南宫词纪》《北宫词纪》,保存了不少明人的作品,与杨朝英《太平乐府》及《阳春白雪》,同为研究元明散曲的重要参考书。卢前《曲雅》曾记载其事迹道:

荩卿卜居莫愁湖畔,一时文士,诗酒流连。所选《古今大雅》《南北宫词纪》,网罗其富,流传亦广;己作有《濠上斋乐府》。当时词人家于秣陵者,有马俊、史忠、徐林、陈鲁南、罗子修、盛鸾、邢一凤、郑仕、胡懋礼、杜大成、王逢元、沈越、盛敏耕、高志学、段炳、张四维、黄方胤、沈恩、司马泰、黄开第、汪宗姬、皮光淳、徐维敬、孙起都、黄成儒、赵猷之,而陈铎、金銮尤称翘楚。否则,荩卿可为江东一霸,领袖群伦矣。

卢氏并有一诗,记其事道:"两宫词纪领名流,况得芳邻唤莫愁。天使衡声分鼎足,不然独占秣陵秋。"他的曲,散见于《南宫词纪》《北宫词纪》中,卢氏把它辑为一卷,仍命其名曰《濠上斋乐府》,存小令一百七十余首，套数五十六套，都是很精粹的作品，描写物态，仿佛如生。如《玉芙蓉·初夏湖上讌集》云：

莺翻柳叶稠，燕掠波纹绉，正红宿绿暗，宿雨初收。生涯尽付杯中酒，世事看成水上沤。休回首，且狂歌浪游，这白发几曾饶得过贵人头。

顾曲散人说他："思路不幻，故小令少趣；大套亦不长于闺情。惟赠人之作，铺叙乃其胜场。"（《太霞新奏》）殊觉失之过刻。又如《驻马听·阊门夜泊》云：

风雨萧然，寒入姑苏夜泊船。市喧才寂，潮汐还生，钟韵俄传。乌啼不管旅愁牵，梦回偏怪家山远；摇落江天，喜的是蓬窗曙色，透来一线。

茋卿选《南宫词纪》时曾说："大都词欲藻，意欲纤，用事欲典，丰腴绵密，流丽清圆：令歌者不噎于喉，听者大快于耳，斯为上乘。"观其所作此曲，即有"丰腴绵密，流丽清圆"之妙。所以任中敏说："（此）八字乃茋卿选南词所悬之的，可以移赠此章，而气韵清疏，不伤繁缛，尤绝一般南词之弊。"顾曲散人谓其"思路不幻"，显非公允之论。又如《二犯傍妆台·寿孔鲁川》云：

醉乡侯，生平磊落，不挂半毫愁。见青帘惟拍手，问世故只摇头。只为那破除万事无过酒，因此上断送流年不记秋。葛巾才漉，瓦盆又刍，怎怪得酒星彻夜照江楼。

此曲写得"不作谀扬，但见情性，自然得体。结语尤浑括入妙"（《曲谱》），大概便是顾曲散人所谓的"赠人之作，铺叙乃其胜场"了。

夏　言　字公谨，贵溪人，是《葵轩词余》的作者夏旸之从侄。生于宪宗成化十八年，卒于世宗嘉靖三十七年（1482—1558），年七十七岁。据《明史》卷一百九十六本传，知他是正德十二年（1517）的进士，历官吏部尚书、华盖殿大学士。谥文愍。著有《桂洲近体乐府》六卷、《鸥园新曲》一卷。

鸥园是他的游息胜地，原名白鸥园。新曲全集，共收散曲十三套，有饮虹簃刻本。所作多词曲新颖，声韵铿锵，颇与唐末五代小令相似，读之令人神志悠然，回味无穷。如《四边静·白鸥园漫兴》云：

白鸥园上风光好，烟霞胜三岛。苔静入林深，竹房傍池小。清风可招，明月自照。与客坐长吟，挑灯到天晓。

这样恬淡的作品，与陈简斋词的"杏花疏影里，吹笛到天明"，同一情调。

除了作曲外，他还是一位有名的词家。王世贞《艺苑卮言》："我明以词名家者，刘诚意伯温秾纤有致，去宋尚隔一尘；杨状元用修好入六朝丽事，似近而远；夏文愍公谨最号雄爽，比之稼轩，觉少精思。"王氏虽说他的词以"雄爽"见长，但如《阮郎归》的"小楼临苑对青山，朱门草色闲。隔花时有佩珊珊，秋千杨柳间"，其温丽处，不减和凝，何得以"雄爽"二字概之。

沈 仕 字懋学，又字野筠，一字子登（吕天成《曲品》谓一字野筠），号青门山人，别号东海迷花浪仙，仁和（今浙江杭州市）人，为刑部侍郎沈锐之子。他又"善花鸟，工词曲……有前贤旷达之风"。其性情和土西楼一样，是"生富室，独厌绮丽之习"的。因此千金到手，一挥辄尽；虽置家人于饥寒，也不以为意，可谓疏狂之至。又喜欢到处漫游，绝意仕进。齐、鲁、蓟，都有他的足迹，梁辰鱼《杂咏效沈青门唾窗绒体》引云：

青门沈山人者，钱塘菁英，武林翘楚；丹青冠于海上，词翰遍于江南，任侠气满，迹类霸陵将军；自伤情多，家本秦川公子。但峻志未就，每托迹于醉乡；逸气不伸，常游神于花阵。联翩秀句，倾翠馆之梁尘，旖旎芳词，动青楼之扇影。不揣芜陋，欲窥室堂；乃效苎萝之颦，

敢学邯郸之步，庶金荃之句，使复见于当年；而香奁之篇，不独称于前代。（《江东白苎》）

岳岱《今雨瑶华》中也说：

青门山人沈仕，身本贵介，志则清真，野服山中，江游海览，新篇雅调，远迩齐称；信乎野鹤之立鸡群，祥麟之游郊外。

上面这两则记述，使我们对于青门的家世、个性及才情，有了一个概括的认识。至于他的生卒年代，徐陵《蜗亭杂订》说："成弘间，沈青门、陈大声辈，南词宗匠。"沈德符《顾曲杂言》也说："沈青门、陈大声辈，南词宗匠，皆本朝化治间人。"由此可知他是成化、弘治间（1465—1505）的人物。但冯惟敏的《海浮山堂词稿》卷一，有《双调新水令·访沈青门乞画》是嘉靖乙丑（1565）年作，则他在该年尚健在。冯曲引言曰：

青门之名，余耳之旧矣；壬戌（1562）早春，历城邂逅，西馆燕嬉，时余犹书生也。余今以旷官赴调（按：系由涞水知县调镇江教授），复得周旋谈笑京邸间，因乞作画；有感旧游，情不能默。青门艺苑博雅，兼善北谱，故以投之。

据冯引"青门之名，余耳之旧矣"及"时余犹书生也"诸语，便可断定当惟敏乞画时，青门定是个老态龙钟的人了。又钱谦益《列朝诗集》丁集八，皆收嘉靖时人作品，其中即有青门之诗。大概说来，他约生于孝宗弘治末，卒于神宗万历初。

他的散曲集有《唾窗绒》，清初厉鹗曾见原书，但今已散佚，由任中敏根据沈璟《南词韵选》、陈所闻《南宫词纪》《北宫词纪》、许宇《词林逸响》、顾曲散人《太霞新奏》、方悟《青楼韵语广集》、张旭初《吴骚合编》等七种选本，辑成一卷，共得小令七十四首，套数十二套，大都是细腻温香、绮丽芊绵之作。如《南黄莺儿·美人秉烛》云：

饮罢月朦胧，照郎归绣户中。银台绛蜡含羞捧，露纤纤玉葱，映盈盈芳容，偷回笑脸娇波送；怕东风半途吹灭，伴把袖梢笼。

这样娇艳妩媚、生动活泼的描写手法，真是超人一等。句句写实，字字能真，简直有呼之欲出之妙。又如《南懒画眉·春怨》云：

倚阑无语掐残花，蓦然间春色微烘上脸霞，相思薄幸那冤家。临风不敢高声骂，只教我指定名儿暗咬牙。

此曲轻脱利落，朗朗上口，绝无板滞之嫌。青门很像诗中的韩偓，词中的温庭筠。张旭初说他："其词艳冶出俗，韵致和谐，入南声之奥室矣。"（《吴骚合编》）这话一点也不错。再如《南懒画眉·春闺即事》云：

东风吹粉酿梨花，几日相思闷转加。偶闻人语隔窗纱，不觉猛地浑身乍，却原来是架上鹦鹉不是他。

写得极天真，极玲珑，读之令人回肠荡气，欲罢不能。又如《锁南枝·咏所见》云：

雕栏畔，曲径边，相逢他猛然丢一眼。教我口儿不能言，腿儿扑地软，他回身去，一道烟。谢得蜡梅枝，把他来抓个转。

这是多么艳冶绵丽的词句，像上面所举，还算是稍为蕴藉一点的。另外，还有些赤裸裸的作品。如《懒画眉·赠小姬》云：

海棠花相并愧无香，笑脸儿盈盈罢晓妆。春风微动翠罗裳，分明一点芳心荡，莫不是昨夜峰头遇楚王！

又如《黄莺儿·美人荐枕》云：

小帐挂轻纱，玉肌肤无点瑕，牡丹心浓似胭脂画，香馥馥可夸，灵津津爱杀。耳边厢细语低低骂：小冤家，颠狂忒憨，揉碎鬓边花。

事情本来很寻常，经青门这样加以描绘，特别显得神采奕奕，扑人眉宇，真有开卷微吟，欲罢不能之势。在艺术上讲，不能不算是成功之作。

青门所写这些曲的风格，表面上虽是以清丽见长，然而他却能在清丽之中，专以香奁体著闻。所以任中敏说："香奁之体，诗词中每不能肆为之，至曲中乃一发而不可遏。惟至明人，面目又略变，沈氏其大宗也。"因此，嘉、隆以后的曲坛，《唾窗绒》便为许多人所追抚。一般浮荡子弟，专以"效青门体"为名，毫无忌惮地写出些极"淫亵"的篇什，遂使青门亦受谤无穷。《论曲绝句》谓："不少空中绮丽语，疑云疑雨怨青门。"也就是指的这些而言。其实青门的作品，也有些是浑灏苍茫、毫无绮艳之习的，如《旅思》：

危楼日暮彩云生，十二阑干独自凭。嘹嘹何处雁归声，蓦然感起我扁舟兴，不觉的心到江南杜若汀。

另外，他还有一套《南吕·梁州新郎·月夜游湖》的前腔云："叹世情反掌无常，又何必官居卿相？纵繁华今日，岂无兴丧？只见吴宫花草，晋代衣冠，俯仰皆榛莽。清时难屡得，且徜徉，莫待愁添白发长。银海眩，碧波漾，看琼楼玉宇高千丈。须纵饮，莫虚放。"这完全是青门作品的另一个面貌，读之清新可喜，不觉有堆砌辞藻的感觉。

另外还有一本《唾窗绒》，为辽王恩鑯所作；其名虽见于钱希言的《辽邸纪闻》，但书早已不传，它的本来面目，我们也就无从窥知了。

第二节　昆曲流行以后的散曲

戏剧的转变，往往影响到散曲的发展。在明代昆曲流行以前的散曲坛上，康、王、冯、金仍是那样纵横驰骋，占着很大的优势，到了万历之间（1573—1619），北杂剧便日益陵替，王骥德曾说：

宋之词，宋之曲也，而其法元人不传；以至金元人之北词也，而其法今复不能悉传。是何以故哉？国家经一番变迁，则兵燹流离，性命之不保，遑习此太平娱乐事哉！（《曲律》卷三）

沈德符在他的《顾曲杂言》中，说得更为详尽：

嘉、隆间（1522—1572）度曲知音者，有松江何元朗，蓄家僮习唱，一时优人俱避舍。以所唱俱北词，尚得金元遗风。予幼时犹见老乐工二三人，其歌童也，俱善弦索，今绝响矣。何又教女鬟数人，俱善北曲，为南教坊顿仁所赏。顿曾随武宗入京，尽传北方遗音，独步东南。暮年流落，无复知其技者，正如李龟年江南晚景。其论曲，谓南曲箫管，谓之唱调，不入弦索，不可入谱。近日沈吏部（沈璟）所订《南九宫谱》盛行，而《北九宫谱》反无人问，亦无人知矣。

从这两则记载的情形来看，北曲在这时已衰落到无人问津了。继北曲而盛行的，便是昆山腔。昆山腔又称昆曲，是明代中叶一直到清代中叶，在声腔上称霸中国剧坛的最大剧种。它之所以开始盛行，固然应归功于嘉、隆年间（即16世纪中叶）的魏良辅，事实上早在元末明初之际（即14世纪中叶），已经是南曲声腔的一个流派，例如祝允明在其所著《猥谈》中说：

  数十年来，南戏盛行……妄名余姚腔、海盐腔、弋阳腔、昆山腔之类，变易喉舌，趁逐抑扬，杜撰百端，真胡说耳！

祝允明卒于嘉靖五年（1526），魏良辅生于嘉靖元年（1522），也就是说，祝氏去世时，魏氏还是个只有五岁的小孩子。至于说到昆曲的创始人，自然很难归功于某时某人，应该是多时多人共同努力的结果，但据魏良辅自己的《南词引正》，却说是始于元代的顾坚，大概顾坚也还是一个努力改良过昆山腔的人。我们且看《南词引正》：

  惟昆山腔为正声，乃唐玄宗时，黄旛绰所传。元朝有顾坚者，虽离昆山二十里。居千墩，精于南词，善作古赋，扩廓帖木儿闻其善歌，屡招不屈。与杨铁崖、顾阿瑛、倪元镇为友，自号风月散人，其著有《陶真雅集》十卷、《风月散人乐府》八卷行于世，善发南曲之奥，故国初有昆山腔之称。

魏良辅以为昆山腔最早是唐代的黄旛绰所传，这话说得太过火了，我们一点也无法找到证明。就拿顾坚来说，也没有确切的根据。不过从这段话看来，当南曲在昆山一带流行时，元代末年的作家兼歌唱家顾坚，对此一新兴的南曲流派，提供过他的改良意见，或曾大力提倡，是可断言的。这一点，我们还可找到些旁证，例如《正德姑苏志》和周玄暐的《泾林续记》，都有记载，是说到明太祖召见昆山老艺人周寿谊的事，兹引《泾林续记》如下：

  太祖闻其（周寿谊）高寿，特召至京，拜阶下，状甚矍铄。问："今年若干？"对曰："一百七岁。"又问："平日有何修养而能致此？"对曰："清心寡欲。"上善其对，笑曰："闻昆山腔甚嘉，尔亦能讴否？"曰："不能，但善吴歌。"命歌之，歌曰："月子弯弯照九州，几人欢乐几人愁。几人夫妇同罗帐，几人飘散在他州。"上抚掌曰："是个村老儿。"命赏酒饮。

这个故事虽没有直接讨论昆曲，但间接地说明了昆曲在明代初年已有了，只是没有像魏良辅时的那样有严谨的音律罢了。自昆山腔起后，曲风始为之一变，形成所谓南词一派。首先采用者，当推梁辰鱼。辰鱼所作，杂剧有《浣纱记》，散曲有《江东白苎》。一时作者，群起仿效，人才迭出。接着又有吴江沈璟的《南曲谱》及《南词韵选》出，因此，南曲的楷模大著，学者翕然宗之。作家们每喜参用词法，尚典雅工丽，喜集曲翻谱；他们的辞藻是那么样的华丽，音韵是那么样的和谐，完全走向柔靡细软的途径。元人苍茫萧爽的气概，至此已不复存在了。这期的作家，我们可以分作三派来说明，一是梁辰鱼等的昆山派，一是沈璟等的吴江派，一是施子野的华亭派。

一、昆山派

  提到昆山派的作者，本应以改良昆曲的魏良辅为首，但魏氏的主要成就在音乐，而非写作，所以应该推梁辰鱼为鼻祖，以郑若庸、张凤翼、朱应辰、屠隆、冯梦龙、袁晋诸家属之。他们的作风，大都崇尚格律的完整，以达到唯美的境地。

  梁辰鱼 字伯龙，号少白，又号仇池外史，江苏昆山人。《皇明词林人物考》卷十一有传。他为人好任侠，不屑就诸生业。嘉靖间，王世贞、李攀龙都与之交往。他身长八尺有奇，虬髯虎颧。倜傥好游，足迹遍吴楚间；更欲北走边塞，南极滇云，不果而终。至其生卒年月及其他事迹，已不可考，大约是嘉靖至万历中叶的人。他曾作曲自咏云："何暇谈名说利，漫自依翠偎红。请看换羽移宫，兴废酒杯中。骥足悲伏枥，鸿翼困樊笼。试寻往古，伤心全寄词锋。问何人作此，平生慷慨，负薪吴市梁伯龙。"（《浣纱记》）可知他过着倚翠偎红的浪漫生活，原是有所寄托的。《芳畲诗话》说他以例贡为太学生，想是可靠的了。他工诗，精音律，曲名极高，张旭初《吴骚合编》内推为"曲中之圣"。那时魏良辅能喉转音调，改良昆腔，伯龙作剧曲《浣纱记》付魏，一时曲家，如陆九畴、郑思笠、包郎郎、戴梅川等更迭唱和，清词艳曲，流播人间。朱彝尊《静志居诗话》云：

> 伯龙雅擅词曲，所撰《江东白苎》，妙绝时人；时邑人魏良辅能喉转音声，始变弋阳、海盐故调为昆腔，伯龙填《浣纱记》付之，王元美诗所云："吴阊白面冶游儿，争唱梁郎雪艳词。"是已。

这是关于他作曲的缘起，至其当时享名之盛，张元长的《梅花草堂曲谈》曾记载道：

> 梁伯龙风流自赏，修髯，美姿容，身长八尺，为一时词家所宗。艳歌清引，传播咸里间。白金文绮，异香名马，奇技淫巧之赠，络绎于道。每传柑、禊饮、竞渡、穿针、落帽一切诸会；罗列丝竹，极其华整；歌儿舞女，不见伯龙，自以为不祥。人有轻千里来者，而曲房眉黛，亦足自雄快，一时佳丽人也。

《梅花草堂曲谈》中又有一则道：

> 风筝一名纸鸢，吴中小儿好弄之，然当其抟风而上，盖亦得时则驾者欤！梁伯龙戏以彩缯作凤凰，吹入云端，有异鸟百十拱之，观者大骇。伯龙死久矣，其新翻杂调，往往散入侯王将帅家，至今为侠游少年所传咏；其好事故亦一时之冠也。

此外在《蜗亭杂订》及胡应麟《少室山房笔丛》中也说：

  梁伯龙风流自赏……教人度曲，设大案西向坐，序列左右，递传叠合，所作《浣纱记》，至传海外。（《蜗亭杂订》）

  魏良辅能谐声律，梁伯龙起而效之。考证元剧，自翻新调，作《江东白苎》《浣纱》诸曲，金石铿然。谱传藩邸戚畹，金紫熠爚之作，取声必宗伯龙，谓之昆腔。（《少室山房笔丛》）

并且当时，王伯稠也曾赠伯龙诗道："粉毫吐艳曲，粲若春花开。斗酒青歌夜，白头拥吴姬。家无担石储，出多少年随。"从这些记载中，可见伯龙当时所享声誉之大与影响之深。

  他的散曲集有《江东白苎》及《续江东白苎》各两卷，有明嘉靖刊本及曲苑本，存小令套数各三十首左右。他的这些作品，大都文辞优美、细腻妥切，极妩媚柔情之能事。张凤翼曾说他的作品，掷地可作金石声；把南方文学的特性，在所作曲中表现无遗。造句用字，多参词法，故曲味少而词味多，时人评为"南词出而曲亡矣"，就是这个意思。总之，他的作品，没有一点粗豪浅俗的影子，文雅蕴藉地一步步走向古典的、唯美的路上去。如《懒画眉·情词》云：

  小名儿牵挂在心头，总欲丢时怎便丢。浑如吞却线和钩，不疼不痒常拖逗。只落得一缕相思万缕愁。

任中敏最喜此曲，曾批评道："可谓陈言务去，戛戛独造矣。吞钩之喻，由起至结，一气贯注，无一字不妥帖，无一字可更易。论用意，固尤精于元人之借喻放债；论遣词，直是南令情词中不可多得之作。"又如《驻云飞·邂逅》云：

  小小冤家，拖逗得人来憔悴煞。雅淡堪描画，举止多潇洒！咱，曾记折梨花，在茶蘼东架。忙讯佳期，到答着闲中话，一半罴人一半耍。

《驻云飞》共有十首，皆是效沈青门《唾窗绒》体而作；止此一首，细腻蕴藉，略有新意，其余九首，造语多蹈元人，并无出色之处。又如《山坡羊·代刘季招寄申椒居士》云：

病淹淹难医疗的模样，软切切难存坐的形状，急煎煎难摆划的寸肠，虚飘飘难按纳的情和况。空自忙，全然没主张。盟山誓海，誓海都成谎。辗转思量，更无的当。凄凉，为甚更长似岁长？萧郎！莫认他乡是故乡。

真是"意虽寻常，话独圆俊"（《散曲概论》），确不负伯龙清望。无怪张伯起说他"掷地可作金石声"了。他尚有些近于诗的曲，如《玉抱肚·吴宫词》云：

双双兰桨，采莲归重催晚妆。看西施舞罢纤腰，半含娇笑倚东床。芙蓉帐小夜添香，杨柳风多水殿凉。

又如同调《春郊邂逅》云：

为贪闲耍，向西郊常寻岁华。霎时间遇着个乔才，想今年命合桃花。邀郎同上七香车，遥指红楼是妾家。

此等句，轻脱疏快，倜傥风流，是诗是曲，几难分辨。任中敏谓："曲中小令与诗中绝句，原是一例，正可相通也。"此说诚然。又曰："吾尝谓诗词曲间，有一事必为研究文学变迁时所不可忽者，则词中全句，多不可移用于曲，即偶有移用者，亦终不见精。而绝诗中之全句，则每有为曲家借用，装配自然，驱遣入化，几乎不能索还。"（《曲谐》卷一）这真不能不算是伯龙技术的妙处。他又有些近词的曲子：

西风里，见点点昏鸦渡远洲，斜阳外景色不堪回首。寒骤，漫倚楼，奈极目天涯无尽头。消魂久，凄凉水国，败荷衰柳。（《南正宫·白练序·暮秋闺怨》）

这就是所谓南词的真面目，词味多而曲味少。伯龙曲还有不少缺点，即因过于重视辞藻，所以往往失于板滞的晦涩。虽然字句修饰得如何工致，但总不能使读者眉飞色舞起来，如《咏帘栊》的【醉太平】、《拟金陵怀古》的【夜行船】等是，兹不再举。

郑若庸　字中伯，号虚舟，昆山人。《明诗综》卷四十九有其记载。他早岁以诗名吴中，与谢榛齐名，有《蛣蜣集》八卷、《北游漫稿》二卷，所作南剧有《玉玦记》《大节记》《五福记》三种，尤以《玉玦记》最为重要，开创了曲中的骈俪一派。他在当时，名望甚高，赵康王尝币聘入邺，客王父子间，王父子亲逢迎接席，与交宾主之礼。于是海内游士争担簦而之赵。康王死，去赵居清源，年八十余卒。朱彝尊《静志居诗话》云：

> 中伯曳裾王门，妙擅乐府，尝填玉玦词以讪院妓，一时白门杨柳，少年无系马者。

《曲品》亦谓：

> 常闻玉玦出而曲中无宿客。

可见他的曲，在当时是如何的为人所欢迎。至其曲的作风，大略与伯龙相近，如《玉玦记》的排歌云："好鸟枝头调歌，秋千丽日门墙。可怜飞燕倚新妆，半卷珠帘春恨长。"这显然是梁伯龙《浣纱记》的同调。所作散曲如写春闺的《沉醉东风》云：

> 海棠花将开未开，倦停针绣窗闲待。花睡去冷门阶，教人怜爱。须避却妒花风霾，把门儿谩开，不许蝶蜂参拜，若等得那负心的便随着进来。

此曲情韵佳作，没有雕琢堆垛的毛病。又如写春闺的《川拨棹》云：

> 情忒歹，没音书三四载。全不记那日书斋，全不记那日书斋，曾道是遇鳞鸿足书系帛。到如今呆打孩；笔无情，手懒抬。

这样典实而雅丽的文句，正可看出昆山派的作风来。

张凤翼 字伯起，号灵墟，又号冷然居士，长洲人。生于世宗嘉靖六年，卒于神宗万历四十一年（1527—1613），年八十七岁。《明诗综》卷四十五、《明词综》卷四皆有记载。与弟献翼、燕翼并有才名，时号"三张"。嘉靖四十三年（1564）举人。屡会试不第，遂弃举业，读书养母，晚年以鬻书自给。沈瓒《近事丛残》云：

张孝廉伯起，文学品格，独迈时流，而以诗文字翰交结贵人为耻。乃榜其门曰："本宅纸笔缺乏，凡有以扇求楷书，满面者银一钱，行书八句者三分；特撰寿诗寿文，每轴各若干。"人争求之，自庚辰至今，三十年不改。

他还受当时总兵李应祥的厚礼，而为之作《平播记》。《曲品》云：

伯起衰年倦笔，粗具事情，太觉单薄，似受债帅金钱，聊塞白云耳！

这样看来，他不但卖文，即连戏曲也肯出卖的。他的性情也很通脱，疏纵不为儒缚。《花当阁丛谈》云：

张灵墟有《处实堂集》，著述甚富。……晚喜为乐府新声，天下之爱灵墟新声，甚于古文辞。……灵墟善度曲，自晨至夕，口呜呜不已。吴中旧曲师有太仓魏良辅，灵墟出而一变之，至今宗焉。常与次子演《琵琶记》，父中郎，子赵氏，观者填门，夷然不屑意也。

明人风尚，类多如此。他对人也极为诚挚，钱谦益《列朝诗集》云："伯起与余从祖春池府君同举嘉靖甲子。余弱冠，与二三少年，冲酒阑入其家宴……亲行酒炙，执手问讯，其言蔼如。先进风流，至今犹可思也。"以此并见其风格。所作戏曲有《红拂记》《祝发记》《窃符记》《灌园记》《虎符记》《豰豪记》六种，合称"阳春六集"。其散曲有《敲月轩词稿》，如《醉扶归·题情》云：

相思欲见浑难见，真个是别时懊恨见时怜。记当初未见怅无缘，及至见来又结就愁千件。见和不见奈何天，怕见了又心儿软。

袁于令说他以"纤媚"胜，大概就指的此等曲而言。但如《桂枝香·风情》一曲，则颇具风格：

半天丰韵，前生缘分，蓦然间冷语三分，窄地里热心一寸。梦中蝶魂，梦中蝶魂；月中花晕，暗中思忖。可怜人，不知兴庆池边树，何似风流倜傥身？

《曲谐》卷四曾批评此曲道："冷语热心，乃刻意之笔，而一结清疏隽永，荡漾不尽，不必用成语始然，实为南令中开一广妙法门。"又袁于令论曲，把他与梁伯龙、沈伯英、龙子犹等人并举，自然他在嘉靖以后的散曲坛上，是一位重要的作家。

朱应辰　字拱之，一字振之，累举不第，贡入太学，能为诗，有《逍遥馆集》。他的散曲集有《淮海新声》，人称为淮海先生。《淮海新声》，万历以前刊本，已不可得；嘉靖间有詹湘亭校订本，谓其曲文用意深厚，犹是元人之旧，非明末人刻画尽致者比。吴敏道曾序其集云：

淮海先生，才情隽丽，襟素高闲；张锦幄以坐花，清哇缓乎六引；飞琼觞而醉月，妍节凌乎七盘。摘毫则思逐紫云，握板则音翻白雪。遂使渼陂却步，枝山敛容。

吴序以他比王渼陂、祝枝山，尤过之而无不及，未免过誉，但其作品价值之高，于此可见。任中敏云："《新声》于长套之前，每具七绝一首作引，即以末句数字，用入曲调起拍中，仿佛宋词调笑令转踏之制，殊非曲家本色。"这也是事实。应辰曲比较好些的，如《黄莺儿·题菊》云：

双朵殢人娇，两相看也脸晕潮。晚妆羞向银釭照。一个云堆翠翘，一个风敧紫腰，似杨妃挽住了西施笑。对妖娆，生香活色，见影已魂消。

此曲"似杨妃挽住了西施笑"句，想象出奇，刻画尽致；是人是花，浑然打成一片，几令人难于分辨。

《淮海新声》中也有些很狂放的曲，如《黄莺儿》云：

河汉与江沱，有凡鱼不钓他。从来只说沧溟大，采骊珠的太阿，下珊瑚的网罗，把灵龟掣起三山堕。这生活，只有姜牙老子，曾试渭阳坡。

朱氏《淮海新声》后，又附其甥《射陂芜城词》，有《画眉序》一曲，颇能融会入妙："花月可怜宵，回首风江欲上潮。听竹西歌吹，猛忆前朝。隋堤外一抹山光，夜市里双声十调。缠腰争打迷楼过，满楼红袖相招。"任中敏评此曲道："此所写并非当时情况，特于前朝之回忆耳！噫！柳堤迹杳，水调声沉，潮咽风江，花怜月夜。今日之芜城，殆愈不堪回首矣。珠帘十里，红袖满楼，于隔岸山光，依然妩媚之中，顾犹能意想其一二欤！"（《曲谐》卷四）任氏此说，乃有感而发，读之愈觉其词之可贵。

屠　　隆　字长卿，又字纬真，号赤水，浙江鄞县人。《明史》卷二百八十八有传。他生有异才，尝学诗于明臣（字嘉则），操笔数千言立就，人以神童目之。举万历五年（1577）进士，除颖上（今安徽颖上县）知县，转为青浦令，时招名士，饮酒赋诗。游九峰、三泖，以仙令自许。然他并不因此废弛吏事，士民皆爱戴之。又迁礼部主事，仇人俞显卿上疏讦之，遂罢归，时万历十二年（1584）。《明史》曾记载他罢官后的生活道：

隆归，道青浦，父老为敛田千亩，请徙居；隆不许，欢饮三日谢去。归益纵情诗酒。好宾客，卖文为活，诗文率不经意，一挥数纸。尝戏命两人对案拈二题，各赋百韵，咄嗟之间，二章并就。又与人对弈，口诵诗文，命人书之，书不逮诵也。

可见他才气磅礴，操笔自如。因此襟怀也极潇洒，不为儒冠所缚。所作散曲，见《白雪斋藏本》及《吴骚合编》，大率工致精细，颇见刻画之痕。如写旅思的【桂枝香】云：

青灯残夜，萧条旅舍。梦虽多燕约莺期，事已共水流花谢。听敲窗败叶，敲窗败叶，助人凄切，杳难休歇。鼓钟绝，无限衾裯冷，难消心上热。

另外，又像写旅思的【长拍】云："有限眉峰无限恨，青衫上泪成血。急整片帆归也，又恐怕，江寒夜静，空载明月。"都写得凄婉动人。

长卿著有《由拳集》《白榆集》《游具雅编》《缥湘对类》《翰

墨选注》，以及《鸿苞》《考槃余事》等。戏曲有三种：一是《彩毫记》，叙述李白醉写《清平调》的故事，以玄宗和贵妃的事作配，选事不精，文复板滞。一是《修文记》，是写蒙曜一家修道成仙的事，剧中曜即屠隆自己的化身。一是《昙花记》，叙木清泰好道弃家外游，遇僧、道二人点化之，历试诸苦。其夫人亦慕道修行，复阖门飞升。或谓木清泰即是他好友西宁侯宋世恩的化身，未知确否。《蜗亭杂订》曾记其轶事道：

梁辰鱼……《浣纱》初出，梁游青浦时，屠隆为令，以上客礼之，即命优人演其新剧为寿。每遇佳句，辄浮大白，梁亦豪饮自快。演至出猎有所谓摆开摆开者，屠厉声曰："此恶句，当受罚。"盖已预备污水，以酒海灌三大盂。梁气索，强尽之，吐委顿。次日不别竟去。

屠氏此举，未免过于恶作剧；然其对于作曲态度，特别着重于字句的工巧，可以想见。

冯梦龙 字子犹，一字犹龙，或作耳犹，号姑苏词奴，又号顾曲散人、墨憨子，别署龙子犹、茂苑野史，吴县人。生于神宗万历二年，卒于唐王隆武二年（1574—1646），年七十三岁。崇祯时贡生，顺治二年（即明福王弘光元年，1645）清兵侵江南，福王降，唐王即位于闽，他被任寿宁知县，不久殉节。诗有《七乐斋稿》；戏曲有《双雄记》《万事足》，又改订《精忠旗》《楚江情》《女丈夫》《洒雪堂》《酒家佣》《量江记》《新灌园》《梦磊记》，合称为《墨憨斋新曲十种》。又有《风流梦》《邯郸记》《人兽关》《永团圆》《杀狗记》五种，皆改订古人或时人作品。《新传奇品》说他："芙蓉映水，意态幽闲。"在小说方面，辑有《喻世明言》《警世通言》《醒世恒言》，撰有《平妖传》《新列国志》。此外又编有《笑府》《情史类略》《智囊》及《智囊补》。并刊布小曲《挂枝儿》及《童痴二弄》（《山歌》），名重一时，留待下章叙述。至于散曲，有他选辑的《太霞新奏》和所作《宛转歌》。《太霞新奏》有天启七年（1627）刊本，《宛转歌》原本已散佚，近有卢冀野辑本，小令有六首，套数有十八套，并附有《挂枝儿》小曲四十一首。其作风极为真切有趣，如《江儿水·留客》云：

郎莫开船者，西风又大了些，不如依旧还侬舍。郎要东西和侬说，郎身若冷侬身热。且消受今朝这一夜，明日风和，便去也侬心安帖。

"语既质朴，情亦真挚"（《曲谐》），宛如伊人口诉。他曾自己在《太霞新奏》中说："子犹诸曲，绝无文彩，然有一字过人曰真。"这并非他自夸，我们看他所作曲，确系如此。又如《玉抱肚·赠书》云：

频频书寄，止不过叙寒温别无甚奇。你便一日间千遍邮来，我心中也不嫌聒絮。书啊！你原非要紧的好东西，为甚你一日迟来我便泪垂。

幔亭歌者袁令昭评子犹曲以轻俊胜，所言至当。又如《梧蓼金罗·客枕偶成》："千思万想，枕冷衾凉。好梦难成，只听得一更更漏声凄怆"（【柳采金】）、"二更才罢，三更正长。四更捱过，五更怎当？鼓槌儿都打在我心头上"（【皂罗袍】）。真是说得一字比一字恳切，一句比一句紧凑；连篇起来，累累如贯珠；清朗而圆润，情真而感人。

袁　晋　原名韫玉，字令昭，号箨庵，一字凫公，又号幔亭仙史，吴县人。生于神宗万历二十七年，卒于清康熙十三年（1599—1674），年七十六岁。明末生员，早岁居苏州因果巷，和吴江富豪沈同和爱妓穆素徽姘识，沈怒讼之官，被革去学籍。至顺治二年（1645）清兵南下，袁之乡里苏州豪地主等，托袁撰降表进呈，因功授荆州太守，在任十余年始终未升迁，监司乃对袁云："闻君署中有三声：弈棋声、唱曲声、骰子声。"袁答道："闻君署中亦有三声：天平声、算盘声、板子声。"监司大怒，免袁官。（尤侗《艮斋杂记》及《顾丹五笔记》皆有记载）袁凫公本是一个很洒脱的人，不护细行，故不为当时一般"道学家"所喜，董含《三冈识略》斥之尤甚：

> 吴中有袁于令者，字箨庵，以音律自负，遨游公卿间，所著《西楼传奇》，优伶盛传之。然词品卑下，殊乏雅驯，与康王诸公作舆台，犹未首肯。其为人贪污无耻，年逾七旬，强作少年态，喜谈闺闱事。每对客淫词秽语，冲口而出，令人掩耳，余屡谓人曰："此君必当受口舌之报。"未几，寓会稽，冒暑干谒，忽染异疾，觉口中奇痒，因自嚼其舌，片片而堕，不食二十余日，竟不能出一语，舌根俱尽而死。（《三冈识略》记"甲寅年口舌报"条）

这把凫公骂得体无完肤，竟以因果报应之说，用讦其短，未免无聊！所作散曲，与冯梦龙相近，如《横塘载月》的【普天乐】云：

> 暖溶溶，明月下。看山影，轻如画。清溪畔柳可藏鸦，曲桥外似雪梨花。荒村数家，更喤喤犬吠，一带篱笆。

又如同题【古轮台】云：

> 醉流霞，浅斟低唱按红牙，纤纤素指轻轻下。歌翻子夜，琯弄朝华，一派余音虚架。赤凤堪乘，彩云欲化，今宵清梦绕天涯。风情潇洒，都付与流水浮花。美人绿鬓，英雄白发，同归虚话。想起泪如麻，持杯斝，莫教月落漫嗟呀！

又【尾声】云：

> 村落内，集众哗，直待要游观四下，喜数里横塘月正佳。

凫公是一个极浪漫的人，他是那样萧散自由，整天整夜地沉迷在酒色中行欢取乐，过着颓放的生活。又如《八声甘州·代周非月赋别阿蝉》的【皂罗袍】云：

> 自小平康驰骤，并无人像你放诞风流。可怜香影堕青楼，做了水中萍草风中柳。攒眉强笑，牵衣诈留，昨宵今晚，何年罢休？因此上倾心愿缔鸾凤偶。

字句是那样的典雅工丽，内容是那样的陈腐柔靡，正是昆山派的颓风。

在戏曲上，他为叶宪祖的门人，著有《西楼记》《金锁记》《玉符记》《珍珠记》《肃霜裘》《长生乐》《瑞玉记》《双莺传》，以《西楼记》为最著名。高奕《新传奇品》评他为"海鹤鸣秋，声清影淡"。宋荦《筠廊偶笔》曾记其逸事道：

  袁箨庵以西楼传奇得名，与人谈及，辄有喜色。一日出饮归，月下肩舆过一大姓门，其家方宴宾，演霸王夜宴，舆人曰："如此良夜，何不唱绣户传娇语（《西楼记·错梦》句），乃演《千金记》耶。"箨庵狂喜，几堕舆。

他和冯梦龙也曾往来，褚人获《坚瓠续集》云：

  袁韫玉《西楼记》初成，往就正于冯犹龙，冯览毕置案头，不致可否，袁惘然不测所以而别。时冯方绝粮，室人以告，冯曰："无忧，袁大令夕馈我百金矣。"乃戒阍人勿闭门，袁相公馈银来必以更余，可迳引至书室也，家人皆以为诞。袁踌躇至夜，忽呼灯持百斤就冯，及至，见门尚洞开，问其故，曰："主人方秉烛在书室相待。"惊趋而入，冯曰："吾固料子必至也。词曲俱佳，尚少一出，今已为增入矣，乃错梦也。"袁不胜折服。是记盛行，而错梦所以尤脍炙者也。

从这则记事里，不但看出冯梦龙才学之高，尤可看出袁凫公爱好艺术之切。是类文人，往往不流于放诞，则落于颓废，以遨游于礼法之外，寄情于诗酒之中。

  总观以上所述，可知昆山派之曲，典雅蕴藉，细腻妥帖，"完全表现南方人之性格与长处，去北曲之蒜酪遗风、亢爽激越者，千万里矣。惟此种阴柔之美，实宜于词之收敛性格之文学，而不宜于曲之放散性格之文学。故其取材取径，于不知不觉之间，无一不与宋词相接近，而与元曲相背驰者。结果乃得一种词不成词、曲不成曲之物"。因之，此派之末流，"意境迂拘而色彩揉杂，硁硁于字句之渲染，又只有枯脂燥粉，敷衍堆嵌，拆碎固不成片段，并合亦难像楼台"（《散曲概论》卷二《派别》），完全走向糜烂、细碎的途径，丝毫没有一点清疏隽永的作风。散曲到此，可说是近乎凝固的阶段了。

二、吴江派

吴江派的作者，其文辞一方面受昆山派的影响，而以典雅见长，另一方面自己又专求律正与韵严，故所作曲，为声而发者多，为文而发者少，完全受着韵律的拘牵，把曲的活泼之气剥夺殆尽。因此又可称之为音律派。此派以沈璟为首，王骥德、史槃、卜世臣、沈自晋诸家属之。

沈　璟　字伯英，号宁庵，又号松陵词隐，或简称词隐生，江苏吴江人。生于世宗嘉靖三十二年，卒于神宗万历三十八年（1553—1610），年五十八岁。《明诗综》卷五十二有其记载。万历甲戌（1574）进士。曾任兵部主事，改礼部员外郎，复改吏部，嗣因上疏请定大本忤旨，降行人司正。万历戊子（1588）升光禄寺丞，次年以疾乞归，时年未四十，家居二十年始卒。熹宗天启初，追赠光禄大夫。璟少颖悟，美风姿，为人谦和而干练；服官勤敏，勇于任事，能诗善歌，有词曲癖。退隐后，纵情词曲，与同里顾大典并蓄声伎，日以征歌度曲为事。他精通音律，善于南曲，是当日曲匠的宗师、格律派的代表。他编有《南九宫谱》与《南词韵选》，为当代制曲家的金科玉律。前者严整南曲的调律，说明南曲的唱法；后者所选的作品，不完全以艺术为准则，只以合韵与不合韵为取舍。他作曲的主张，是与其曲佳而不合律，不如合律而曲劣。他这种思想，竟能风靡一时，如顾大典、叶宪祖、卜世臣、吕天成、范文若诸人，都受他的影响。吕天成在《曲品》中赞扬他说：

沈光禄金张世裔，王谢家风，生长三吴歌舞之乡，沈酣胜国管弦之籍，妙解音律，花月总堪主持；雅好词章，僧伎时招佐酒。束发入朝而忠鲠，壮年解组而孤高。卜业郊居，遁名词隐。嗟曲流之泛滥，表音韵以立防；痛词法之蓁芜，订全谱以辟路。红牙馆内，誉套数者百十章，属玉堂中，演传奇者十七种。顾盼而烟云满座，咳唾而珠玉在毫。运斤

成风，乐府之匠石；游刃余地，词坛之庖丁。此道赖以中兴，吾党甘为北面。（《曲品》卷上）

沈德符在《顾曲杂言》中也说：

  沈宁庵吏部后起，独恪守词家三尺，如庚清、真文、桓欢、寒山、先天诸韵，最易互用者，斤斤力持，不稍假借，可称度曲申韩。

可知当时人对他的推崇真是无微不至。但在这些文字里，他们所称道的功绩，也只是讲音韵订曲谱而已，也只是斤斤持于庚清、真文、先天、寒山诸韵罢了。这都是曲匠的工业，并不是有天才作家的能事。王骥德批评他说："吴江守法，斤斤三尺，不欲令一字乖律，而豪锋殊拙。"这的确是知人之论。李调元《雨村曲话》，尤能洞见沈氏之弊：

  沈伯英审于律，而短于才，亦知用故实用套词之非宜，然作当家本色侉语，却又不能，直以浅言俚句，搠拽率凑，自谓独得其宗，号称词隐。而越中一二少年，学慕吴趋，遂以伯英为开山；私相伏膺，纷纷竞作，非不东钟、江阳、韵韵不犯，一禀德清，而以鄙俚可笑为不施脂粉，以生硬稚率为出之天然。较之套词故实一派，反觉雅俗悬殊，使伯龙禹金辈见之，益当千金自享家帚矣。（《雨村曲话》卷下）

话虽如此苛刻，自不无道理，然沈氏论文，每右本色，以朴质不失真为上品，以夸饰雕琢为下品，在当时日趋绮丽的作风中，诚然是一个中流砥柱。他的剧曲，在当时与汤显祖齐名。汤是江西临川人，故称他为临川派；所作剧曲，每崇尚文辞而忽于音律，所以又称之为文辞派，与沈璟的音律派，站在对立的地位。《新传奇品》说沈氏著有《属玉堂传奇》二十一本，今存《水浒》等三种，并评之为"冠冕佩玉，揖让明堂"。散曲又与梁辰鱼分庭抗礼，形成两大派别。其散曲集有《情痴呓语》《词隐新词》《曲海青冰》三种，原本俱未见，散见于明人诸选本中。近有新辑本《沈伯英散曲》一卷，存小令十余首，套数三十余种。如《伤春》的【集贤宾】云：

  一声杜宇落照间，又寂寞春残。杨柳帘拢长日关，正梨花院落初闲。风朝雨晚，芳径里落红千万。停画板，又早见牡丹初绽。

又如《离情》的【园林好】云：

昏惨惨愁城似天，远迢迢长日胜年。记一笑春风面，灯儿下鬓云偏。急回首已茫然。

又《离情》的【浆水令】云：

煞静悄垂杨院，虚供养绿暗红嫣。银钩屈曲指骈联，淋漓红袖，细草鸾笺。刚删订，相思传，迟迟月上桃花扇。香罗帕，阑珊了，旧盟新愿。流苏帐，粉露花烟。

这些曲，特别着重韵律的严整，在伯英集中，算是比较优美之作。同时他又好翻北曲为南曲。如【八声甘州】云：

因缘簿冷，叹鸳鸯被卷，枉怨银筝。秦楼月影，蝴蝶梦中孤零。曾留汗衫余馥在，漫哭香囊两泪盈。柳眉蹙双峰，为才子留情。

其二云：

春宵多月亭，记曲江池上，丽日初晴。蓝桥仙路，裴航恰遇云英。梦花堂畔言誓盟，玉镜台前作证诚。他负心几曾？教鱼雁传情。

这是"集杂剧名翻元人吴昌龄北词"为南曲者，沉滞晦涩，殊少生气，真是点金成铁，有补于声音者少，而为害于文字者多。任中敏说他把"活文字则死之，新意境则腐之"，的确如此。这完全是因过于重视音律而轻忽意境所得到的结果。他当时被人称为"词家开山祖"者在此，被人斥为"鄙俚可笑""生硬稚率"者亦在此。而且他还以四声阴阳的格律，限制每一曲牌中声调变化的自由，例如他在序冯梦龙《太霞新奏》的套曲中说：

参详。含宫泛徵，延声促响，把仄韵平音分几项。倘平音窘处，须巧将入韵埋藏。这是词隐先生独秘方，与自古词人不爽。若是调飞扬，把去声儿填他几字相当。

这是在《二郎神》曲，其二【换头】中所说的。一是在南曲中，入声可以代替平声字用。二是去声字在歌唱时，便于配上高亢的音调。又在

【转林莺】曲中说：

> 词中上声还细讲，比平声更觉微茫。去声正与分天壤，休混把仄声字填腔。析阴辨阳，却只有那平声分党。细商量，阴与阳还须趁调低昂。

在这里，沈氏以为上声和去声，虽然同是仄声，但两者声调不同，不可混用，又以为只有平声可以分为阴平与阳平。由此可见他在音律上的主张，不过如此，他所编的《南九宫谱》，就以此为其根据。他的弟弟沈瓒，是万历十四年（1586）进士，退职后自为塾师，教其兄子。《静志居诗话》说他们"一门之内，兄日选优伶，令演戏曲，弟寻章索句，课着童，实为奇异之对照"。其实这种现象，在明代很普遍，正可看出有明一代文人们的放浪生活来。

王骥德 字伯良，号方诸生，又号秦楼外史，山阴（今浙江绍兴市）人。生年不详，卒于熹宗天启三年（1623），年六十岁左右。《明文授读》说他是王守仁之侄，不知确否。他的祖父王炉峰，也是一位曲家，曾作《红叶记》传奇，藏元剧有数百种之多。《曲谐》卷三说他："自幼性嗜歌乐，遂精研词曲，至壮不衰，以散曲负盛名于当时。始师同里徐渭（文长），即以知音互赏；继与吴江沈璟讨论音律，最为沈氏所推服。与孙镇、孙如法、吕天成并为词友，而以吕氏相交最早，尤称莫逆。"他自己也说："与余称文字交，垂二十年，每抵掌谈词，日昃不休。"（《曲律》卷四）一时曲家相善者，尚有顾大典、史槃、王澹翁、叶宪祖辈，并汤显祖亦在知好之列。尝设席山阴署中，与毛以燧研讨词曲。又尝入都门，同好集于米氏湛园，邀往讲习《西厢记》《琵琶记》，作过有名一时的《曲律》。《曲律》可算是吴江派在理论著作上的代表。任中敏曾说：

> 尝谓明代曲家，最不少可者，为魏良辅与王氏两人。无良辅则无今日昆曲，即谓今日无雅乐可也。无骥德则无谱律之精微，品藻之宏达，

皆无一见，即谓今日无曲学可也。（《曲谱》）

与他同时的冯梦龙也说：

> 词隐先生所修《南九宫谱》，一意津梁后学，而伯良《曲律》一书……法尤密，论尤奇，厘韵则德清蒙讥，评辞则东嘉领罚。字栉句比，则盈床无合作，敲今击古，则积世少全才。虽有奇颖宿学之士，三复斯编，亦将咋舌而不敢轻谈，韬笔而不敢漫试。洵矣攻词之针砭，几于按曲之申韩。然自此律设。而天下始知度曲之难，而后之芜词可以勿制；前之哇奏，可以勿传，悬完谱以俟当代之真才，庶有兴者。

以上所引，对于王氏皆赞扬备至。他的戏曲有《题红记》《男后记》《离魂记》《救友记》《双鬟记》《招魂记》六种。今仅存《男后记》一种，见于《盛明杂剧》一集。其散曲集名《方诸馆乐府》，见毛允遂《曲律跋》。原本未见，近有卢前新辑本二卷，商务印书馆出版；存小令五十余首，套数三十余套。在这些作品中，他和沈璟一样过于重视音律而轻忽意境，然其成就却高于沈璟。如《一江风·见月》云：

> 月华明，偏管人孤另，后会茫无定。信难凭，两处思量，今夜私相订：天边见月生，低低叫小名；我低低叫也，你索频频应。

这是多么天真的口吻，"对月呼名，异方索应，是何光景！是何情致！其中写出一片孤心苦诣，颙望无穷；正不独活画出一妙人，痴绝而复憨绝也"（《曲谐》）。又如《玉抱肚》云：

> 萧萧郎马，怎教人不提他念他。俏庞儿怕吹破春风，瘦身躯愁触损桃花。不知今夜宿谁家，灯火章台处处纱。

此曲写闺中念远之情，体贴入微，极为工致，风神是那样的洒落，情韵是那样的自然。"俏庞儿一联，雅似杜诗中'红豆啄残''碧梧栖老'之倒装句法"（《曲谐》），是以前曲家未曾尝试的技巧。他的另一首《锁南枝·待归》，在内容上与前举《玉抱肚》是同一性质的曲，如云："灯花绽，蟢子飞，心心盼他郎马归。早起画蛾眉，红楼镇空依。纱窗暝，日又夕。多管是今宵尚欠几行泪。"情痴、意痴，的确是佳作。此外，伯良所作套曲，动摹艳情，其中确有蕴藉之作，绝非明人俗滥淫词可比。如《步步娇·忆虞氏小姬》的引子云：

> 小小鸳鸯思珍偶，未许春风逗。花枝一捻柔，袅袅婷婷，十三娇幼。羞涩怕回头，可怜正是愁时候。

《太霞曲语》云："伯良之词，由烂熟中来，故水到渠成，瓜熟蒂脱；手口和调处，自有一种秀色，不似小家子，以字句争奇已也。"确是知人之论。又如《皂罗袍·忆虞氏小姬》云：

> 曾记桃花窗牖，正金屏人悄，偷结绸缪。朱唇一点殢人羞，红罗三寸拈鞋瘦。灯明灯暗，匆匆画楼；春深春浅，纤纤蕊头。许千金不惜神前咒。

这的确是摇精荡魄之作，足可继响青门而无愧；在吴江派中，要算最出色的作家。袁于令说："词才不同，梁伯龙以豪爽，张伯起以纤媚，沈伯英以圆美，龙子犹以轻俊，至于秀丽，不得不推王伯良。"这也是事实。《论曲绝句》云："已将秀丽许方诸，自视西楼愧不如。灯火章台情境里，那时低叫小名无。"他也和沈璟一样，好集曲、翻谱，多是"字雕句镂"的死文字；这本来是吴江派的共同习尚，自不必责难伯良一人。

史槃 字考叔，山阴（今浙江绍兴市）人。生于神宗嘉靖九年，卒于思宗崇祯三年（1530—1630），年约百岁。与王骥德友善，同师事徐文长。其书画模拟文长，即文长亦不能辨非己作。他的事迹多散见于王骥德《曲律》、冯梦龙《太霞新奏》、黄宗羲《思旧录》等。有传奇十三种：《鹣钗记》《合纱记》《双丸记》《梦磊记》《樱桃记》《双鸳记》《瓷瓯记》《琼花记》《青蝉记》《双梅记》《檀扇记》《梵书记》《冬青记》。今仅见《梦磊记》一种，有冯梦龙改订本行世。其散曲集有《齿雪余音》，亦未见，仅小令散套数十首，散见于明人选本。其作风清利俊爽，如《醉罗歌·题情》云：

难道难道丢开罢,提起提起泪如麻。欲诉相思抱琵琶,手软弹不下。一腔恩爱,秋潮卷沙。百年夫妇,春风落花。耳边厢枉说尽了从良话。他人难靠,我见已差,虎狼也狠不过这些冤家。

任中敏对此曲的评论,说得最为确切:"盖此一体文字,非如此一捆见痕,一鞭见血,倾筐倒箧而出不可。若吞吞吐吐,读之令人沉闷,则何有于曲?故当行曲家,下笔总须具有辣手。"顾佛影也说:"此曲用沦落女子口气,叙述身世,因遇人不淑,流落烟花,虽欲从良,恐蹈覆辙。一腔心事,尽情倾吐,鞭鞭见血,正是曲家当行处。"又如《正宫·锦缠道·泊舟连河怀清源胡姬》云:

满帆风,吹不动离人小船,愁重滞江边,盼相思盈盈一水春天。我想他别时言,送时情,行时泪眼,怎教人不恨迷离意马心猿。说甚好姻缘,这破题儿是柳愁花怨。江关信杳然,何日睹桃花面?怕梦魂依旧在清源。

又如《锦缠道》的【古轮台】云:

艳阳天,隔墙裙底弄秋千,笑歌声浅。孤蓬里,有客羁楼,对此春光,番惹出一段熬煎。燕解离愁,莺知别怨,一双双宛转话江烟。又恍似传消遁息,把佳期约在明年。怕只怕一湾流水,半窗残月,几村渔火,寂寞对愁眠,难消遣,一瓶香煮惠山泉。

情景兼顾,在秀丽中有婉转之致。此外如《倾杯赏芙蓉·拟冬闺怨》的【普天乐·犯】云:

听更筹频频下,泪滴满绞绡帕。料多情,别有娇娃,把我认做冤家。当初来嫁,星辰应犯孤和寡。使今朝锦帐文鸳,做了路柳墙花。

也写得极为工丽、俊爽,并不亚于王伯良。

卜世臣 字大匡,一字大荒逋客(《嘉兴府志》作字蓝水),秀水人。他性磊然不谐俗,日扃户著书。著有《乐府指南》《卮言》《多识篇》及《山水合谱》等(见《府志》卷五十三)。至其传奇有《冬青记》《乞麾记》二种，今皆不传；但据高奕《新传奇品》及《曲海提要》所载，知《冬青记》写宋义士唐珏葬宋帝骨骸事，以陶宗仪所作《唐义士传》为蓝本，歌词悲愤激烈，且音律精工，情景真切，颇能动人。《新传奇品》云：

  吾友张望侯曰："携李屠宪副于中秋夕，帅家优于虎邱千人石上演此，观者万人，多为泣下者。"

至于《乞麾记》，是"发挥小杜之恣情酒色，令人顿作冶游想"。《新传奇品》又云：

  吾友方诸生（王骥德的号）曰：其词骈藻炼琢，摹方应圆，终卷无上去叠声，直是竿头撒手，苦心哉！小杜风流楚楚，其钟情巫女，注目紫云，固豪士本色。每读两行红粉及绿叶成阴之句，辄柔肠欲绝，今记中乃两全之，良是快事。

王骥德《曲律》卷四也说：

  自词隐（沈璟）作词谱，而海内斐然向风。衣钵相承，尺尺寸寸，守其矩矱者二人：曰吾越郁蓝生（吕天成字，著有《曲品》，与王骥德《曲律》，并称为论曲的"双璧"），曰携李大荒逋客。郁蓝《神剑》《二媱》等记，并其科段转折似之，而大荒《乞麾》，至终帙不用上去叠字，然其境益苦而不甘矣。

于此可见大荒与吕天成都是最服膺沈璟的。而且，他们两人，相知亦深。吕氏《曲品》曾批评大荒道：

  大荒博雅名儒，端醇吉士。张衡之精巧绝世，荀爽之俊美无双。耽奇蕴为国珍，按律蔚为词匠。

当时的曲家，还有范文若、袁晋、冯梦龙等，与他都有往来，并且都很推重他。所作散曲，有新辑本《卜大荒散曲》一卷，存小令与套数二十余首。如套曲《好事近·拟元帝饯明妃》云：

  貂锦换宫妆，转胜图中模样，新愁凤柱，生拆宝殿鸳鸯。拴装，两下相看悒怏，秦城外倦柳凄凉。斜日映灞川渡广，怪琵琶写恨，举

173

目沾裳。

一看此曲,便知是沈璟的同调。

沈自晋 字伯明,晚字长康,号鞠通生,吴江人。生于神宗万历十一年,卒于康熙四年(1583—1665),年八十三岁。他是吴江派领袖沈璟之侄,昆山派作家袁于令之友。他和袁于令同是明末曲坛的重要作者。如果说袁于令是昆山派的健将,那么伯明要算吴江派的异军。范文若说:"新推袁沈擅词场。"可见他们两人在明末曲坛上的地位极高。那时正值汤显祖以"才情"、沈璟以"本色"对峙曲坛,他独调和于两家之间;以精严的音律,驭俊艳的辞采。沈自友《鞠通生小传》云:

> 海内词家,旗鼓相当,树帜而角者,莫若吾家词隐先生与临川汤若士先生。水火既分,相争几于怒詈。生蝉缓其间,锦囊彩笔,随词隐为东山之游。虽宗尚家风,著词斤斤尺蠖,而不废绳简。兼妙神情,甘苦匠心,朱碧应度,词珠宛如露合,文治妙于丹融。两先生亦无间言矣。(此传原附重订《南九宫词谱》后,书藏北京图书馆。)

这把自晋的立场,说得很明白。不仅自晋一人如此,明末诸大家,殆无不秉用沈谱而追穆汤词的。他所作传奇,有《望湖亭》《翠屏山》《耆英会》三种。郭彦深谓:

> 鞠通生所著《翠屏山》,如芙蓉出水,《望湖亭》若杨柳因风,实当今南词津梁矣。

他的弟弟沈自南也说:

> 兄幼精举子业,踬于棘闱,每不为意,间作歌诗,成即弃去,实非所好。而独醉心于红牙檀板间,虽天性然欤,亦就之者专也。忆于燕市,同谱诸盟宴习平康赏《望湖亭》剧,时环者如堵,坐中击节,疑大手作,非古名家不能,恨不得拜其下风,予谓:此予家伯兄作耳!伯兄家居著书,年故未艾也。则咸骇叹。

伯明才思之高，于此可见。他曾在所作传奇《望湖亭》第一出作《临江仙》词批评当时的作家道："词隐（沈璟）登坛标赤帜，休将玉茗称尊。郁蓝（吕天成）继有檞园人，方诸（王骥德）能作律，龙子（冯梦龙）在多闻，香令（范文若）风流绝调，幔亭（袁于令）彩笔生春，大荒（卜世臣）巧构更超群。鲰生何所似？颦笑得其神。"在这首词里，我们对与他同时的曲家，有了个更加显明的认识。他所作散曲集《鞠通乐府》共包含三种：一为《黍离续奏》，一为《越溪新咏》，一为《不殊堂近草》，有明刊本及饮虹簃刻本，共有小令七十九首，套数十七套。此外尚有《赌墅余音》及《黍离新奏》，可惜已佚，在《南九宫大全谱》中，有《风入三松》《金衣插宫花》《御林叫啄木》三调，题为伯明之作，或许是这两书的佚文。《南九宫大全谱》，为种花翁写本，旧藏珊瑚阁，后来又归卢前饮虹簃，今卢氏已物化，其书存佚，不得而知。

他散曲的作风，大约可分为两类，其关键在明室的存亡。一是在明代未亡时写的曲，字句多秀丽典雅，音韵多和谐自然。一是在明代已亡后写的曲，字里行间，满怀着身世之悲与亡国之恨。属于前者的，如翻北词的《相思曲》云：

相思本自双，未必双思想。两下里难平，与相字儿浑无当。他情有尽头，俺意难丢放。独自牵思，这单字应非慌。单相思另是一个相思样。（【金梧桐】）

又云：

单憔悴，自凄惶，怎把单字儿连相厮混讲。只为多情不过情儿障，加一字在相思上。替他思想为他忙，又似各牵肠。

至如《纪情》的【园林好】："怅逢时情同聚沙，恨别时似风飘坠瓦。"也同样娟秀可爱，这大概是驿骑于汤、沈二家的"以精严的音律，驭俊艳的辞采"吧！属于后者的，如《六犯清音》云：

西山薇苦，东陵瓜隽，孤竹千秋难践。青门非旧，萧条故苑依然。雪径迂，云根变，望垂虹驿路谁传？愁的我寒烟宿雨残兵煞，愁的我衰草斜阳欲暮天。江山千古，波萦翠镂，兴亡一旦。歌狂酒颠，挥毫写不尽登楼怨。

我们看前一类作品，显得特别秀丽；而后一类作品，则又显得特别悲壮。从此可以知道，政治的变迁，往往会使文学改观，这是千古不移的定理。

伯明的活动期，大约在天启、崇祯间。明亡后，他便归隐吴江。顺治十六年（1659），郑成功率兵攻瓜州时，袁于令适在杭，闻乱归南京视家族，路过吴江，访自晋而互叹衰老。（《遗愁集》引《小说考证续编》）这时的自晋，恐怕已年逾古稀了。另外，他还有一支曲：

论散曲是传奇余响，怪刊行亥豕荒唐。镌成又恐非时尚，将掩卷案头藏。只得把连篇套数共丝竹，撇下清歌小令腔。前摹足仿，曷不取《南词韵选》，照式端详。（《仙吕·解醒乐》）

这是一支很重要的曲，从"镌成又恐非时尚"一句话里，我们可以看出散曲到了明末清初之际，已渐渐走向没落的道路。在昆腔势力的笼罩下，文士们把才力都用在写戏曲上面，而一般民众，也醉心于小曲的歌唱和制作，散曲不再是时代的宠儿了。

三、华亭派

明嘉靖以后的散曲坛上，差不多可说是为昆山派与吴江派所分霸；当时的一般作家们，不是追慕昆山派的"典雅"，便是醉心于吴江派的"本色"。散曲到此，纯粹变为曲匠之曲，前人豪放之气，以及方言土语朴野之作都不再为人所重视了。他们喜欢写闺情咏物，喜欢翻宋词元曲，把前人现成的材料纳于律正与韵严，只以音乐的价值，来衡量作品的高低，并不以文学的生命为依归，因此其作品，多流于平庸与陈腐。这时能够特立于两派之外，融合元人的"豪放"与"清丽"，而以"绵整"出之者，只有施绍莘一人而已！任中敏说：

自有昆腔，南曲之宫调音韵，一切准绳俱定，传奇之法愈密。犯调集曲，日盛一日。沈璟为《南曲谱》及《南词韵选》二书，楷模大著，学者翕然宗之。龙子犹于《太霞新奏》中对沈氏有"词家开山祖师"之称焉。起嘉隆间，以迄明末，将近百年，主持词余坛坫者，文章必推梁氏为极轨，韵律必推沈氏为极轨，此为昆腔以后之两大派。一时词林，虽济济多士，要不出两派之彀中也。其文章独不从梁，而韵律独不从沈者……散曲则有施绍莘之《花影集》。……兹论昆曲以后散曲之派别，不能不分举梁、沈、施三家。（《散曲概论》卷二）

施绍莘之作，可说是集明人散曲之大成，散曲至此，已经发展到了最高领域，施氏以后，便无复有继其业的了。若勉强说来，尚能差可继响《花影集》的，只有清人赵庆熺的《香消酒醒曲》罢了。赵氏之作，留待下文叙述，这里仅论施绍莘。

施绍莘 字子野，自号峰泖浪仙，华亭（今上海市松江区）人。生于神宗万历九年，卒于思宗崇祯十三年（1581—1640），年六十岁。《明词综》卷五有其记载。少负隽才，好治经术，工古今文，旁通星纬舆地之学。后屡应乡试不第，乃作别业于泖上，又营精舍于西佘，极烟波花木之美。时陈眉公居东佘，管弦书画，兼以名童妙妓，来往嬉游，享尽人间清福。在《泖上新居套曲》卷一的跋文里，曾自述对山水之爱好说：

予烟霞痼疾，出于性成。犹记五六岁时，便喜种植，以盆为苑，以盎为池，竟日徘徊，欣然如有所得。七岁就塾师，或迁延避学，无他嬉也，止游戏于花草间耳！既壮，诱慕日增，时寄情于诗酒声色，要以铺衬林泉，未尝忘本也。丙辰冬，始营西佘别业，遂为先人卜宅，盖便为予归骨地矣。己未秋，复移家园泖滨，故予词有："置身峰泖间，避世诗酒里"之句。幽怀逸事，多散见于诸词句字间，可考而得也。每春秋则居山，享桃梅桂菊之奉。览烟云月露之奇。冬夏则居水，长禾黍鸡豚之社，乐池潭风雪之观。吾事不亦能济益乎？夫清福上帝所忌，自分福薄，何以堪此？但性有所近，天实赋之，违天不祥，拂性斯戾，惟愿折功名富贵之缘，并于一途，庶几当忏悔云尔。

再看他的山居生活，又是怎样？在《花影集》卷三《西佘山居记》中说：

> 余性苦城居，颇乐闲旷，己未冬，移家泖西，而每岁春秋，必来山中，或侵寻结夏，至十月而归，而梅花时又遄至矣。居山中，雨不出，风不出；寒不出，暑不出；贵客不见，俗客不见；生客不见，意气客不见。……凡四时风景，及山水花木之胜，皆谱撰小词，教山童歌之。客至出以侑酒，兼佐以箫管弦索；花影杯前，松风杖底，红牙隽舌，歌声入云，亦甚足为耳轮供养矣。更作一钓船曰随庵。风日和美，一叶如萍，半载琴书，半携花酒，红裙草衲，名士隐流，或交舄并载。每历九峰，泛三泖，远不过西湖太湖而止。所得新词，随付弦管，兴尽而返，阖门高卧。有贵势客，强欲见者，令小童谢曰：顷方买花归，兹复钓鱼去矣。（《贺暗生新居·念奴娇序》一套后附）

他又在《甲子除夕曲跋》卷一里，写山居之乐道：

> 岁聿云暮，日月就除，农事已休，春耕未起。纸窗明暖，梅影萧疏，雪月灯荧，夜帏茶熟。此时一盆火，一瓶花，煨芋数头，家人姬侍，相与守岁围炉，烧枣焚木，检点一年区处。花月几何逋欠？诗酒债若干？更以文心之波，旁及声律，令小童歌自制新词一两章，觉枯寂之气，一时遣去，胡眉毫发，皆温温然有生意，此山翁极风致，极快乐事也。……彼奔驰于势路名场，百年而为万年计者，于此犹堪伯仲否也。

子野虽醉心于花月烟云之际，但对酒色，尤为爱好。陈眉公赠他诗有"人拥如花香国近，酒逢敌手醉乡宽"之句。包穉先在跋子野的《祝如姬初度》时曾说："子野情根引蔓，随地下种。"他自己也说："从来江海泪花成，自古乾坤情字里。"又云："予初非好色，直是多情；每为怜花，时生痴梦。"或此或彼，皆可证明子野是个"蝴蝶一生花里活"的人物，脱不了才子气息。这也或许是他求功名不遂后的寄托。

他的散曲有《花影集》四卷，任中敏编入《散曲丛刊》中，最以散套擅扬。四卷之中，小令只有七十二首，尚不满一卷，而套数竟有八十六套之多，在明人专集，不但要算最多，而且也是最好的了，所以吴梅推他为明代第一人。他才情极高，生性浪漫，因此他摆脱沈、梁的格律，而不为时习所囿。南词北曲，俱其所长，故其作风，清丽苍莽，兼而有之，实是晚明曲坛一大家。所作题材，也很广泛，曾在《花影集》序中说：

花月下，香茗前，诗酒畔，风雪里；以至茅茨草舍之酸寒，崇台广囿之弘侈，高山流水之雄奇，松龛石室之幽致，曲房金屋之妖妍，玉缸珠履之豪肆，银筝宝瑟之萦魂，机锦砧衣之怆思，荒台古路之伤心，南浦西楼之感喟，怜花寻梦之幽情，寄泪缄丝之逸事，分鞋破镜之悲离，赠枕联钗之好合，佳时令节之杯觞，感旧怀恩之涕泪，随时随地，莫不有创谱新声，称宜迭唱。每听双鬟竖子，拍板一声，则沉寥传响，情境生动，可谓极风情之致，享文字之乐矣。

因此，他集中有不少怀古、赠别、写山水、咏琐事的好作品。但是艳曲还是很多，然其所作，只写深情，不写性爱，读去觉得哀怨凄凉，丝毫没有淫亵的感觉。如《折桂令·清明》云：

看游人细马香衫，几个东来，几个西还。满囤囤云山翠滴，溪水斜湾，谢东君分付与春光饱看。呀！双肩挑一担，食罍春盘，铺个青毡，摊个蒲团，只见那花枝下，呵酒猜拳。

又如《泖上新居》的【步步娇】云：

水际幽居疑浮岛，结构多精巧。垂杨隐画桥，转过湾儿，竹屋风花扫。门僻是谁敲？卖鱼人带雨提鱼到。

又如《春游述怀》的【叨叨令】云：

且寻一个顽的耍的真知音风风流流的队。拉了他们俏的俊的做一个清清雅雅的会。拣一片平的软的衬花茵香香馥馥的地。摆列着奇的美的趁时景新新鲜鲜的味。兀的便醉杀了人也么哥，兀的便醉杀了人也么哥，任地上干的湿的混账啊便昏昏沉沉的睡。

以上所举，是关于闲适之作，尤其《春游述怀》的【叨叨令】，其潇洒之姿，癫狂之致，活跃纸上，自是曲家擅场境地；与关汉卿《不伏老》套的【黄钟煞】调，同是一片奇文。至于子野写情的如《驻云飞·丢开》云：

索性丢开，再不把他记上怀；怕有神明在。嗔我心肠歹。呆！那里有神来，丢开何害？只看他们，一个个抛我如尘芥，毕竟神灵欠明白。

子野情词，白描功夫最高，顾佛影说："此曲写欲舍不舍，反复踌躇，自难自解的心理。跳脱生动，蹊径独开。"又如《山坡羊·旅怀》云：

意惺惺怕分离的相送。虚飘飘要相逢的痴梦，急煎煎算不定的归期。泪斑斑看不得的衣衫襟。怯晓钟，更教人恼暮钟。灯火暗卜，却被灯花哄。欢喜谁同？凄凉谁共？朦朦，拾相思在云树中；匆匆，记相思在诗句中。

与这首同一情趣的，还有《清江引·别思》："恩情不教人当耍，这几日何为者？情知有归去时，却现怕分离夜，且含着泪花儿把相思句儿胡乱写。"此曲结句，又与贯云石《塞鸿秋》的"今日个病恹恹刚写下两个相思字"绝类似。又如《驻云飞·春恨》云：

风卷杨花，点点飞来蘸绿纱。衣带松来怕，得似前春吗？嗏！泪眼问东风，没些回话。教着鹦哥，也把东君骂。一半嗔他一半耍。

这是极顽艳之作，盖自沈青门《唾窗绒》学来，《论曲绝句》的"情痴才俊折柔肠，梦断华亭十里香。泪眼莫听鹦鹉骂，扶将花影问东皇"，便是指此而言。子野咏物曲，以雅洁精致胜，如《清江引·咏荷》云：

水仙可怜潮嫩脸，姊妹偷携伴。牵丝意绪多，落瓣衣裳换，晚妆出来全带软。

《曲谐》曾批评此曲道："风裳水佩，全寓于一软字中，仪态愈觉万

方,是善于写物状者。"又云:

> 仙妃化身生小苑,未了尘凡愿。探头欲语谁?障叶还羞面,横塘夜凉郎信远。

"探头"二句,任中敏称其"憨柔顽艳",且"结语风神摇荡,娟蒨绝尘,花光词品,已觉融成一片",在"明人咏物之中,自是化境"。(《曲谐》卷一)子野还有些很爽利之作,如《夜雨词》的【新水令】云:

> 没人庭院种芭蕉,惨模糊隔窗烟草。引凄凉来枕畔,欺命薄上花梢。急打轻敲,乱洒斜飘,总送个愁来到。

顾德生曾批评说:"不雕琢而工,不磨涤而净,不粉泽而艳,不穿凿而奇,不拂拭而新,不揉摘而韵。"此曲实足以当之。次如《玉抱肚·小园》云:

> 小亭低亚。眼前的诗耶画耶。白梅花衬扇窗儿,淡垂杨带个栖鸦。天公偏称野人家,寒似前宵略峭些。

以如此轻灵的手法写小园风景,实可与元代的张可久相伯仲了。又如《黄莺儿·闺梦》云:

> 春梦晓钟残,恼春莺惊梦还,还将梦人低唤。从今见难,从今梦难,从今梦怕难于见。梦堪怜,如还梦也判个日高眠。

子野散曲,陈眉公最能赏识,曾说:"了野词太俊,情太痴,胆太大,手太辣,肠太柔,心太巧,舌太纤;抓搔痛痒,描写笑啼,太逼真,太曲折。"(《花影集》序)眉公此赞,语语中肯。我们看他的作品中,差不多都包含着如眉公所说的词俊、情痴、胆大、手辣、肠柔、心巧、舌纤诸特点,确为逼真之作,有明一代,很少有人能和他比肩。

第三节　明代的小曲

　　明代散曲，在昆曲流行以前，已渐趋雅丽，虽然在康（海）、王（九思）等人的作品中，犹有些质朴的曲，究竟为数很少。因为当日的曲风，都是以雅丽为主。及至昆曲流行以后，沈（璟）、梁（辰鱼）兴起，前者主韵律的严整，后者讲修辞的工巧。于是散曲更趋于贵族化、古典化，成为一种专门学问，而与诗、词同流，不是人人皆可以欣赏的东西，出色当行的民间作风的曲子，在这时几乎是绝迹了。施子野的《花影集》，虽曾传诵一时，但也不过是残蝉的尾声余韵而已！这时能够别开生面、焕然一新的，不能不算是那些活活泼泼、富有生命力的小曲了。明代著名的曲家李开先，在其所著《一笑散》中，曾引录了一首名《醉太平》的小曲：

　　夺泥燕口，削铁针头。刮金佛面细搜求，无中觅有。鹌鹑嗉里寻豌豆，鹭鸶腿上劈精肉，蚊子腹内刳脂油。亏老先生下手！

这支曲，与宋人小说《宋四公大闹禁魂张》中描写张员外的情形差不多，真切地勾画出了一副尖酸、刻薄的"老先生"的狰狞面貌。其次像《豆棚闲话》第十一则所引在明、清两代盛传的一支小曲：

　　老天爷，你年纪大，耳又聋来眼又花。你看不见人，也听不见话。吃斋念佛的活活饿煞，杀人放火的享着荣华。老天爷！你不会做天你塌了吧！你不会做天你塌了吧！

说来字字合情、句句合理，写尽了人间的不平，的确要算小曲中的瑰宝。陈宏绪《寒夜录》载卓珂月之言曰：

　　我明诗让唐，词让宋，曲让元。庶几【吴歌】【挂枝儿】【罗江怨】【打枣杆】【银绞丝】之类，为我明一绝耳！

又袁宏道《叙小修诗》亦云：

　　故吾谓今之诗文不传矣。其万一传者，或今间阎妇人孺子所唱【劈破玉】【打草竿】之类，犹是无闻无识。真人所作，故多真声。不效颦于汉魏，不学步于盛唐，任性而发，尚能通于人之喜怒哀乐嗜好情欲，是可喜也。

这都是把当时所传小曲，评价于诗词之上，可谓独具慧眼。不要说晚明浪漫派的作家如此，即连拟古派的李梦阳、何景明之流，看了【锁南枝】【傍妆台】【山坡羊】之属，也要说出可以上继国风，甚为喜爱的话。由此我们可以知道，小曲的艺术是如何的优美，在当日无论是文坛上的正统派或新派的文学家，都在那里赞美它、歌颂它。

所谓小曲，是别于昆弋大曲的名称，为明人所独创的一体。它是以白描的手法、直率的口吻，来描绘多彩多姿的人生，尤其是男女的情爱，其中丝毫找不到一点做作、故意雕琢或渲染的痕迹。至于这种小曲的起源，说法不一，因为史料的缺乏，很难给人以满意的答复。早在《宋玉集》中，曾谓："楚襄王问于宋玉曰：先生有遗行欤？宋玉对曰：唯，然有之。客有歌于郢中者，其始曰下里巴人，国中属而和者数千人，既而阳春白雪，含商吐角，绝节赴曲，国中唱而和之者弥寡。"按下里巴人，也就是民间的小曲，因为通俗易懂，所以能普遍流传，其后魏晋南北朝的南方歌谣和北方歌谣，大概都是承继着这一个系统发展而来；另外像在敦煌发现的《云谣集》杂曲子，也是小曲一类的东西。至于明代的小曲，据我们考察的结果，知道在明初，就已经有很好的作品出现。沈德符曾记载其发展的情形道：

元人小令行于燕赵，后浸淫日盛；自宣正至成弘后，中原又行【锁南枝】【傍妆台】【山坡羊】之属。李崆峒先生初自庆阳徙居汴梁，闻之以为可继《国风》之后，何大复继至，亦酷爱之。今所传【泥捏人】及【鞋打卦】【熬鬏髻】三阕，为三牌名之冠，故不虚也。自兹以后，又有【耍孩儿】【驻云飞】【醉太平】诸曲，然不如三曲之盛。嘉隆间乃兴【闹五更】【寄生草】【罗江怨】【哭皇天】【干荷叶】【粉红莲】【桐城歌】【银纽丝】之类。自两淮以至江南，渐与词曲相远。不过写淫媟情态，略具抑扬而已。比年以来，又有【打枣竿】【挂枝儿】二曲，其腔调约略相似，则不问南北，不问男女，不问老幼良贱，人人习之，亦人人亦喜听之，以至刊布成帙，举世传诵……其谱不知从何来，真可骇叹！（《万历野获编》）

从沈氏的这段记载，约略可以看出小曲是北方的产物，其价值可与《国风》比拟。同时在"渐与词曲相远"一语中，又说明了小曲的独立性。此外，在王伯良的《曲律》中，还有更清晰的记载：

小曲【挂枝儿】即【打枣竿】（按此说不确，盖本沈德符所言，有"【打枣竿】【挂枝儿】二曲，其腔调约略相似"之句），是北人长技，南人每不能及。昨毛允贻我《吴中新刻》一帙，中如【㘎嚛】【枕头】等曲，皆吴人所拟，即韵稍出入，然措辞俊妙，虽北人无以加之。故知人情原不相远也。

《曲律》中又说：

北人尚余天巧，今所流传【打枣竿】诸小曲，有妙入神品者。南人苦学之，决不能入。盖北之【打枣竿】，与吴人之山歌，不必文士，皆北里之侠，或闺阃之秀，以无意得之。犹诗中郑卫诸风，修大雅者反不能作也。

何元朗《四友斋丛说》卷三十七云：

今教坊所唱，率多时曲，此等杂剧古词，皆不传习。

上面所引的几段文字，告诉我们：（一）小曲最先是起于北方的里巷歌谣。（二）及至由北方移到南方后，深得时人的爱好，甚为风行。（三）其流行区域，自市井里巷，渐渐走入朝堂绣幕。在这里不得不提的是刘廷玑的《在园杂志》论小曲：

小曲者，别于昆弋大曲也。在南则始于【挂枝儿】……一变为【劈破玉】，再变为【陈垂调】，再变为【黄鹂调】；始而字少句短，今则累数百字矣。在北则始于【边关调】，盖因明时远戍西边之人所唱，其辞雄迈，其调悲壮，本凉州伊州之意。如云："斗大黄金印，天高白玉堂。大丈夫豪气三千丈，百万雄兵腹内藏，要与皇家做个栋梁。男儿当自强，四海把名扬，姓名儿定标在凌烟阁上。"明诗云："三弦紧拨配边关"是也。今则尽儿女之私，靡靡之音矣。再变为【呀呀优】，"呀呀优"者，"夜夜游"也，或亦声之余韵"呀呀哟"。如【倒扳桨】【靛花开】【跌落金钱】，不一其类，又有【节节高】一种。【节节高】本曲牌名，取接接高之意。

在这节里，除了说明什么叫小曲以外，把南北小曲的流变也说得很详细。前面王伯良谓【挂枝儿】等曲是北人绝技，南人每不能及；但此处则又说起于北方的是【边关调】，起于南方的才是【挂枝儿】，这话未必可信。但谓小曲最初是北方悲壮之音，从北方传到南方后，才变为靡靡之音，倒是甚为合理。【挂枝儿】，有写作"挂真儿"者；【打枣竿】，也有写作"打草竿"或"打枣杆"者，可知民间所传，原无定字。现在让我把小曲的发展分作平民派与文士派来稍加论述之。

一、平民派

关于平民派的小曲，以其时代的先后，可以分作三个时期来说明：前期约当成化、嘉靖之际，中期约当隆庆、万历之际，后期约当天启、崇祯之际。

前期的小曲　据郑氏的《中国俗文学史》，现在所知最早刊行的明代小曲，当推成化七年（1471）金台鲁氏所刻的。

（一）《新编寡妇烈女诗曲》：其中有不完全的散曲一套（因现存刊本非完帙），《鹧鸪天》词十八首，上夫诗三首。

（二）《新编太平时赛赛驻云飞》：包括《咏太平》四首，题风、花、雪、月四首，《咏苏小卿题恨金山寺》八首，《咏双渐赶苏卿》十二首，题《王魁负桂英》四首，咏"惜花春起早，爱月夜眠迟；掬水月在手，弄花香满衣"各一首。

（三）《新编题西厢记咏十二月赛驻云飞》：计题《西厢记十咏》十首，题《东墙记五咏》六首，《咏十二月题情》十二首，题《西厢记》三十一首，《嘲嫁庄》十二首，题《驻云飞》收尾一首。

（四）《四季五更驻云飞》：在这四种中，以此种较好。

现在举出以下几首为例：

初鼓才敲，正是黄昏人静悄。闷把栏杆靠，祷告神灵庙。嗟！心急好难熬！每夜烧香，只把青天告，早早团圆交我有下稍。

类似的例子，又如：

闷对银缸，坐想行思只为郎。寂寞销金帐，懒把帏屏傍。嗟！交奴细思量，自参详。便把情人望，一回寻思愁断肠。

我们看鲁氏所刊的这些小曲，文意浅显，词句俚俗，取材也极平庸，多为咏男女私情之作。所用的调子，都是【驻云飞】，可能【驻云飞】在当时已很盛行，而且所描写的故事，也多为人习知，因之在民间最易流传，变成了旷夫怨女的心声、《子夜》《读曲》的嗣音。顾起元在《客座赘语·俚曲》中说：

里弄童孺妇媪之所喜闻者，旧唯有【傍妆台】【驻云飞】【耍孩儿】【皂罗袍】【醉太平】【西江月】诸小令，其后益以【河西六娘子】【闹五更】【罗江怨】【山坡羊】。……后又有【桐城歌】【挂枝儿】【干荷叶】【打枣竿】等，虽音节悉仿前谱，而其语益为淫靡，其音亦如之。视桑间濮上之音，又不啻相去千里，诲淫导欲，亦非盛世所宜有。

顾氏虽斥小曲为"诲淫导欲"之作，然其发展的趋势，已经像一股洪流似的不可遏制。其后，非但一般略具文才者，在那里拼命写作，而且一些丐化之流，也就利用了时人的好尚心理，作为糊口度日的生涯，很可能就像后来李斗的《艾塘曲录》所说：

玉版桥乞儿二，一乞剪纸为旗，揭竹竿上，作报喜之词；一乞家业素丰，以好小曲荡尽，至为丐。乃作男女相悦之词为小儿郎曲。相与友善，共在堤上。每一船至，先进小儿郎曲，曲终继之以报喜。音节如乐之乱章，人艳听之。小儿郎曲，即《十二月》《采茶》《养蚕》诸歌之遗。"呢呢儿女语，恩怨相尔汝"，词虽鄙俚，意实和平，非如市井中小唱，淫靡媚亵者可比。

同时又谓：

> 郑玉本，仪征人，近居黄珏桥，善大小诸曲，尝以两象箸敲瓦碟作声，能与琴筝箫笛相和；时作络纬声、夜雨声、落叶声，满耳箫瑟，令人惘然。

又在下面一则里，说得更加详尽：

> 有大松小松者，兄弟也。本浙江世家子，落拓后，卖歌虹桥；大松弹月琴，小松拍檀板，就画舫互相觅食。逾年小松死，大松年十九，以月琴为燕赵音，人多与之。尝游京师，从贵官进哨，置帐中，猎后酒酣，令作壮士声，恍如杀虎山中，射雕营外；一时称为《进哨曲》。又尝为《望江南》曲，如泣如诉，及旦，邻女闻而死。过东阿，山水骤长，同行失色，大松匡坐车中，歌《思归引》，闻者泣下如雨。

在这一个简短的故事中，把小曲的功效说得精彩动人。悲壮处，如杀虎山中、射雕营外，它那豪放的气概，可以想见。但在哀婉处，不仅会使人泪如雨下，甚至竟然有闻歌而死者。小曲魔力之大，不言而喻。

其次，在明正德刊本的《盛世新声》里，以及嘉靖刊本的《词林摘艳》和《雍熙乐府》里，虽然也有些小曲，但已经过文人们的改作或润饰，不复是真正出于民间之作了。能够保存小曲真面目，陈所闻《南宫词纪》，倒是甚为可靠，其中有咏风情的"汴省时曲"，写得婉转有致。又有孙百川和无名氏的嘲妓之作，都是以【黄莺儿】曲调，来作讪笑妓女之词，竟达四十首之多。如孙百川的《嘲睡妓》云：

> 春梦海棠娇，锦重重混暮朝，阳台一到何时觉？庄周半宵，陈抟半宵，邻鸡唱罢何时晓？曙光摇，才临妆镜，尚朦着眼儿梢。

关于嘲弄妓女的曲子，在明代甚为流行，许多道貌岸然的学士大夫的集子里，这种作品，屡见不鲜。此外在浮白山人编的"七种"里，也有嘲妓的【黄莺儿】；在《摘锦奇音》卷三里，也有"时兴各处讥妓耍孩儿"数十首。虽然写得都很真实，未免有伤忠厚，并不能算是小曲的上乘文字。再举一首无名氏的【锁南枝】：

傻俊角，我的哥，和块黄泥儿捏咱两个。捏一个儿你，捏一个儿我，捏的来一似活托，捏的来同床上歇卧。将泥人儿摔碎，着水儿重和过。再捏一个你，再捏一个我。哥哥身上也有妹妹，妹妹身上也有哥哥。

这完全是出于民间的小曲，它们在修辞上，纵不曾推敲过，然其脱口而出者，却纯是隐藏在心灵深处的至情至性。据《初学集·王元昭集序》，引钱牧斋的话"有学诗于李空同者，空同教以唱【锁南枝】"云云，大概这支小曲唱起来，特别感人，容易启发人的性灵之故。

中期的小曲　到明万历时，也刊有两部小曲集，一是《玉谷调簧》，一是《词林一枝》。在《玉谷调簧》里，有《时尚古人劈破玉》歌数十百首，其中多是歌咏传奇者，如《琵琶记》，以及咏蔡伯喈与赵五娘的故事。其实这个故事，早在南宋，就已风行民间，妇孺皆知。陆放翁《小舟游近村》诗云："斜阳古柳赵家庄，负鼓盲翁正做场。身后是非谁管得，满村听唱蔡中郎。"便恰好是一个例证。又如《金印记》，乃是叙述苏秦落第受辱以至衣锦还乡的故事。这里最可注意的是一篇咏私情的母女问答。据我考证，它是从嘉靖癸丑（三十二年，1553）《新刊摘汇奇妙全家锦囊续编》（此书现保存于西班牙首都马德里，说明详后）中所载的两首《山坡羊·母子问答》脱化而来。因为这两首小曲的内容完全与万历刻本的四首母女问答相同，仅只是字句略有增减罢了，在修辞上也极朴拙，显而易见是草创之作。前者不必征引，现在单看后者：

小贱人生得自轻自贱，娘叫你怎的不在跟前；原何唬得筛糠战？因甚的红了脸？因甚的掉了簪？为甚的原由？为甚的原由？儿！揉乱了青丝鬃。（娘骂女）

告娘亲非是我自轻自贱，娘叫我一时间不在跟前；因此上走将来吓得心惊战。搽胭脂红了脸，耍秋千掉了簪。墙角上攀花，墙角上攀花，娘！挂乱了青丝纂。（女回娘）

小贱人休得胡争辩，为娘的幼年间比你更会转弯。你被情人扯住心惊战，为害羞红了脸，做表记去了簪。云雨偷情，云雨偷情，儿！弄乱了青丝纂。（娘复骂）

小女儿非敢胡争辩，告娘亲恕孩儿实不相瞒。俏哥哥扯住唬得心惊战，吃交杯红了脸，俏冤家抢去簪。一阵昏迷，一阵昏迷，娘！我也顾不得青丝纂。（女自招）

句法天然，措辞巧妙，却是很少见的漂亮文字。以下还有女问卦，先生答及女复问，复占卦等，这是《锦囊续编》中所没有的。通体犹如说话一般，恰似小女子口吻。只有在这种地方，才可看出词与曲的分野来。尚有以曲牌名、乐名咏男女私情的，就和今日流行的《影迷离婚记》一样，是一种游戏文字。兹只举一首如下：

倘秀才打扮得十分俏，红娘子上小楼步步娇，锁南枝上黄莺儿叫。懒去沽美酒，等待月儿高。吹灭银灯，吹灭银灯，乖！不是路儿了。

其中所说的"倘秀才""红娘子""上小楼""步步娇""锁南枝""黄莺儿""沽美酒""月儿高""灭银灯""不是路"等，都为曲牌名，这样连缀起来，丝毫看不出生硬、强凑的痕迹来。这在唐宋以来，就已如此，在民间是根深蒂固的东西。至于在《词林一枝》里，令人喜爱的小曲尤多，就拿【罗江怨】来说，完全写闺中怀人的凄凉景况，有声有色，几乎没一首不是好曲。如：

纱窗外，月儿斜，奴害相思为着他。叫我如何如何丢得下！终日里默默咨嗟，不由人泪珠如麻，双手指定名儿骂。骂几句薄幸冤家，骂几句短命天杀，如何把我抛撒抛撒下？忽听得宿鸟归巢，一对对唧唧喳喳，教奴孤灯独守，心惊心惊怕。

又如：

纱窗外，月正高，忽听得谁家吹玉箫。箫中吹的相思相思调，诉出他离愁多少，反添我许多烦恼。待将心事从头从头告，告苍天不肯从人，阻隔着水远山遥。忽听得天外孤雁孤雁叫，叫得奴好心焦。进绣房泪点双抛，凄凉诉与谁知谁知道。

这种曲体，活泼自然，读来非常轻松，最能表现出婉转哀怨的情调，尤其每首的最后一句，字句重叠使用，反衬出无限的凄凉和悲酸。同时还有《劈破玉》歌，更要比《玉谷调簧》里的好，写少女怨、病、哭、嫁、走、死的几首，尤为出色，如写怨云：

为冤家鬼病恹恹瘦，为冤家脸常带忧愁。相逢扯住乖亲手，牡丹花下死，做鬼也风流。就死在黄泉，在黄泉；乖！不放你的手。

此外写死的："你死我也死，同过奈何桥。五百年回阳，年回阳，还要和你好。"痴情痴话，活现出一片至诚之心。又有《时尚急催玉》，也都首首珠玉，篇篇可爱：

青山在，绿水在，冤家不在。风常来，雨常来，情书不来。灾不害，病不害，相思常害。春去愁不去，花开闷不开。倚定着门儿，手托着腮儿，我想我的人儿，泪珠儿汪汪滴满了东洋海，满了东洋海。

如此写来，有若荷叶上的露珠，滴滴滚圆，又如金盘中的鲤鱼，时时滑动；内心中的苦闷，不敢言之于口，却能书之于笔。当然还有相当动人的佳作，兹不多举。最后还有《时尚闹五更哭皇天》，如《二更》云：

二更里，秦楼月，正照花梢。空撇下象牙床鸳鸯枕，唔唔唔！被冬鲛绡。太平年普天乐，惟有我难熬。滚绣球，心不定，唔唔唔！别有多娇。夜行船来接你水远山遥，一封书写不尽，唔唔唔！絮絮叨叨。行也为你焦，坐也为你焦，兀的不是称人心成就了，唔唔唔！凤配鸾交。

在每一首中，都带有"唔唔唔"的音调，大约是歌唱时的模拟的哭声，真是"其声呜呜然，如怨如慕，如泣如诉"了。并且在每个曲调上加"时尚"二字，可见那时小曲的发展，在民间势力很大，而其内容也多沁人肺腑，感人至深。大都是些无名的作者，随兴趣之所至，随时制作，杂以管弦，润以歌喉，为一般青年男女消愁解闷的最好娱乐。

后期的小曲　关于小曲的整理工作，以前很少人加以注意，及至天启、崇祯间，吴县冯梦龙起来，特留意于这些小曲，才算是文人开始有计划收集编纂的第一人。他尝辑《挂枝儿》及《山歌》为《童痴一弄》《童痴二弄》，原书现已不传，今日所见的，只有浮白主人选的四十一首，其中绝妙好辞，俯拾即得。如《说梦》云：

我做的梦儿倒也做的好笑，梦儿中梦见你与别人调；醒来时依旧在我怀中抱。也是我心儿里丢不下，待与你抱紧了睡一睡觉。只莫要醒时在我身边也，梦儿里又去了！

还有《梦》云：

正二更，做一梦，团圆得有兴。千般恩，万般爱，搂抱着亲亲。猛然间惊醒了。教我神魂不定。梦中的人儿不见了，我还向梦中去寻。嘱咐我梦中的人儿也，千万在梦儿中等一等！

儿女私情，只有小曲才能如此大胆、毫无顾忌地说出，格外显得痛快淋漓，绝不是以温柔敦厚见长的诗、以含蓄静雅为高的词所能做到的。又如《挂枝儿·送别》云：

送情人直送到花园后，禁不住泪汪汪滴个眼梢头。长途全靠神灵佑，逢桥须下马，有路莫登舟。夜晚间的孤单也，少要饮些酒。

不但说到自己的悲伤，而且又想到所送之人的孤单，唠唠叨咛，如出伊人之口。又云：

送情人直送到丹阳路，你也哭，我也哭，赶脚的也来哭。赶脚的，你哭的因何故？道是：去的不肯去，哭的只管哭，你两下里调情也，我的驴儿受了苦。

取材寻常，出语尖新，能道常人之所不能言，这便是小曲的特有风格。又像《赠瓜子》云：

瓜仁儿本不是个稀奇货，汗巾儿包裹了送与我亲哥。一个个都在我舌尖上过，礼轻人意重，好物不须多。多拜上我亲哥也，休要忘了我。
这些曲，或多或少，总是经过冯氏修饰了的，绝非毫无素养的平民文学家所能写出。纵然经过改作或修饰，歌中的情感和语言，都是民间的言情之作，写得那样曲折深细、体贴入微，表现出热辣辣的情感、赤裸裸的心肠，在正统的诗文里，当然不曾见到如此新鲜真切的作品。

《山歌》共十卷，民国后，在上海偶然发现，这是非常可喜的事；大都以吴地方言，写儿女私情，其成就极为伟大，可说是吴语文学的总集。其中短歌、长调，共有三百四十五首之多，数目已在《诗经》之上。最短的七言四句，最长的如《烧香娘娘》，共一千四百余字，民间歌谣里，这样长的篇幅是很少见。冯氏在《山歌》的序中说：

书契以来，代有歌谣，太史所陈，并称风雅，尚矣。自楚骚唐律，争妍竞畅，而民间性情之响，遂不得列于诗坛，于是别之曰山歌。言田夫野竖矢口寄兴之所为，荐绅学士家不道也，唯诗坛不列，荐绅学士不道，而歌之权愈轻，歌者之心亦愈浅，今所盛行者，皆私情谱耳！虽然桑间濮上，《国风》刺之，尼父录焉，以是为情真而不可废也。山歌虽俚甚矣，独非郑卫之遗欤，且今虽季世，而但有假诗文，无假山歌，则以山歌不与诗文争名，故不屑假。苟其不屑假，而吾借以存真，不亦可乎？抑今人想见上古之陈于太史者为彼，而近代之留于民间者如此，倘亦论世之林云尔。若夫借男女之真情，发名教之伪药，其功于《挂枝儿》等，故录及《挂枝儿》词而次及《山歌》。

这是编者说明他对俗文学的见解。文学的可贵，在于表现真情。《山歌》不列于诗坛，不出于缙绅之口，且不与诗文争名，乃不屑装腔作势，故其情亦真，文亦真，其可贵即在此。兹分短歌与长调两部分来说明。

短歌，都在四五十字左右，很像曲中的小令，描写得极为生动可喜。如《笑》云：

东南风起打斜来，好朵鲜花叶上开。后生娘子家莫要嘻嘻笑，多少私情笑里来。

又如《走》云：

郎在门前走了七八遭，姐在门前只捉手来摇。好似新出小鸡娘看得介紧，仓场前后两边傲。

又如写《半夜》云：

姐道我郎呀！若半夜来时没要捉个后门敲，只好捉我场上鸡来拔子毛。假做子黄鼠狼偷鸡引得角角哩叫，好教我穿上单裙出来赶野猫。

又如写《偷》云：

结识私情弗要慌，捉着子奸情奴自去当。拼得到官双膝馒头跪子从实说，咬钉嚼铁我偷郎。

又如写《无老婆》云：

别人笑我无老婆，你弗得知我破饭箩淘米外头多。好像深山里野鸡随路宿，老鸦鸟无巢倒有窝。

全是用吴语写成，如果不懂吴语，其中的佳趣自然不易领会，然其情节之真，运笔之新，在通俗文学与民俗学的研究上，是颇有价值的制作。

金圣叹在批《西厢记》时，曾引用过一首吴人的山歌《捎书人》：

捎书人出得门儿骤。赶梅香、唤转来、我少吩咐了话头。见他时，切莫说我因他瘦。如今他不好，说与他又担忧。他若问起我的身子呀，只说灾殃从没有。

像这样温柔敦厚，处处为对方设想的小曲，与《诗经》的《国风》比起来，自然活泼可爱得多了。

长调，在《山歌》中，是最可喜的东西。题下或注"俱兼曲白"，或"曲白兼用"，可知这些都是合乐的歌曲，一定为当日妓馆酒女们所唱。其中以《笼灯》《老鼠》《困弗着》《门神》《破骔帽歌》《山人》等比较好些。《破骔帽歌》，曾见于《游览萃编》。《游览萃编》较冯氏所编《山歌》为早出，想必是他移录过来的。《门神》一篇，写得最好，全文太长，现在只摘录后面的一首《玉抱肚》：

> 君心忒忍，恋新人浑忘旧人，想旧人昔日曾新，料新人未必常新。新人有日变初心，追悔当初弃旧人。

说得虽然平浅易知，但其"想旧人昔日曾新，料新人未必常新"的道理，却不是人人懂得的。至于《山人》一篇，讥骂晚明那些附庸风雅、装腔作势的山人，真是淋漓尽致，并且它不是咏私情的，而是一篇讽刺时事的社会性的作品，在《山歌》中算是绝无仅有了。山人在万历以后势力很大，几乎是人人爱说，人人爱听，《山人》一开头便是："说山人，话山人，说着山人笑煞人。"以下便是山人与土地公的互相问答，其丑态殊令人作恶，然《山人》用意之深，刻画之微，却是耐人寻味。

沈德符以为这些山歌是"不过写淫媟情态，略具抑扬而已"之作，但《南音三籁》的编者凌濛初却比他高明，颇能道出其所长：

> 今之时行曲，求一语如唱本《山坡羊》《刮地风》《打枣竿》《吴歌》等中一妙句，所必无也。

这便足以说明小曲在明代文坛上的地位，较学士大夫们的雅制更出色了。小曲的艺术，既是这么优美，这么可爱，开始是流行于民间，后来渐为文人们所注意，爱其妩媚，喜其新鲜，于是尽量地仿效，尽情地模拟，因而在那些文人的词曲中，无形中受了小曲的影响，文字语气，极为通俗，题材也多为闺情之作，正可看出晚明曲坛上的浪漫精神来。这里值得一提的是台湾大学历史系已故教授方豪先生，于1952年出国时，曾从西班牙马德里皇家历史研究院（Real Academia de la Historia）摄成影片带回的二十八种戏曲中，有《新刊耀目冠场擢奇风月锦囊正杂两科》及《新刊摘汇奇妙全家锦囊续编》，内有附刻小曲一百七十余首，因为关涉到考据的地方很多，我拟另外撰文发表，不再烦言。

二、文士派

小曲在明代，确乎像诗词在唐宋一样，无论学士大夫也好，贩夫走卒也好，他们都醉心于这种"新诗体"，以资歌唱吟咏。袁中郎称为必传，卓珂月称为明之一绝，自有他们的道理在。任中敏谓《尤西堂曲》自跋中"谓高邑赵侪鹤冢宰（名南星，字梦白，号鹤侪，泰昌间进吏部尚书，为人正直，方严疾恶，为东林党要人，见后），一代正人也。予于梁宗伯处，见其所填歌曲，乃杂取村谣俚谚，耍弄打诨，以泄其肮脏不平之气。近则高念东侍郎（名珩，字葱佩，崇祯进士，入清宫刑部侍郎，有《栖云阁集》），亦复为之如此。其意盖谓小曲，并不见弃于端人正士，正不容十分鄙薄耳！"这是很有见地的话。大曲家如康海，曾作有《月云高》云：

吞声宁耐，欲说谁偢睬。惹得旁人笑，招着他们怪。欢喜冤家，分定恹缠害。去不去心头恨，了不了生前债。教我心上黄连苦自捱，却是锁上门儿推不开。

冯惟敏也作有小曲多首，如《玉抱肚·赠赵今燕》云：

赵家今燕，赛昭阳旧时管弦。听悠悠音律清扬，喜飘飘舞袖翩跹。琵琶轻扫动人怜，须信行行出状元。

陈大声本来是个极富才情的风流人物，当然他的小曲，也令人可喜，如《锁南枝·风情》云：

肠中热，心上痒，分明有人闲论讲。他近日恩情又在他人上。要道是真，又怕是谎。抵牙儿猜，皱眉儿想。

又如《风入松》云：

想才郎一去几多时，谁知他节外生枝。书来只说功名事，全不着心头一字。本待要寻活觅死，怕落下歹名儿。

作《曲律》的王骥德，所作小曲，亦颇柔婉动人，如《锁南枝》云：

才郎至，喜倒颠，匆匆出迎羞不前，含笑拜嫣然。秋波谩偷转，你把归期误，办取捆打先。谁道见郎时，都作一团软。

《唾窗绒》的作者沈青门，所作小曲尤多，如《锁南枝》云：

爹娘睡，暂出来，不教那人虚久待。一见喜盈腮，芳心怎生耐。身惊颤，手乱揣，百忙里解花了绣裙带。

其次像梁辰鱼、施绍莘等，在他们的集子里，也有不少尖新可爱的小曲。现在再把因为小曲而负盛名的几个作家如金銮、朱瞻基、刘效祖、赵南星、冯梦龙诸人，分述于后。

金　銮　字在衡，号白屿，甘肃陇西（今甘肃陇西县）人。他的事略，我在前面第一节南京派作家中已经说过了，这里不再赘述。明周晖《周氏曲品》云："有张尚举、聂灭秀、杨吃寺三人，金在衡皆作小曲嘲之，令人绝倒。"又谓何良俊云："每听在衡诵小曲一篇，令人绝倒。"蒋一葵《尧山堂外纪》也说："南都自徐髯仙后，惟金在衡銮，最为知音。善填词，其嘲调小曲极妙，每诵一篇，令人绝倒。"他们对金銮，可谓恭维备至，看他以【锁南枝】来写"风情戏嘲"，几无一语不佳：

坚如石，冷似冰，识不透你心肠儿横竖生。只管里满口胡柴，倒把人拴缚定。谁撇虚？谁志诚？人的名，树的影。

又如云：

闲言来嗑，野话儿劐，偷嘴的猫儿分外馋。只管里吓鬼瞒神，吃的明，吃不的暗，搭上了他，瞒定了俺。七个头，八个胆。

《曲谐》谓此曲："描写个中人之口角，可谓惟妙惟肖，而结处两句，声色俱厉，尤是神来之笔，闻者当为气慑矣。"他又有两首咏物的【落梅风】，也以小曲之体出之。如《咏蝇》云：

从交夏，攘到秋，缠定了不离左右。饶你满身都是口，尝得出那些香臭。

又如《咏蚊》云：

明明的去，暗暗的来，怎当他毒如蜂虿。死到头上还不睬，天生的嘴尖舌快。

此曲寓意颇深，可以发人猛省。在衡本为北人，后因移家南京，故所作散曲多柔靡之风，然而这些小曲，写得清净利落，倒有点像北方人的性格。

朱瞻基 即明宣宗，年号宣德，生于太祖洪武三十一年，在位十年卒（1398—1435），年三十八岁。他著有《御制乐府》一卷，见《千顷堂书目》。在《兰皋诗余汇选》中，也有他的一首《醉太平》。《徐氏笔精》内有词品十则，以他所作两首《寄生草》，最为名贵。其一云：

赛烂漫三春景，称清和四月天。绿杨烟罩绒丝线，彩莲水映红妆面，翠芭蕉风飐青萝扇。林泉尽日好流连，池塘长夏宜消遣。

其二云：

有馥郁荷香度，看微茫野色连。几行鹭印平沙遍，一群鱼跃清波浅，数声樵唱西山远。茸茸芳草紫骝嘶，阴阴乔木黄鹂哢。

徐氏谓此曲是"宣德六年四月，御便殿，召锦衣都指挥林观对弈，弈毕，书以赐之。观，吾闽邑人，其家至今宝藏焉"。这两首曲，任中敏以为可与宋徽宗《燕山亭》并传千古。又云：

有明诸帝，大都好玩杂剧，娱赏声容，有如小儿。难言其自为艺事也。则宣宗之独有此卷，大可矜重。非但足以自张本朝，亦且愧其胜国矣。

在这个评语里，说他的小曲非但足以自张本朝，亦且愧其胜国，于此可见小曲地位的崇高了。

刘效祖 生卒年未详，据《武定明诗钞》卷一所载，知他字仲修，别号念庵，滨州（即今山东滨州市，一说宛平，在今北京市南）人。嘉靖二十九年（1550）进士。后官至陕西按察副使。《静志居诗话》记他的逸事说：

副使负经世略，坐计吏罢官，晚寄情词曲，所填小令可入元人之室。……昭陵（隆庆帝）尝遣中使索其题册，呼曰"念庵"。念俺，副使别字也。因赋诗曰"更生双鬓已萧骚，敢谓文章擅彩毫。过误偶承明主问,因缘不是郁轮袍",都人传其事,以为列朝所未有。

他的外曾孙胡介祉也云:

念庵公负才不偶,龃龉于时,宦止陕西宪副,退居林泉,吟咏不辍,翰墨之余,间为词曲小令,以抒其怀抱而寄其牢骚,当时艳称,至达宫禁。历世寝远,散逸遂多,外王父少保公尝集而传之,颜曰《词脔》,仅百一耳!(《词脔·跋》)

这可见他的生活环境,他也是一个官场失意的人。他的著作很多,当然自不止《词脔》一书,据其外孙《刘芳躅序》记,计有散曲《短柱效颦》《莲步新声》《都邑繁华》《闲中一笑》《混俗陶情》《裁冰剪雪》《良辰乐事》《空中语》诸集。另外还有诗文集,名《云林稿》,但这些作品,都已不传了。至于现存的《词脔》一卷,有康熙九年(1670)刊本及饮虹簃刻本。有套数一套,小令一百一十二首,其中以小曲最为当行。他唯一的特点,是能采用民间活的语言,作成极通俗的白话曲,带着浓厚的民歌色彩。如【挂枝儿】云:

日初长柳丝绽黄金模样,雨才过桃杏花扑面清香。卖花人一声声唤起怀春情况。蝴蝶儿争新绿,双燕儿闹雕梁。打点出那轻罗小扇也,还要去流水桥边赏。

这是多么活泼的文字。又如:

我教你叫我一声儿你只是不应,其实你不等说就叫我才是真情。背地里只有你共我还推什么佯羞佯性?你口儿里不肯叫,想是心儿里未必疼,你若有我的在心儿里也,为什么开口难得紧?

又云:

我心里但见你就要你叫,你心里怕听见的向外人学。才待叫,又不叫,只是低着头儿笑。一面低叫,一面又把人瞧。叫的虽然艰难也,意思儿其实好。

又云:

俏冤家但见我就要我叫,一会家不叫你你就心焦。我疼你那在乎叫与不叫？叫是提在口，疼是心想着。我若有你在心儿里也，就不叫也是好。

又云：

俏冤家非是我好教你叫，你叫声儿无福的也自难消，你心不顺怎肯便把我来叫。叫的这声音儿俏，听的往心髓里浇。就要假意儿的勤劳也，比不叫到底好。

看这相互的问答，首首尖新，句句出奇，彻头彻尾的是白话文学。类似之作，还有【双叠翠】【锁南枝】诸调，都是引用俚语方言写的，得到极大的成就。但在《词脔》里，也有些是极清俊高古的，如【沉醉东风】云：

东华路尘沙滚滚，玉河桥车马纷纷。官高休羡荣，命蹇需安分，靠青山紧闭柴门。闲把英雄细讨论，能几个到头安稳！

金湜生《粟香室随笔》谓效祖此曲，与板桥道情，皆为富贵场中一服清凉散，所言至当。又如同调云：

门巷外旋栽杨柳，池塘中新浴沙鸥。半湾水绕村，几朵云生岫，爱村居景致风流。闲啜卢同茗一瓯，醉翁意何须在酒。

这种作品，非但不在康、王之下，而且有马致远之遗风。可知他一方面能写极通俗的作品，同时又能写极骚雅的作品。《静志居诗话》称其"小令可入元人之室"，诚然。

赵南星 字梦白，号鹤侪，又号清都散客，高邑人。生于世宗嘉靖二十九年，卒于熹宗天启七年（1550—1627），年七十八岁。《明史》卷二百四十三、《明词综》卷四都有记载。他是万历二年（1574）进士，除汝宁判官，不久迁户部主事，又调吏部考功，历文选员外郎，以疏陈四大害触时忌，于是乞归。到万历中，再起为考功郎中，主京察，要路私人贬斥殆尽，被严旨落职。及至光宗朝，复起为太常少卿，继迁左都御史。熹宗天启初年，任吏部尚书，终以进贤疾恶，得罪了大阉魏忠贤，遂削籍远戍代州。天启七年（1627，其年魏忠贤被杀），卒于戍所。

梦白是东林党中的主要人物，当时他与邹元标、顾宪成并称为"东林三君"。清人尤侗说："高邑赵侪鹤冢宰，一代正人也。予于梁宗伯处，见其所填歌曲，乃杂取村谣俚谚，耍弄打诨，以泄其肮脏不平之气。"像他这样一位忠正不阿的大臣，横遭时忌，不为人所容，实在颇堪惋惜。

所作散曲《芳如园乐府》一卷，有饮虹簃刻本。计散套八套，小令三十九首，其中如【银钮丝】【一口气】【喜连声】【锁南枝】【罗江怨】【山坡羊】之类，都是当日民间最流行的小曲。如《玉抱肚》云：

无端见了，顿忘却平生气豪。纵难道莫莫休休，也还是密密悄悄。从他玉女下云霄，休想教咱眼再瞧。

又如《锁南枝半插罗江怨》云：

非容易，休当耍，合性命相连怎肘拉！这冤家委实该牵挂。除非全是不贪花，要不贪花，谁更如他！既相逢怎肯干休罢。不瞧他眼怕睁开，不抓他手就顽麻，见了他欢欢喜喜无边话。一回家埋怨苍天，怎么生来在烟花？料么他无损英雄价。

在这些文句里，我们可以看出作者很着意地在写民歌式的小曲，但在无意中，却会流露出文人们骚雅的气息。其次像他的散曲《折桂令》，也写得很不坏：

对西风兀自凄然，蛮鸣塞草，雁度燕关。灯下娇容，怀中私语，齐到心间。几回将小名儿写在云笺，几回将念头裁做诗篇。空自情牵，心事谁传？这一个分浅缘薄，说甚么万里云山？

这首曲，前面一半，尚不脱平凡的语调，但最后几句，都很有力，颇具英雄气概。新周居士说他："词章潇洒，慷慨激烈。"大约即指此等曲而言。

冯梦龙 字子犹，一字犹龙，号墨憨居士，别署茂苑野史，江苏吴县人。其小传已在前面说过了。他是一位伟大的介绍通俗文学的功臣。他改编过《平妖传》《新列国志》等长篇小说,编撰过短篇小说"三言",又劝过沈德符刊印《金瓶梅》。亦喜词曲,曾作《双雄记》《万事足》诸传奇,刻有《墨憨斋传奇定本》十种,还编印过《笑府》《古今谈概》一类的笑话书。诗集有《七乐斋稿》。《静志居诗话》说:"善为启韵之辞,间入打油之调,不得为诗家。"可知在他的诗里,也加入了不少通俗文学的色彩。他又刊行过《山歌》《挂枝儿》一类的小曲,一般浮薄子弟,靡然倾动,因是名满天下。浮白主人选刊他的《挂枝儿》时,曾附录其轶事云:

熊公廷弼,当督学江南时,试卷皆亲自批阅。阅则连长几于中堂,鳞摊诸卷于上,左右置酒一坛,剑一口,手操不律,一目十行。每得佳篇,辄浮大白,用识赏心之快;遇荒谬者,则舞剑一回,以抒其郁。凡有隽才宿学,甄拔无遗。吴中冯梦龙亦其门下士也。梦龙文多游戏,《挂枝儿》小曲,与《叶子新斗谱》,皆其所撰。浮薄子弟,靡然倾动,至有覆家破产者。其父兄群起讦之,事不可解。适熊公廷弼在告,梦龙泛舟西江,求解于熊。相见之顷,熊忽问曰:"海内盛传冯生《挂枝儿》曲,曾携一二册以惠老夫否?"冯局踧不置辞,唯唯引咎,因致千里求援之意。熊曰:"此易事,毋足虑也。我且饭子,徐为子筹之。"须臾,供枯鱼焦腐二簋,粟饭一盂。冯下箸有难色。熊曰:"晨选嘉肴,夕谋精粲,吴下书生,大抵皆然,似此草具,当非所以待子者。然丈夫处世,不应于饮食求工;能饱餐粗粝者,真英雄耳!"熊遂大恣咀啖。冯啜饭匕余而已。熊起入内,良久始出,曰:"我有书一缄,便道可致我故人,毋忘也。"求援之事,并无所答,而挟一冬瓜为赠。瓜重数十斤,冯伛偻祗受。然意甚怏怏,且力不能胜。未及舟,即委瓜于地,鼓棹而去。行数日,泊一巨镇,熊故人之居在焉,书报;未几,主人即恭谒冯,延至其家,华筵奇戢,妙妓清歌,咄嗟而办。席罢,主人揖冯曰:"先生文章震焕,才辩珠流，天下之士，莫不延颈企踵，愿言觏止。今幸亲降玉趾，是天假鄙人以纳履之缘也。但念吴头楚尾，云树为遥，荆柴陋宇，岂足羁长者车辙哉！敬备不腆，以犒从者，先生其无辞！"冯不解其故，婉谢以别；则白金三百，荡舁舟中矣。抵家后，则闻熊飞书当道，而被讦之事已释。盖熊公固心爱龙子，惜其露才炫名，故示菲薄。而行李之穷，则假诸途以厚济之；怨谤之集，则移书以潜消之。英豪举动，其不令人易测如此。

从这个富有传奇性的故事里，可知梦龙在当时因能作小曲而享名之盛。的确，小曲之作，音调哀感顽艳，词句刻画入微，加以内容是那样的轻妙有趣，一般男女，趋之若鹜，势所必然。在《北史》卷四十七《阳休之传》中说，休之弟俊之，好作六言歌辞，淫荡而拙，世俗流传，名为阳五伴侣，写而卖之，在市不绝。俊之尝过市，取而改之，言其字误，卖书者曰：阳五，古之贤人，作此伴侣，君何所知，轻敢议论？俊之因此大喜。这种情形，就和冯梦龙写【挂枝儿】，同是一类型的。现在就看他写的【挂枝儿】：

这几日与冤家儿闹些闲话，他不来便不来，我也不服气去叫他。气头上说他几句生疏话。变做十分倒是我不是，那三分才怪他。早知你便开交也，我也认甚么真和假。（《自悔》）

又如《问咬》云：

肩头上现咬着牙痕印，你实说是那个咬，我也不嗔？省得我逐日间将你来盘问。咬的是你肉，疼的是我心。是那一家的冤家也，咬得你这般样的狠！

这简直是说话，一点也没有故意雕琢的痕迹；遣词于白描中极尽驰驱，殊令人可喜。尤其《问咬》一首的结语，反衬出浑厚之情，颇与《打枣竿》的"盼情人直盼到清明后，病恹恹终日里不梳头，泪珠儿滴满了红衫袖。眼前人不见，何处恋风流？待得他来时，多罚他一杯酒"相似。满腹幽恨，只肯轻轻罚酒一杯，何等蕴藉！这样看来，沈青门的"指定名儿暗咬牙",施子野的"须扯定冤家下实打"云云,皆未能得情之深厚。在梦龙《宛转歌》中,还有些动人的小曲,如《玉抱肚》《江儿水》等,我在写昆曲派散曲时说过了,此处不再重述。

第四章　清人散曲

清代是文化学术的复兴时代，无论在诗、词或小说，甚至新儒学、考据学、音韵学等，都有很好的成绩表现，唯独戏曲，却显得相当衰落，推其原因，不外如吴梅《中国戏曲概论》中所说："开国之初，沿明季余习，雅尚词章。其时文士，皆用力于诗文，而曲非所习，一也。乾、嘉以还，经术昌明，名物训诂，研钻深造，曲家末艺，等诸自郐，一也。又自康、雍后，家伶日多，台阁巨公，不喜声乐。歌场奏艺，仅习旧词，闻及新著，辄谢不敏。文人操翰，宁复为此？一也。又光、宣之季，黄冈俗讴，风靡天下，内廷法曲，弃若土苴；民间声歌，亦尚乱弹；上下成风，如饮狂药，才士按词，几成绝响，风会以趋，安论正始？此又其一也。"有此四则，已把清代戏曲之所以衰落的因素，说得很透辟了。戏曲如此，散曲亦然，大多数的南北曲，在那时已不能被之管弦，作家们的气魄，也不复像元、明两代的那样豪迈。他们大多数是模拟前人，绝少创作的新意；然而披沙拣金，不无宝贵的作品出现，其较杰出者，如尤侗的《百末词余》、沈谦的《东江别集》、刘熙载的《昨非集》。以上为豪放派的作家。又如徐石麒的《黍香集》、吴绮的《林蕙堂集》附曲、朱彝尊的《叶儿乐府》、厉鹗的《北乐府小令》、吴锡麒的《有正味斋集南北曲》、蒋士铨的《忠雅堂词集》附曲、赵庆熺的《香消酒醒曲》、吴藻的《香南雪北词》附曲、许光治的《江山风月谱》、杨恩寿的《坦园词余》。以上为清丽派的作家作品。另外如郑板桥、徐大椿、金农诸人的道情，以及当时民间所风行的小曲等，都是值得加以叙述的。

第一节 豪放派的作家

自明末沈、梁以来，曲体日益僵化，作者专主韵律，务求辞藻；延至清代，亦复如是，这时能自振拔而趋于豪放一派的作家，仅仅有尤侗、沈谦、刘熙载三人。

尤侗 字同人，一字展成，西堂、悔庵、艮斋，皆其号也。江苏长洲人，明万历四十六年生，清康熙四十三年卒（1618—1704）。顺治间，以贡生除永平推官，尝作游戏文，世祖览之，亲加批点，叹为真才。已而入都，便将他所作的《读离骚》杂剧献帝，帝读后，大加称赞，并令宫中伶人演唱，一时传为佳话。后以细故罢官。康熙十年，被举博学鸿词科，授翰林院检讨，入史馆修《明史》三年，以年老辞官归乡，家居二十年而卒。著述颇多，所作传奇有《钧天乐》。杂剧除《读离骚》而外，尚有《吊琵琶》《桃花源》《黑白卫》，以及《清平调》等，都是戛戛独造。至于散曲，有《百末词余》一卷，存小令二十余首，套数两套。他所作曲，好嬉笑，前人笔记中，每录其咏惧内的《黄莺儿》等调，如："笞之太强，杀之过伤，参详惟有宫刑当。好关防，如何黑夜，越狱上牙床。"虽然有王和卿、陈秀才之遗风，然觉尚鲜机趣。像《美人醋》中的"新酿醋葫芦，剪青屏仕女图，梦中不许高唐赋。嗔青溪小姑，骂黄须老奴，津头波浪公无渡。笑儿夫，穷酸醋大，风味略如吾"，倒是思致较活的作品。其次如《北耍孩儿·和高侍郎席上》作云：

漫乾坤百丈尘，趱春秋万斛愁，黄鸡白日宁长久？俺只见鸳鸯楼上飞蝴蝶，虎豹关前走马牛。猛思量，空消受。搬故事黄粱梦里，弄前程傀儡场头。

西堂又有《驻云飞·十空曲》，皆警策动人，当时传唱颇盛，如第九空云：

竖子英雄，触斗蛮争蜗角中。一饭丘山重，睚眦刀兵痛。嗏！世路石尤风，移山何用？飘瓦虚舟，不碍松风梦。君看尔我恩仇总是空。

遣词沉着痛快，声情并茂；序谓慕莲池大师之《七笔勾》而作，《七笔勾》是否也是曲名，无从考查，或许是属于道情之作，亦未可知。

沈　谦　字去矜，号东江，仁和人。生于明泰昌元年，卒于清康熙九年（1620—1670），年五十一岁。有《东江别集》，多集曲与翻谱，且尚多剽窃之作，如《落梅风·闺忆》云："从分散，整痛绝，冷清清鸟啼花谢。提名儿骂他心是铁，料伊家耳轮常热。"这明明是从马致远曲"从别后，音信绝，薄情种杀人也。逢一个见一个因话说，不信你耳轮儿不热"脱来。东江小令，亦间有警句，而完璧绝少，如《北寄生草·闺情》云：

花慵戴，粉倦搽，也曾傍雕阑受了丫鬟唬。也曾湿罗鞋受了夫人骂。也曾寄瑶笺受了先生诈。活羞杀，几宵儿只窃断头香，怪道是一春来惯卜游魂卦。

这虽为刻意之作，然而仍欠融洽，且衬字处觚棱触手，不甚流走，是其大病。

刘熙载　字伯简，一字融斋，兴化人。生于仁宗嘉庆十八年，卒于德宗光绪七年（1813—1881），年六十九岁。他是道光进士，官至左中允,后主讲上海龙门书院以终。著有《说文双声》《说文叠韵》《艺概》等。散曲名《昨非集》,仅存小令四首,套数一套。如他的《对玉环带清江引》云:

对酒当歌,光阴休放过。睡魅愁魔,工夫剩几多?任你说蹉跎,胜他聋与跛。官似甘罗,那宜衰朽做?封似萧何,怕来宾客贺。有人问我何功课,我也浑忘我。樵凭烂斧柯,钓岂需船舵?大半逍遥因懒惰。

又如云:

归去来兮,问有谁阻伊;复驾言兮,又有谁劝伊。便有上天梯,不如踹平地。杨柳横欹,要探春信息。篱菊开齐,好谙秋意味。陶公傲许当年寄,只不受官场气。烟霞疗我饥,车马从人意,彼此代谋无善计。此曲结语谓代谋不善,即言人皆当自谋之意,或翻腾,或爽切,颇有元人气势。

第二节 清丽派的作家

在清代的散曲坛上,属于清丽派的作家,要而言之,有徐石麒、吴绮、朱彝尊、厉鹗、吴锡麒、蒋士铨、赵庆熺、吴藻、许光治、杨恩寿等人。在这许多作家中,朱、厉、许、杨大都师法元代的张可久及乔吉;吴绮则取效于明代的王磐及金銮;徐石麒与吴锡麒便介乎乔、张、王、金之间,多系南曲,即所谓词人之曲;赵庆熺较近于明代的施子野,为清代散曲坛上不可多得的作家;吴藻是清代成就较高的女词人,论者往往把她比之为宋代的李易安、明代的杨夫人,其作风也大半与施子野近似;至于蒋士铨,虽略近雕琢,然亦勉强把他归之于这一派来论述。

徐石麒 字又陵,号坦庵,江都(今江苏扬州市)人。著有《坦庵词曲》六种（二种是词，四种是杂剧）。他为人沉默寡言笑，而精研名理，因遭明季兵乱，不出应试，以诗酒自遣，入清尚存。阮元《广陵诗事》卷九曾记他道：

徐石麒，北湖人……工于词曲，每成一曲，高吟令女延香听之，有不合声律处，延香为之正拍。延香，名元端，有《绣余吟诗》一卷，王文简（渔洋山人）《池北偶谈》，称其入李易安之室。

他的散曲，有《黍香集》三卷，今约存小令五十首，套数八套，颇多清新隽美之作，如《冶游曲》的【夜行船】云：

帘外晴丝萦落霞，莺声里九十韶华。柳色才眠，杏花初嫁，听不得玉鞭嘶马。

这样秀丽的句子，在清代尚不多见，即置诸《花影集》中，也是上乘之作。又如《寄生草》云：

饶一寸眉间皱，近看来好事多。拂藤床头枕着莺声卧，卷湘帘怀抱着青山坐，鞁芒鞋手曳着东风过。任天公颠倒是非多，眼惺惺一抹都瞧破。

这又是何等高昂有趣、轻灵松蒨之作！

吴　绮　字园次，江都人。生于明万历四十七年，卒于清康熙三十三年（1619—1694），年七十六岁。著有《艺香词》。曾守湖州，罢归后，与当时名士结春江花月社。他的散曲附在所著《林蕙堂集》中，存重头四首，套数八套，其作风颇近于王磐和金銮。以【尾犯序】套《赠苏昆生》最佳，就中如【玉芙蓉】云：

沧桑一转眸，云雨双翻手，到如今萧萧双鬓如秋。那些个五侯池馆争相候，只落得六代莺花莽不收，抛红豆，叹知音冷落，向齐廷弹瑟好谁投！

又如同套【小桃红】云：

枉湿了浔江袖，还剩得兰陵酒，尽红牙拍断红珠溜，放青鞋踏遍青山瘦，把黄冠撇却黄金臭。管甚么蛟龙争斗无休。

笔致遒俊，极能道出苏老身世感慨。他也有些豪壮的句子，如"叹茫茫，无端霸业水云荒，勾销不尽英雄帐"（《古轮台·苏台怀古》），则又与王九思近似了。

朱彝尊 字锡鬯，号竹垞，秀水人。生于明崇祯二年，卒于清康熙四十八年（1629—1709），年八十一岁。康熙十八年（1679），以布衣召试鸿博，除为翰林附检讨。晚年归隐乡村，自号小长芦钓师。他不但能曲，而且诗名、词名，尤为当世所重，可说是个多才多艺的作家。诗与王世贞齐名，是清代古典诗人的代表；词与常州派领袖陈维崧齐名，称之为当日词坛的"双璧"。因为他的词标榜南宋，自成派别，所以后人尊之为浙派词人之祖。因此他对于词坛的影响，远在陈维崧之上。词集有《江湖载酒集》《静志居琴趣》《茶烟阁体物集》与《蕃锦集》四种，合称《曝书亭词》。其中《静志居琴趣》自出机杼，描写艳情，价值最大。不过有的地方，一味模拟姜白石和张炎一派的作风，往往为其所陷，难自振拔，颇堪惋惜。他的散曲集《叶儿乐府》，有任中敏《散曲丛刊》本，共有小令五十九首，论者说他学张可久。如《朝天子》云：

鱼标，稻苗，争似南湖好？月寒沙柳夜萧萧，帆影卸三姑庙。暗水横桥，矮屋香茅，看黄花都放了。丝绦、布袍，再不想长安道。

此曲意度闲雅，色泽清丽，允合小山之作。又如《天净沙》云：

一行白雁清秋，数声渔笛蘋洲，几点昏鸦断柳，夕阳时候，曝衣人在高楼。

此曲神飞意动，深得东篱枯藤老树之章法。他又有《醉太平》云：

野狐涎笑口，蜜蜂尾甜头。人生何苦斗机谋，得抽身便抽。散文章敌不过时髦手，钝舌头念不出摩登咒，穷骨相封不到富民侯。老先生去休。

《曲谐》卷二评此曲道:"拟之小山《水仙子·归兴》,则微质,拟之梦符《怨情·嘲少年》,则质犹不足,当是汪云林小隐余音也。"这确是很公允的话。又竹垞《叶儿乐府》内,【一半儿】甚多,姑举几首为例,如《灵隐》云:

冷泉亭子面山崖,萧九娘家沽酒牌。垆畔碧桃花乱开,到重来,一半儿依然一半改。

又如《九峰》云:

一峰低映一峰高,十里沙映十里桥。曾记小桥迎晚潮,冷萧萧,一半儿芦花一半儿草。

又如《理安寺九溪十八涧》云:

万株松影压平冈,几处云根护短墙。时有落花流水香,度飞梁,一半儿无声一半儿响。

另外还有很多,都是清新俊爽之作,真是美不胜收,我们只举一首《沉醉东风·无题》:

香茅屋青枫树底,小蓬门红板桥西。虽无蔗芋田,也有桑麻地,野蔷薇结个笆篱。更添种山茶绿萼梅,这便是先生锦里。

这支曲,自然风味极为浓厚,与诗人陶渊明的境界相似。

厉　鹗　字太鸿,又字雄飞,号樊榭,钱塘人。生于康熙三十一年,卒于乾隆十七年(1692—1752),年六十一岁。乾隆元年举荐鸿博。他诗词俱佳,词名尤著。前面说过,朱彝尊是浙派词人的始祖,后得厉鹗崛起,于是浙派之势益盛;著有《樊榭山房词》,时人推许至高。《清词综》云:"徐紫珊云樊榭词生香异色,无半点烟火气,如入空山,如闻流泉,真沐浴于白石梅溪而出之者。"又凌廷堪《梅边吹笛谱》目录跋后云:"朱竹垞氏专以玉田为楷模,品在众人上。至厉太鸿出而琢句炼字,含宫咀商,净洗铅笔,力除俳鄙,清空绝俗,直上摩高、史之垒矣。"从这些评语里,一方面我们可以看出时人对于浙派的推崇，同时也可以看出当日词坛的风气。樊榭词审音守律，辞藻绝胜。字句的清俊，声调的和美，是其特长。在拟古一点上讲，谭献说他"可分中仙、梦窗之席"，可知他在这方面所用的功夫之深。唯其如此，他所作散曲亦多模仿明人而严守法度，所以不免有雕琢之嫌，曲文生涩而不流畅，是其大病。他的散曲《北乐府小令》，有《散曲丛刊》本，约存小令八十三首；其较好的作品，如《叨叨令·碧浪湖感旧吊亡姬》：

月圆波静苏湾暮，一船两桨横塘渡，秋灯红袖曾偷护，晓妆青镜初回顾。忆杀人也么哥，忆杀人也么哥，重来都是伤心处。

又如《清江引·花港观鱼》云：

东风倚阑花似雪，小汊分鳞鬣。鱼将花吐吞，花逐鱼明灭，人生不如鱼乐也。

都可说是很清新流畅的作品。此外，如以《殿前欢·写秋思》用张小山《春思》韵云：

写秋思，芭蕉叶叶竹枝枝，南湖风景凉何自。潘鬓成丝。虫声唱鬼诗，雁影排人字，凤纸书仙事。余香灭后，幽梦回时。

清疏之气，翛然满纸，要比小山原唱高明，真可谓"譬如积薪，后来居上"。又如《清江引·雷锋夕照》云：

黄妃塔颓如醉叟，人好残阳逗。浑疑劫烧余，忽讶飞光候，渔村网收人唤酒。

像这样玉润珠圆的笔调，在清人散曲中，是不可多得的佳构。另外如《朝天子·红桥纳凉》的"茉莉鬓酥，蔷薇衣露，隔船窗闻笑语。不须，醉扶，月上红桥去"也是非常俊美的词句。我们再看他两首写村居生活的曲，一是《醉太平·看梅宿西溪山庄》：

掩筼笆野桥，护莎砌田坳。梅花雪拥阁如巢，供吾侪睡饱。溪深溪浅随春笑，窗明窗暗疑人到，钟初钟绝带诗敲，剩香吟半瓢。

清冷之气，腾出纸面，使人如身历其境。另一是《折桂令·述怀》：

> 问先生底事穷愁，放浪形骸，笑傲王侯。不隐终南，不官彭泽，不访丹丘。搔白发三千丈在手，算明年六十岁平头。天许奇游。弄月蛟门，看雨龙湫。

这真是把他自己的怀抱吐露无余，是一个典型的浪漫派文人的写照。

吴锡麒 字圣征，号榖人，钱塘人，官至祭酒。生于乾隆十一年，卒于嘉庆二十三年（1746—1818），年七十三岁。他是清代一个很有名的骈文家，因此所作曲，对于承转的连词，以及文学作品的连贯性颇为注意，要比朱彝尊、厉鹗等人之作，显得舒快明畅。他的散曲集《南北曲》，是任中敏从吴氏《有正味斋别集》的一、二两卷中裁出，共有小令七十首，套数十三套。论者说他的作风，介乎张可久与王磐、金銮之间；我们看他所作小令多似张，而套数则多似王、金。正因为此，所以他的缺点，是受南曲的影响太深，专求精细而少刚健之气，这一点便是他反不及朱、厉两家的地方，现在让我们欣赏他的曲，如《满庭芳·风雨自湖上归》云：

> 春心未阑，西风卷雨，吹出青山。条条水绕苔行慢，脚下生寒。乍落叶者边相趱，更行云那里横栏。逢人罕，芒鞋破伞，候渡在前湾。

又如《喜春来·探梅》云：

> 溪山明灭烟微惹，江路凄迷竹暗遮，风横雪密可来耶？花放也，今日较寒些。

这是多么富有天然的情趣，《南北曲》中，不论小令、套数，多为题画而作，例如有《戏题仕女图》十二首，每首一题一调，很是别致，文字也多清利。序谓《梅村集》中，有《戏题仕女图》的《一舸》《虞兮》《出塞》《归国》《当垆》《堕楼》《奔拂》《盗绡》《取盒》《梦鞋》《骊山》《蒲东》等十二绝句，因用其题，各以南北曲谱之，并嘱他的朋友徐兰坡仍绘其意以传。他这样题咏，与普通不同，因为寻常总是先有图而后有词，但此全词乃是先咏事而后作图者。兹举一首为例：

西风吹白纻,歌罢人何处?莫道功成,肯逐鸱夷去,算回头只有烟波路。吴苑千秋,花也愁无主。越客千丝,网也兜难住,剩相思石上苔无数。(《南梧桐树·一舸》)

这支曲,咏叹特工,结句的意趣尤远,在《戏题仕女图》十二首中,要算最佳。

蒋士铨 字心余,一字苕生,号清容,晚号定甫,江西铅山(今江西铅山县)人。生于雍正三年,卒于乾隆五十年(1725—1785),年六十一岁。徐珂《曲稗》说他"性峭直,不苟随时,以刚介为和珅所抑,留京师八年,无所遇,以母老乞归"。著有《忠雅堂集》。他的诗词都很有名,尤以七古为最盛,论者称其作风"苍苍莽莽,不主故常"。又曰:"信是配山谷而追杜陵。"时人对他的推崇虽是如此,然其成就最大者则为戏曲,一生所作,有十五种之多,其较著者有《一片石》《第二碑》《四弦秋》三杂剧,以及《空谷音》《桂林霜》《香祖楼》《临川梦》《雪中人》《冬青树》六传奇,合称《藏园九种曲》。其中以白居易《琵琶行》为本事的《四弦秋》和以汤临川的生平历史为题材的《临川梦》二剧为其代表作。尤其《临川梦》,完全以汤显祖自况,在自序中略谓:"先生以生为梦,以死为醒;余则以生为死,以醒为梦,于是引先生既醒之身,复入于既死之梦,且令四梦中人,与先生周旋于梦外之身,不亦荒唐可乐乎?"其怀才不遇的愤世心情,于此可见。他又在诗文戏曲中,最喜言气节伦常、仁义道德的事,所以可称为一个名教的拥护者与宣扬者。他自己曾说:"安肯轻提南董笔,替人儿女写相思。"又《香祖楼自序》云:"曾氏得《螽斯》之正者也,李氏得《小星》之正者也,仲子得《关雎》之正者也。发乎情,止乎礼义,圣人弗以为非焉。"他的这些伦常观念,在好的一方面讲,是能摆脱旧日戏剧佳人才子大团圆的窠臼;但在坏的一方面,便是缺少文学的情趣,而近于说教了。他所作散曲,有南曲十套、北曲一套,附在《忠雅堂集》后。现在先看他最为杰出的《四弦秋》中的《秋梦》一套：

空船自守，别恨年年有。最苦寒江似酒。将人醉过深秋。(【霜天晓角】)

曾记一江春水向东流，忽忽的伤春后。我去来江边，怎比他闺中少妇不知愁。才眼底，又在心头。捱不过夜潮生，暮帆收。雁声来趁着虫声逗，靠牙墙数遍更筹。难道我教他，教他去封侯。(【小桃红】)

抛撇下青楼翠楼，便飘零江州外州，诉不尽新愁旧愁。放了个半老佳人，厮守定芦洲荻州；浑不是花柔柳柔，结果在渔舟钓舟。剩当时一面琵琶，断送了红妆白头。(【黑麻令】)

我道是低迷燕子楼，却依然身落扁舟。为此枕边现出根由，听孤城画角咽江流。问谁向梦儿中最久？(【江神子】)

少年情事堪寻究，泪球儿把阑干红透。咳！不知他那几担的新茶可曾卖去否？(【尾声】)

元人马致远有《江州司马青衫泪》杂剧，也是写的白居易《琵琶行》故事，二者相较之下，马曲以白描的手法，俚俗的口吻出之，颇合于女主角的身份和环境；蒋曲则无疑是受了晚明昆山派的影响，多在字句的凝练上下功夫，格外显得雅丽动人。郑因百先生谓晚明剧曲多散曲化，而心余此曲，便是散曲化的最好例证。

赵庆熺 字秋舲，浙江杭州人，道光时进士。约生于乾隆五十七年，卒于道光二十七年（1792—1847），年五十六岁。他的散曲《香消酒醒曲》一卷，有《散曲丛刊》本。存小令九首，套数十一套。其作风虽较近于施子野的《花影集》，但却又能卓然自立；句法新鲜活泼，不落元人窠臼。《曲谐》卷二曾批评说：

词中应有一种轻灵松脆、新鲜活泼，句间则需亟合语调，流走多而停伫少，自来好曲，本无不然。若欲举一易见之例，其为《香消酒醒曲》乎！《香消酒醒曲》恰恰如话，不同朱、厉辈，亦绝不借重元人方言以为本色，又不同沈东江辈，较之元人，虽不过得一体，但为果然放倒（融斋《艺概》论曲之妙曰：在借俗写雅，面子疑于放倒，骨子弥复认真），而自然认真者，峰泖浪仙（施子野号）以后，散曲中一人而已！清人散曲真不可少者，惟秋舲也。

他在清代散曲坛上的地位，于此可见。现在看他最有名的散套《江儿水·咏月》：

自古欢须尽，从来满必收。我初三瞧你眉儿斗，十三窥你妆儿就，廿三觑你庞儿瘦，都在今宵前后。何况人生，怎不西风败柳。

卢前《论曲绝句》中谓秋舲《香消酒醒曲》，直是燕语莺声，其咏月的《江儿水》云云，读者无不赏其清隽。尤其三个"三"字句，摇曳生姿，造意妙巧，直可超越元人，又如《驻云飞·沉醉》：

等得还家，澹月刚刚上碧纱，亲手递杯茶，软语呼名骂。他！只管眼昏花，脚跟儿乱颠躧。问着些儿，半晌无回话，偏生要靠住侬身似柳斜。

此曲写醉汉佯狂怠懒之态，于淋漓尽致中，尤具蕴藉之趣。如果与冯梦龙辑《挂枝儿·骂杜康》的"俏娘儿指定了杜康骂，你因何造下酒，醉倒我冤家？进门来一跤跌在奴怀下。那管人瞧见，幸遇我丈夫不在家。好色贪杯的冤家也，把性命儿当做耍"相比，一高贵而典雅，一俚俗而自然，两者各有其情趣。又如《题泖湖访旧图》的【皂罗袍】：

最好是水杨柳下，盖三间茅屋，紫竹篱笆。沿溪雨过响渔叉，夕阳破网当门挂。遥天一抹，朝霞暮霞；遥山一煞，朝鸦暮鸦，更夜深蟹火有星儿大。

写景如画，历历在目，令人回味不尽。乔梦符立作曲之法，有"凤头""猪肚""豹尾"之论，大抵起要美艳，中要浩荡，结尾要有力，秋舲此曲，实足以当之。又如《雨窗独坐》的【二郎神】套：

西风里,这扯淡的芭蕉惹是非,作弄人来当儿戏。接连几阵,却刚刚隔着窗儿,那一个听他能快意?生拉到恨田愁地。黄昏矣,猛可里,身上寒多,添着些衣。

我们在读这些作品时,只闻有口舌音响,而不知有文字笔墨;一般自命高雅的文人,或许要斥为陋俗,然而散曲的精神,却恰好在这种陋俗中始能表现出来。此外,再看他的《黄莺儿·拜月》:

绿袖振明珰,拜嫦娥、三炷香。深深叩倒红氍上。衫儿海棠,裙儿凤凰,玉尖轻合莲花掌。翠鱼双。北风衣带,吹起两鸳鸯。

此曲用诗词的比兴手法,表现上看来,是夸耀服装的美丽,事实上却句句暗寓拜月的心事,似乎是言有尽而意无余了。

吴　藻　号蘋香女士,浙江杭州人。嫁与同邑的一个小商人黄某为室,晚年寡居,生活凄苦。她是清代成就较高的女词人,在道光年间,词誉遍大江南北,著有《花帘词》及《香南雪北词》,多为隽美清丽之作,像《如梦令》云"燕子未随春去,飞到绣帘深处。软语话多时,莫是要和侬住?延伫,延伫,含笑回他不许"。在《香南雪北词》后附有散曲数套。任中敏《曲谐》云:"蘋香有《饮酒读骚图》散套,又著两字题目曰《乔影》,若剧中之有出目然,托名谢絮才;恨为女子身,自描一男妆小影,名曰《饮酒读骚图》。对之读骚痛饮,歌哭一番,略见平生意气。词颇亢爽,殆亦不复作儿女子态矣。"她的为人,于此可见。我们且看她所作《雁儿落带得胜令·自题饮酒读骚图》:

我待趁烟波泛画桡。我待御天风游蓬岛。我待拨铜琶向江上歌,我待看青萍在灯前啸。呀!我待拂长虹入海钓金鳌。我待吸长鲸贳酒解金貂。我待理朱弦作幽兰操。我待着宫袍把水月捞。我待吹箫,比子晋还年少。我待题糕,笑刘郎空自豪。笑刘郎空自豪。

像这样富于豪情逸兴的散曲,出于女作家之手,足以表现出她那俊爽的性格，真是快人快语了。另外她所作曲如《仙吕·入双调》一套内【皂罗袍】：

　　日日画船箫鼓，问湖边艳迹，说也模糊。桃花三尺小坟孤，棠梨一树残碑古。春烟杨柳，秋风荻芦；粉痕蛱蝶，红腔鹧鸪。玉钩斜谁把这招魂赋。

　　蘋香所作曲的作风，也和赵庆熺一样，与施子野相近；读此曲，足见其韶秀之一斑。据说，当时有陈云伯，为名妓小青、菊香、云友三女士修墓于钱塘西泠，遍征题咏，汇刻为《兰因集》，蘋香即作此付之。这与吴逸香女士《题叶小鸾墓壁词》相似，吴词云："落日松陵古道，叹荒烟蔓草，遗冢萧条。桃花三尺艳魂销，垂杨几度啼莺老。春山翠黛，秋风野蒿；绿波明镜，罗裙细腰，珊珊应有芳魂到。"这一首也是【皂罗袍】，而且作曲的旨趣亦复相同，先后对峙，不期而然。

许光治　字龙华，海昌人。约生于嘉庆十五年，卒于咸丰五年（1810—1855），年四十六岁。他的散曲集《江山风月谱》，有《散曲丛刊》本，存小令五十二首。许氏在前代作家中，最推崇张可久与乔吉，曾在自序中说：

　　汉魏乐府，降而六朝歌词，情也。再降而三唐之诗、两宋之词，律也。至元曲，几谓里言俳语矣。然张小山、乔梦符散曲，犹有前人规矩在；俪辞追乐府之工，散句撷宋唐之秀……予心好之，情之所宣，每为邯郸之步。

由此可知他的散曲，也是秉承着乔、张一派的清丽作风，并且曾亲手抄过可久的小令一卷，足见他对张词尤为爱好，所以更能得其神髓。如《满庭芳》：

　　绿阴野港，黄云陇亩，红雨村庄，东风归去春无恙。未了蚕忙，连日提笼采桑，几时荷锸栽秧？连枷响，田塍夕阳，打豆好时光。

又如下面的一首【天净沙】和一首【落梅风】，也有小山的风味：

绿阴门巷停车，碧云庭院栖鸦。柳絮刚刚飞罢，时光初夏，新棉又裹桐花。（【天净沙】）

新凉早，庭院虚，听潇潇豆花疏雨，晚来络丝虫独语，问西风又来何处？（【落梅风】）

其次如《小桃红·鹃水涯》《水仙子·堤边树色辨阴晴》《折桂令·芭蕉绿上窗纱》及《折桂令·看湖头急雨潇潇》等曲，确系清新流畅的自创佳作，难怪卢前说他的《江山风月谱》为清代散曲一霸了。不过他有一个最大的毛病，就是喜欢把些奇僻字，用在以白话见长的曲中，似乎有些佶屈聱牙之感；而且有时因求雅太过，刻画太深，不免减少了活泼的机趣，失去散曲的特有风格。这类的例子，我们特举两首，一是《塞鸿秋·题人采菊图》：

蜉蝣只作昏朝计，蟋蟀岂识春秋意。蠛蠓局促人间世，虫鱼琐屑书生事。龙头翰墨场，燕颔功名志，笑东篱未必渊明是。

另一首《折桂令·芭蕉绿上窗纱》：

芭蕉绿上窗纱，日日梅风，落尽余花。且门锁葳蕤，阑开绿曲，帘卷丫叉。深碧垂杨乳鸦，丛青芳草鸣蛙。又换韶华。煮茧香中，处处缲车。

像他这样吃力的描写，不是不好，总觉不够爽朗，有些读南宋词的味道。但如这一首《殿前欢·湖上》，就比较好一点：

橛头船，划开双桨镜中烟。船唇弄水琼珠溅，棹转涡旋。望天光四岸悬，看地势孤城转，指人影中流见。湖上图画，云水因缘。

虽然曲中仍有些凝重的字句，但与前两首比起来，毕竟自然流利得多。

杨恩寿 字蓬海，湖南长沙人。他的散曲《坦园词余》，仅存小令一首，套数十套。其所作《新水令·题钟馗拥妾踞坐小鬼唱曲图》一套，至堪发噱。如【沽美酒】：

这清福要人消，这清福要鬼消，那热中的徒然热恼。只看我磷火青青萤火烧，浑忘了昏晓，博得个兴头高。

又如【醉太平】：

把玉盏醇醪且倒，试红腔宫商细调，趁凉月歌来最好，向秋坟唱来亦妙。馗啊！赏新声胡床自敲，跷赤脚皂靴暂抛，这腐进士的俊风怀却一些儿不老。

题目就很有趣，再加上文字不同寻常进士之腐，其风怀之俊爽潇脱，可以想见。《坦园词余》又有《正宫·恋芳春》散套，其中【渔灯儿】四首，颇饶新趣：

思量着明明的上歌楼舞楼，思量着依依的傍花柔柳柔，思量着轻轻的吐珠喉玉喉，思量着在风亭月薮，乍相逢便诗筹酒筹。

又云：

应记得双双的坐莲舟钓舟，应记得频频的递茶瓯酒瓯，应记得深深的诉新愁旧愁，应记得并肩携手，证分明心头口头。

又如：

难忘你艳艳的花羞蕊羞，难忘你滴滴的嗔眸笑眸，难忘你深深的兰幽蕙幽，难忘你看承偏厚，莽天涯把情兜义兜。

又如：

怎知我呆呆的似穷鸠拙鸠，怎知我兀兀的似累囚楚囚，怎知我刻刻的把魂游梦游，怎知我支离消瘦，到头来空悟个浮沤幻沤。

下面又接着有【锦渔灯】云：

斜阳渡隔断了西风衰柳，樱桃巷寂寞了明月帘钩，甚因由？便万派情波两处流，不教那银河水涨，好泛木兰舟。

措辞皆婉丽警动，清快明畅，自然也是乔、张一派的作家。

第三节　清代散曲的支流

散曲发展到清代，可说很少有生气，虽然有几个著名的作家，只不过是趋向尖新鲜丽之途，谨守着前人的曲谱格律，不敢逾出雷池一步，如朱彝尊《叶儿乐府》专模仿张可久，厉鹗《北乐府小令》专取法乔梦符等，变成了死气沉沉的东西，赵庆熺的《香消酒醒曲》，纵能继响《花影集》，但是散曲的怒潮已经没灭，赵氏之作，自然也成了明日黄花。我们与其欣赏这些过于凝固而没有新鲜意味的拟古散曲，倒不如欣赏一下为大众所喜欢的道情与小曲。道情与小曲可说是清代散曲的支流，为着叙述的方便，还是把它分作两部分来说。

一、道情

道情本出于散曲中的黄冠体，因为所言多为闲适乐道之语，故称之为道情。而且元曲中也列有仙佛科，今所流传的《自然集》，便是个很好的例证。但这种东西到了清代，多已散佚，仅存时俗所唱之【清江引】及【耍孩儿】数曲，然皆卑不足道。直至郑板桥、徐大椿等人起来后，才算复活了这种体裁，替古典化甚至僵硬化的散曲，扩充其内容，开辟了一条崭新的道路。

郑　燮　号板桥，江苏兴化人。生于圣祖康熙三十二年，卒于高宗乾隆三十年（1693—1765），年七十三岁，有《板桥集》行世。他的诗及题跋、信札一类的文字，大都率真有趣，为时人所重，且画名尤高。他曾做过短期的县官，因病乞归，寄居扬州，卖画度日。他有一首寄弟的四言诗云："学诗不成，去而学写；学写不成，去而学画，日卖百钱，以代耕稼。实救困贫，托名风雅。免谒当途，乞求官舍。座有清风，门无车马。"在这里正好看出他性情之真与品格之高。他的文艺，正如他的生活一样，也多奔放自由，既无古典文人的雅丽气，又无袁子才式的名士气，他是一个天真浪漫的自由主义者，因而跳出了名利的枷锁，优游在青山绿水间。同时因为他出身贫穷，对于下层社会的实况了解甚深，对于穷苦阶级持有无限的同情，在其作品里，充满着人道主义色彩，如《思归行》《逃荒行》《还家行》等，都是很好的社会文学。他所写道情共计十首，都是写荣华富贵不可常保和人生的种种乏味，以归之于渔樵农牧的闲适生活，颇与道情的本意相近。如在小序中说："枫叶芦花并客舟，烟波江上使人愁。劝君更尽一杯酒，昨日少年今白头。自家板桥道人是也，我先世元和公公流落人间，教歌度曲；我如今也谱得道情十首，无非唤醒痴聋，消除烦恼。每到山青水绿之处，聊以自遣自歌，若遇争名夺利之场，正好觉人觉世；这也是风流世业，措大生涯。不免将奉请教诸公，以当一笑。"现在让我们读他的正文：

老渔翁，一钓竿，靠山崖，傍水湾，扁舟来往无牵绊。沙鸥点点轻波远，荻港萧萧白昼寒，高歌一曲斜阳晚。一霎时波摇金影，蓦抬头月上东山。

其二云：

老樵夫，自砍柴，捆青松，夹绿槐，茫茫野草秋山外。丰碑是处成荒冢，华表千寻卧碧苔，坟前石马磨刀坏。倒不如闲钱沽酒，醉醺醺山径归来。

其三云：

老头陀，古庙中，自烧香，自打钟，兔葵燕麦闲斋供，山门破落无关锁，斜日苍黄有乱松，秋星闪烁颓垣缝。黑漆漆蒲团打坐，夜烧香炉火通红。

其四云：

水田衣，老道人，背葫芦，戴袄巾，棕鞋布袜相厮称。修琴卖药般般会,捉鬼拿妖件件能,白云红叶归山径。闻说道悬岩结屋,却教人何处相寻?

其五云:

老书生,白屋中,说唐虞,道古风,许多后辈高科中。门前仆从雄如虎,陌上旌旗去似龙,一朝势落成春梦。倒不如蓬门僻巷,教几个小小蒙童。

其六云:

尽风流,小乞儿,数莲花,唱竹枝,千门打鼓沿街市。桥边日出犹酣睡,山外斜阳已早归,残杯冷炙饶滋味。醉倒在回廊古庙,一凭他雨打风吹。

其七云:

掩柴扉,怕出头,剪西风,菊径秋,看看又是重阳后。几行衰草迷山郭,一片残阳下酒楼,栖鸦点上萧萧柳。撮几句盲辞瞎话,交还他铁板歌喉。

其八云:

邈唐虞,远夏殷,卷宗周,入暴秦,争雄七国相兼并。文章两汉空陈迹,金粉南朝总废尘,李唐赵宋慌忙尽。最可叹龙盘虎踞,尽销磨燕子春灯。

其九云:

吊龙逢,哭比干,羡庄周,拜老聃,未央宫里王孙惨。南来薏苡徒兴谤,七尺珊瑚只自残,孔明枉作那英雄汉。早知道茅庐高卧,省多少六出祁山!

其十云:

拨琵琶,续续弹,唤庸愚,警懦顽,四条弦上多哀怨。黄沙白草无人迹,古戍寒云乱鸟还,虞罗惯打孤飞雁。收拾起渔樵事业,任从他风雪关山。

最后还有一首尾声云:"风流家世元和老,旧曲翻新调。扯碎状元袍,脱却乌纱帽。俺唱这道情儿,归山去了。"这把世情看得冷淡无聊之至,而以个人的享乐为主,所谓安贫乐道、无荣无辱,便是其宗旨,而且文字清新,意境高远,绝无迂腐庸俗之习,所以新鲜而有趣。

徐大椿 字灵胎,初名大业,吴江人。生于康熙三十二年,卒于乾隆三十七年(1693—1772),年八十岁。他是一个有名的中医师,同时有很好的音乐天才。陆以湉《冷庐杂识》说他:"颖悟过人,游庠后,厌薄时艺,岁试题诗卷后:徐郎不是池中物,肯共凡鳞逐队游。因是见黜,以布衣终其身。于学无所不通,尤精医术,名重一时。"他有《洄溪道情》一卷,共三十八首,载任中敏《散曲丛刊》中,尚有《乐府传声》,为论曲之作,兹不及述。他作《洄溪道情》的目的,是因感于时俗所唱道情"卑靡庸浊,全无超世出尘之响",所以自己切实从事写作,或创新曲,成循旧例,为散曲开辟了另一个境界。其中如《劝孝歌》《劝葬亲》《戒争产》《戒赌博》诸篇,固然离不了道情之体,但像所作《吊祭》《贺寿》《赠友》《题跋》《游山》《悼亡》《泛舟》,以及讽刺社会之作,真可谓广道情之体,而把"一切诗文,皆以道情代之"了。他自己也说:

半为警世之谈,半写闲游之乐,总不离于见道者之语。……若古人果如此,则此音自我续之;若古人不如此,则此音自我创之。

由此可知他写作道情的态度,一方面是摆脱词曲所有的规律,扩大道情的形式与内容,无拘无束地在试验创作一种自由的新诗体;一方面是提取民歌的情调入诗。所以文字通俗真切,声韵流荡生动,丝毫看不出一点故作典雅的弊病,确系为"显微曲折,无所不畅,声境一开,愈转而愈不穷,实有移情易性之妙"(自序)的自由诗。如《寿吴复一表兄六十》云:

我的姨娘,是你亲娘;我的亲娘,是你姨娘。姊妹双双,单生着你和我两个儿郎。你今日六十捧瑶觞,要我一句知心话讲。你从来潇洒襟怀，不晓得慕势趋荣，问舍求田伎俩。注几卷僻奥经书，作几首古淡文章。常只是少米无柴，境遇郎当。你全不露穷愁情状，终日笑嘻嘻，只向亲知索酒尝，不论黄白烧刀，千杯百盏无推让。忆当年外祖父母在江乡，与你随母拜高堂。寄读在母舅书房，《千家诗》《百家姓》齐呼迭唱。转眼光阴，俱是白头相向。从今后愿岁岁年年，同你对秋月春花醉几场。见你时如见我姨娘，转念我亲娘。

又如《游山乐》云：

到山中，便是仙。万树松风，百道飞泉。更有那野鸟呼人，引我到僧房竹院。异草幽花香入骨，奇峰怪石峭嶙天。一步一回头，景象时时变。越走得路崎岖，越骗得精神健。到了那山穷水转，又是个别有洞天。清风吹我尘心断，不知今夕是何年？遥望着牧竖樵夫，洗足清泉。与他言，竟不晓得唐宋明元。直说到日落虞渊，借宿在草阁茅轩，雨前茶浇一碗青晶饭。抬头看，只见藤萝月却挂在万峰尖。

此首结句潇洒有力，恰与《泛舟乐》"只半夜轻风，两幅征帆，一枕黄粱未已；朦胧地听说道：老子归来。似稚儿口气。推窗看，已到我草堂西"，同为清俊可喜的文句。又如《吊何小山》云：

萧瑟愁风，木落寒江，典型云谢，非为私伤。想先生博雅胸肠，炯炯目亮。把亡经僻史、疑文奇字，考究精详，不论夏鼎商彝、唐碑宋画，真与赝，难逃鉴赏。普天下文人，那一个不问小山无恙。到今朝耆旧云亡，空了襄阳；许大一座苏州，又少个人相撑仗。想生前也有怕他说短论长，也有怪他骂李呵张。从今后倘有那年少猖狂，铜臭鸱张，有谁人再管这精闲账？今日里鸦叫枯杨，月照空梁。只有半部校残书摊在尘筵上。如此凄凉，任你旷达襟怀，也不禁泪洒千行，况我半世相随，一朝永诀，落落狂生，向谁人更觅知音赏？思量，只得谱一首商调道情词，代做招魂榜。望先生来格来临！呜呼尚飨！

从这些例子看来，道情的作用，至灵胎而大广，几可与诗词争席。他打破了诗词的一切规律与形式，不受任何拘束，自由自在地歌唱出自己的情怀，读来颇觉清新有味。他这一种大胆的解放精神，是值得我们重视的。赵翼的《论诗绝句》道：

> 满眼生机转化钧，天工人巧日争新。预支五百年新意，到了千年又觉陈。

又云：

> 李杜诗篇万口传，至今已觉不新鲜。江山代有才人出，各领风骚数百年。

当然旧的诗词，到清代末年，因受了种种影响，已多为人所厌弃，而新的文学革命运动，尚没有发生的时候，灵胎所作这种平易畅达、自由恣肆的道情诗，倒是很合时宜的东西。可惜灵胎死后，再无人继其绝响了。

关于道情之作，除了以上郑板桥、徐大椿外，还有金农、曾斯栋、沈逢吉诸人，也都有道情一类的作品，因为没有什么特殊的风格，故略而不述。

二、小曲

明代小曲，或是最初流行于中原地带，或是继起于江淮流域，其最流行之调，计有【寄生草】【耍孩儿】【罗江怨】【哭皇天】【桐城歌】【银纽丝】【打枣竿】【边关调】【劈破玉】【金纽丝】等十余调；及至清初，它的发展，仍然如火如荼，方兴未艾；旧日流行者虽未必尽传，继而产生者，却花样翻新，孳乳变化，与时俱增。乾隆以后，更见兴盛。徐大椿《乐府传声》上说世俗所唱有【清江引】【耍孩儿】二曲（道情序）。此外李斗《扬州画舫录》云：

> 小唱以琵琶、弦子、月琴、檀板合动而歌，最先有【银纽丝】【四大景】【倒扳桨】【剪靛花】【吉祥草】【倒花篮】诸调，以【劈破玉】为最佳。有于苏州虎丘唱是调者，苏人奇之，听者数百人。明日来听者益多，唱者改唱大曲，群一噱而散。又有黎殿臣者，善为新声，至今效之，

谓之黎调，亦名"跌落金钱"。二十年前尚哀泣之声，谓之【到春来】，又谓之【木兰花】。后以下河土腔唱【剪靛花】，谓之网调。近来群尚【满江红】【湘江浪】，皆本调也。其【京舵子】【起字调】【马头调】【南京调】之类，传自四方，间亦效之。而鲁斤燕削，迁地不能为良矣。

又云：

于小曲中加引子、尾声，如【王大娘】【乡里亲家母】诸曲。又有以传奇中《牡丹亭》《占花魁》之类谱为小曲者，皆土音之善者也。

《扬州画舫录》刻于乾隆五十八年（1793）以前，上列诸曲，有的沿用旧调，有的则系新创。《扬州画舫录》本论南方俗曲，而【马头调】却已盛行北方，如《京尘杂录》云：

京师极重【马头调】，游侠子弟必习之。硜硜然，断断然，几与南北曲同。

从这些记载看来，小曲在清代，组织上已经接受了文人大曲的影响，"于小曲中加引子、尾声"，已略具戏曲的雏形而成一联套，因而应用愈广，渐取昆曲之席而代之，个中生《吴门画舫续录》云：

未开宴时，先唱昆曲一二出，合以丝竹鼓板，五音和协。豪迈者令人吐气扬眉；凄婉者亦足魂消魄荡。其始也，好整以暇；其继也，中曲徘徊；其终也，江上峰清，江心月白，固已尽乎技矣。知音者，或于酒阑时倾慕再三，必请反而后和。客有善歌者，或亦善继其声，不失其为雅会。今则略唱昆曲，随继以【马头调】【倒板桨】诸小曲，且以此为格外殷勤。醉客断不能少，听者亦每乐而忘返。虽繁弦急管，靡靡动人，而风斯下矣。

《吴门画舫续录》刻于嘉庆十八年（1813），较《扬州画舫录》晚了将近二十年。这时的小曲，在社会流行之势力，实驾昆曲之上，嗣后继起，有增无已。如二石生《十洲春语》卷下云：

院中竞尚小曲，其所著者有【软鞾】【淮黄】【离京】【凄凉】【四平】【四喜】【杭调】【满江红】【劈破玉】【湘江浪】【剪靛花】【五更月】【绣荷包】【九连环】【武鲜花】【倒扳桨】【闹五更】【四季想思】【金银交丝】【七十二心】诸调，和以丝竹，如袅风花软，狎语莺柔，颇觉曼回荡志。

《十洲春语》刻于道光三十四年（1854），即乾隆五十八年后之六十多年间，除唱奏旧曲外，新兴曲调，又不断增加，造成了小曲的极盛时代。我们既然把小曲在清代发展的概况弄清楚了，现在把它分为平民派与文士派两部分来说。

（一）平民派

关于民间小曲的搜集和整理，在明代除了冯梦龙的《挂枝儿》及《山歌》外，其他大规模的编纂和印行，似乎还不曾有过。但到了清代中叶，推行这些工作的风气大盛，据刘复、李家瑞编的《中国俗曲总目稿》，所收俗曲凡六千零四十四种（中央研究院历史语言研究所于民国二十一年〔1932〕五月印行），而且都是单行本，可谓洋洋大观。著《中国俗文学史》的郑氏，也曾搜集各地单刊歌曲一万两千余种。照这样看来，小曲资料之多，诚然浩如烟海，终身难望其涯岸，比起明代来，可说是伟大得多了。而且这些工作者，所收集的材料，其处理方法也较为谨严，大多数是保存着本来的面目，并不像冯梦龙一样加以删改或润饰。例如《白雪遗音》的编者华广生曾说：

曲谱四本，乃多方搜罗。旷日持久，积少成多，费尽心力而后成者。

在高文德的序上也说：

初意手录数曲，亦自作永日消遣之法。迨后各同人皆问新觅奇，简封函递，大有集腋成裘之举。

可见他的编集方式，是逐日累月地慢慢搜罗整理，虽然难免有润饰之处，但其文字与民间市井口语多相符合，存真的可能性最大。另外《霓裳续谱》的来源，虽然比较复杂，但实际上也是由乐师伶工们口头相传而来。据王廷绍的序中说：

  三和堂颜曲师者，津门人也。幼工音律，强记博闻。凡其所习，俱觅人写入本头。今年已七十余，检其箧中，共得若干本；不自秘惜，公之同好。诸部遂醵金谋付剞劂，名曰《霓裳续谱》。

在这一册多年累积的本头里，"其曲词或从诸传奇拆出，或撰自名公巨卿，逮诸骚客。下至衢巷之语，市井之谣，靡不毕具"。不论是录之于书也好，传之于口也好，但我们可以相信许多材料，一定是很审慎地编订而成。现在把清代的几部重要的小曲总集，按照时代的先后，一一叙述如下：

  第一，《时尚南北雅调万花小曲》：刻于乾隆九年（1744）。

  第二，《霓裳续谱》：刻于乾隆六十年（1795）。

  第三，《白雪遗音》：刻于道光八年（1828）。

在这三部小曲集子里，包含不少可贵的民间作品。

  《万花小曲》 它的全名叫《时尚南北雅调万花小曲》，是京都永魁斋所梓行，其中有小曲三十六首，《劈破玉》五十三首，《鼓儿天·五更》一套，《吴歌·五更》一套，《银纽丝·五更》十二月，《玉娥郎·四秀》十二月，《金纽丝》四大景，《十和偕》三十首。又有《醉太平·大风流》《黄莺儿·凤花雪月》《两头忙·恨媒人》。这么多的作品，皆未注明出处，但从【劈破玉】【黄莺儿】等，则可知为明代的遗物，其他的大概为清人所创了。【十和偕】，实际只有二十首，词句鄙俚，取材恶劣，这里不再多举。至于【鼓儿天】，题作《西调鼓儿》，这是一篇咏思妇怀人的最好篇什。西调之名，第一次见于此，在这里并不甚重要，但在后来的《霓裳续谱》里，却是极吃香的曲调。起先是说一大段自己的辛酸，最后以【清江引】为结，这是《万花小曲》散套的通例。《银纽丝》一套如此，《玉娥郎》一套如此，《两头忙》一套也如此。《两头忙》，题作《闺女思嫁》，其开始以【西江月】为引辞，这是其他散套所不经见的，然后再说到本文，如云：

话说《闺女思嫁》，春天动了欲心，爹娘婚配是前因，留在家中说甚！男女愿有家室，长成当嫁当婚。央媒说合去成亲，千里姻缘分定。（【西江月】）

以下才是正文：

艳阳天，艳阳天，桃花似锦柳如烟。见画梁双双燕，女孩儿泪涟。奴家十八正青年，恨爹娘不与奴成姻眷。

又云：

泪如梭，泪如梭，春猫儿房上去起窝。奴在绣房中懒把生活做。嫂嫂与哥哥，嫂嫂与哥哥，二人说话情意多，到晚来想是一头卧。

又云：

忒妆娇，忒妆娇，往我门前走了几遭，小厮们就把姑爷叫。我也偷瞧，我也偷瞧，仪标俊雅又风骚，正相当都年少。

又云：

到门前，到门前，踹堂的鞋儿软如绵，下轿来行不惯。瞥见妆奁，瞥见妆奁，冤家站立在踏板儿前，同坐上床儿畔。

其他还有许多首，文长不备录。最后以【清江引】作结云：

女爱男来男爱女，男女当厮配。女爱男俊俏，男爱女标致，他二人风情真个美。

这是一篇写少女思春到出嫁最有情趣的东西。关于此类作品，虽早有汤若士《牡丹亭》，但尚欠大胆，《尼姑思凡》，颇能写出怀春的少女情思，但也并不怎么投合一般人的心理，只有这样大胆而显豁地写出，言人所不敢言，才普遍受民众的欢迎。即今流行的时曲中，也有与此近似的歌曲。在《万花小曲》里，能够颇出新意而最可珍贵者，要算三十六首小曲，其中有极粗俗的东西，也有很真诚的作品；有极无聊的词语，也有极隽永的篇章。如云：

既有真心和我好，再不许你要开交，再不许你人面前儿胡撕闹，再不许你嫌这山低来望那山高，再不许你见了好的又把槽来跳。

另外像"一刻儿不见你放不下怀，要不想除非你在俺不在"，"交情儿容易拆情儿好难！提起一个离别的字儿，摘了我的心肝"，"亲人罢了我了，要病好除非是亲人在我怀中抱"，都是以极浅显俚俗的话，表达出最深挚的情意，在元明曲里是未之见的。

《霓裳续谱》 其次再谈到《霓裳续谱》，它是清乾隆六十年（1795）的俗曲总集，内收曲调约三十种，共计有六百二十二支曲。此书的刊行，较《万花小曲》晚了五十多年。最初搜辑者，是天津三和堂的曲师颜自德，后来编订者为王廷绍，字善述，号楷堂，金陵人。他是乾隆壬子（1792）举人，嘉庆己未（1799）进士。大名鼎鼎的纪晓岚，曾做过他的座师，但他自己的生活过得不太好，宅边马棚，门临大道，可谓是个陋巷，因之自撰一联，贴在门上："马骨崚嶒，吃豆吃面兼吃草；车声历碌，拉人拉马不拉钱。"颇富通俗文学的情趣。其他生平不详。盛安的序里说：

先生以雕龙绣虎之才，平居著述，几于等身。制艺诗歌而外，偶寄闲情，撰为雅曲，缠绵幽艳，追步花间。

据此，廷绍之才，想必很高，其他著述，可惜湮没不彰。

《霓裳续谱》，虽比《万花小曲》较为晚出，但其内容却丰富得多了。因其中多系北平伶童娼女所唱，所以半为文人的制作，半是民间的歌谣，计有西调和杂曲。在西调里，最大部分是思妇怀人之曲，如《恨别后纤腰瘦损》《送郎在大路西》《黄昏后倚栏杆》《愿郎君》《三更月照湘帘外》等，一看题目，便可知内容的大概。其余一小部分，是应时应景的歌曲，以及咏唱传奇小说中的故事。如果论到最好的作品，当以怀人的情歌写得最为真刻，如《自从别离心憔悴》的【寄生草】一章云：

自从别离心憔悴，满腹心思诉告与谁？口儿说是不伤悲，眼中常汪伤心泪。叹气入罗帏，翠被生寒，教我如何睡？废寝忘餐，瘦损腰围。

低声恨月老，怎不与我成双对？青春去不归，虚度一年多一岁。

又如《玉美人儿梳妆罢》云：

玉美人儿梳妆罢，鬓边斜戴石榴花。移金莲，咯蹬蹬把楼梯下。下楼来，轻轻来到荼蘼架。叫了声秋菊，唤了声春花。你看那荷花池内鸳鸯，他翻上下，他翻上下。

又如《一面琵琶在墙上挂》的【寄生草】云：

一面琵琶在墙上挂，猛抬头看见了他，叫丫鬟摘下琵琶弹几下。未定弦，泪珠儿先流下。弹起了琵琶，想起冤家，琵琶好，不如冤家会说话。

像这样意思新鲜、词句活泼的作品，《霓裳续谱》中比比皆是，恕不多举。

在杂曲里，内容甚为繁复，计有【寄生草】【剪靛花】【扬州歌】【玉沟调】【劈破玉】【银纽丝】【落金钱】【历津调】【北河调】【马头调】【秧歌】【南词弹簧调】【岔曲】【平岔】【单岔】【数岔】【平岔带戏】【莲花落】【边关调】等。在这里的【马头调】，并不算重要，但到《白雪遗音》里，却占着极大的势力。不过我们在此应当特别注意的是【岔曲】。清代的【岔曲】，大半是问答体，这在我写《对话体韵文的发展》时说过了（见《大陆杂志》九卷九期），往往是散套的形式，而且也有【岔尾】，与小型的剧本相似，如《佳人下牙床》《泪涟涟叫了声丫鬟》，以下便写丫鬟与小姐的对答，身份、口吻，惟妙惟肖。至如《女大思春》一篇，写小女急着要出嫁，而与她的母亲争吵、对骂的情景，简直是一个活剧本。又有《潘氏金莲》，用【起字岔】写成；"月满阑干"，用【平岔】写成；《好凄凉》，用【数岔】写成。如果以它们的内容来看，清代的岔曲即相当于元曲中的套数，而【平岔】【起字岔】【数岔】等，则与小令相似。其他如【秧歌】【莲花落】等，仅只是把前人旧有的典故一一搬出，并没有什么新奇的意义。

《白雪遗音》 清代小曲选集的最后一部是《白雪遗音》，较《霓裳续谱》的刊行，又晚了三十多年。它是嘉庆、道光年间罕见的小曲总集，这时正是【马头调】风行的时候。因为本书的编者华广生（字春田）是山东历城（今属济南市）人，后住在济南，所以他搜集的歌曲以山东为中心，而【马头调】便是盛行于这一带。编者在自序中说："康衢之祝，击壤之谣，春女思春之词，秋士悲秋之咏，虽未能关乎国是，亦足以畅夫人心。"由此可知，曲辞尽是民间的作品。编者的友人高文德在序文中叙说搜集的甘苦道："旦暮握管，凡一年有余，始成大略。"至其内容，极为复杂，约可分为六类：

第一，小说戏剧里的故事和人物，如《李毓昌案》等。

第二，应时应景的歌词，如《大雪纷纷》等。

第三，游戏文章，如古人名、美人名、戏名等。

第四，警戒的文字，如鸦片战争等。

第五，历史故事，如争台湾等。

第六，咏唱经书，如《诗经》《四书》等。

在这样繁多的材料中，写最动人的，还是情词一类文字。如《人人劝我》云：

人人劝我丢开罢，我只得顺口答应着他，聪明人岂肯听他们的糊涂话。劝恼我反倒惹我一场骂。情人爱我，我爱冤家，冷石头暖的热了放不下。常言道：人生恩爱原无价。

此写女子痴情，真刻有力。又如《又是想来》云：

又是想来又是恨，想你恨你一样的心。我想你，想你不来反成恨。我恨你，恨你不该失奴的信。想你的从前，恨你的如今。你若是想我，我不想你，你恨不恨？我想你，你不想我，岂不恨？

其次如《凄凉两字》《鱼儿跳》《露水珠》《岂有此理》等，可谓首首尖新，字字浏亮。另外有《领头调》《湖广调》《满江红》《银纽丝》《九连环》《小郎儿》《剪靛花》《七香车》《起字呀呀哟》《八角鼓》《南词》等，共计有二百余首之多，都是极漂亮的文字，可惜不能尽述。不过我们要特别注意的是，《霓裳续谱》原来流行在北京、天津一带，《白雪遗音》则盛行于山东的济南以及黄河与淮河流域，二者性质虽稍有不同，但内容则有许多相似之处。如《霓裳续谱》的【寄生草】云：

人儿人儿今何在？花儿花儿为谁开？雁儿雁儿为何不把书来带？心儿心儿从今又把相思害，泪儿泪儿滚将下来。天吓！天吓！无限的凄凉，教奴怎么耐！

而《白雪遗音》的【马头调】亦云：

人儿人儿今何在？花儿花儿为的是谁开？雁儿雁儿因何不把书来带？心儿心儿从今又把相思害，泪儿而泪儿掉将下来。天儿天儿无限的凄凉，怎生奈？被儿被儿，奴家独自将你盖。

又如《霓裳续谱》的【寄生草】云：

事不关心，关心则乱。事到其间，进退两难。想当初，见面不如不见面。到如今，欲待要断割不断。相隔咫尺，如隔万山。恨老天，不给人儿行方便。这是你自误了佳期，却把谁来怨！

而《白雪遗音》的【马头调】则云：

事不关心，关心者乱。事到其间，后悔也是枉然。想当初，见面不如不见面。到而今，欲待割断割不断。阻隔咫尺，如隔万山。怨老天，因何不与人行方便？只落得伤心泪珠在腮边献。

两书重出者甚多，不暇再举；单就上例来看，重出各词，或字句稍有不同，或多出几句，或省略几字，这都是民间文学的本色。因为它们同是出于民间，口耳相传，转抄不一；即使流行同一地域之曲词，也往往互有出入。高文德批评说："其间四时风景，闺怨情痴，读之历历如在目前，不觉腹中多时积块，豁然冰释矣；始知爽心之药，不徒草木之功。"这是说得很内行的话。后来，郑振铎编过《白雪遗音选》，汪静之编过《白雪遗音续选》，足见大家对此书都很喜爱，乐意一选再选的。

总之，清代的小曲，在数量上说，要比明代丰富得多；在内容上讲，也要比明代有趣得多，可谓集民间情词艳歌的大成。实在是汪洋浩瀚，叹为观止。

（二）文士派

前面已经说过，小曲在明代，一方面是市井所唱，大都属无名氏随时兴到之作；然而也有些文人学士，像金銮、刘效祖、赵南星、冯梦龙等，无不把小曲当为自己新型的创作。至于清代，他们只知把汉魏六朝的文章翻版，只知道把唐宋的诗词文章苦心模仿。即就散曲而言，他们也只知道追步于元、明二代的南北曲之后，而绝少人注意到民间小曲的繁荣滋长。能够在这方面从事并努力的，仅有嘉庆时的戴全德、道光时的招子庸、清末的李调元和黄遵宪数人而已，戴有《浔阳诗稿》，招有《粤讴》，李有《粤风》，黄有《山歌》，现在把他们四人的传略及作品，简单介绍如下。

戴全德　沈阳人，旗籍，曾任九江榷运使，著有《浔阳诗稿》。他自己说：

余以习国书，入直内廷。于汉文初未究析。已而恭承帝简，巡醋视榷，历仕于外，凡案牍皆汉文。因而留心讲习。垂二十年，稍得贯串。

郑氏在《中国俗文学史》中说："只有他本来不通汉文的旗人，才有勇气，在古典主义全盛的时代，第一个人脱出了这个古典的陷阱，到民间来找新的材料。"在这部集子里，有两本《西调小曲》，写得很不坏，如《马头调》云：

正大光明宇宙间，人人皆被名利缠。读书的雪窗萤火望高中，庄稼汉愁水愁旱盼丰年。手艺之人要得大工价，作客商想赚加倍重利钱。

又如《叠断桥》云：

乐天知命，守分安常，荣华花上露，富贵草头霜。大数到，难消禳，自古英雄轮流丧。看破世事皆如此，名利何必挂心肠？

写得这么平易近人，直如说话一般，正是民间小曲的特长处。另有一部分西调，竟是用满汉两种文字写成，凡摇曳生姿的地方，都用满文表达，这或许是作者长于满文的缘故。

招子庸 字铭山，广东南海人。嘉庆时举人，曾知潍县，有政声。后来坐事去官。他亦擅长绘事，尤以画蟹有名于时，画兰也是能手，因而后人多假冒为之。他作有《粤讴》一卷，俊语如珠，令人神移。可惜篇幅太长，不便尽举，兹各摘录数语，以见一斑。如《解心事》云：

心各有事，总要解脱为先。心事晤（不）安，解得就了然。苦海茫茫，多半是命蹇。但向苦中寻乐，便是神仙。

又如《吊秋喜》云：

你名叫秋喜，只望等到秋来还有喜意。做乜才过冬至后就被雪霜欺？今日个无力春风唔共你争得啖气，落花无主敢就葬在春泥？此后情思有梦你便频须寄，或者尽我呢点穷心慰吓故知。泉路茫茫你双脚又咁细，黄泉无客店问你向也谁栖？青山白骨唔知凭谁祭。衰杨残月空听个只杜鹃啼。

以上两篇，是最为人传诵的，即令不懂粤语的人看来，也能约略欣赏它的好处。在这两篇中，前者还不过是一种格言诗而已，但后者却为一篇凄楚的抒情诗了。据说秋喜是一个妓女，实有其人，子庸曾眷恋之，待她死后乃作此以吊。篴江居士题《粤讴》云：

莫上销魂旧板桥，桥头秋柳半飘萧。无人解唱烟花地，苦海茫茫日夜潮。

又荷村渔隐题云：

应是前身杜牧之,惯将新恨写新词。十年不作扬州梦,容易秋霜点鬓丝。

于此可见《粤讴》大半是为妓女而作,故在乐院传唱最盛,所以寄情处特别用力,最受当地人的欢迎。因而石道人在序中说:

居士曰:三星在天,万籁如水,华妆已解,芗泽微闻。抚冉冉之流年,惜厌厌之长夜。事往追昔,情来感今。乃复舒复南音,写伊孤绪,引吭按节,欲往乃回。幽咽含怨,将断复序。时则海月欲堕,江云不流。辄唤奈何,谁能遣此!余曰:南讴感人,声则然矣。词可得而征乎?居士乃出新录,漫声长哦。其音悲以柔,其词婉而挚。此繁钦所谓凄入肝脾,哀感顽艳者。不待河满一声,固已青衫尽湿矣。

这把《粤讴》感人的力量,说得很明白了。难怪在广东各报上,拟《粤讴》而作的诗篇,竟时时有之,几乎没有一个广东人不会哼几句《粤讴》的,可见其势力之大了。

李调元 另外与《粤讴》类似者,还有李调元的《粤风》。调元,字童山,绵州人,著有《雨村曲话》。粤风之辑,一半从民间传唱而来,一半是调元有意的模拟,因之,其中免不了他的润色。然而有好些却写得天真纯朴,不失里巷之情。我们试举以下三首为例:

妹相思,不作风流到几时?只看风吹花落地,不见风吹花上枝。

曲中以风吹花落,比喻青春易逝,言下应该珍惜少年时光。其二:

思想妹,蝴蝶思想也为花。蝴蝶思花不思草,兄思情妹不思家。

这是以少年男女诚挚的感情为主,形象比较鲜明。其三:

妹相思,妹有真心弟也知。蜘蛛结网三江口,水推不断是真丝。

三江口,在广州市东南,当西江、北江合流后和东江相会的地方。曲中以"丝"谐音"思","真丝",也就是"真思"。这类双关字在南北朝的民歌中,经常出现,如以"莲"谐"怜",以"环"谐"还"等。

黄遵宪 最后说到《山歌》的搜集者黄遵宪。遵宪,字公度,广东嘉应州(今广东梅州市梅县区)人。生于道光二十八年,卒于光绪三十一年(1848—1905),年五十八岁。著有《人境庐诗草》。他做过外交官,到过英、美和日本。因此眼界开阔,读书有精识远见,不为旧俗所缚,自成一家之言。论诗最反对崇古拟古,他以为好的诗要有个性,要有自我的真面目。故其诗《杂感》云:"我手写我口,古岂能拘牵。即今流俗语,我若登简编。五千年后人,惊为古斓斑。"又谓:"人各有面目,正不必与古人相同。吾欲以古文家抑扬变化之法作古诗。"梁启超《饮冰室诗话》也说:"近世诗人能熔铸新理想以入旧风格者,当推黄公度。"因为他在诗的创作上极富于解放的精神,且不反对流俗语及土语方言入诗,所以他最能够欣赏民间流俗所好的小曲和山歌。他所搜集的《山歌》,也多属于男女相悦之辞,每首只短短的几句,很像《子夜》《读曲》一类的作品。如云:

人人要结后生缘,侬只今生结目前。一十二时不离别,郎行郎坐总随肩。

这还不是和《北朝乐府·折杨柳》的"腹中愁不乐,愿作郎马鞭。出入环郎臂,蹀坐郎膝边"同一情调么?如此风格,清圆俊美,丝毫没有一点忸怩作态的样子,自自然然地直接把蕴藏在心灵深处的奥秘吐露出来,像夏日荷叶上的雨珠似的流光灼灼,晶莹可爱。

公度编辑的《山歌》,据他自己说:"土俗好为歌,男女赠答,颇有《子夜》《读曲》遗意。采其能笔于书者,得数首。"但我们却相信一定也有他润色过的。至于《山歌》的价值,他自己也说:"仆今创为此体,他日当约陈雁皋、钟子华、陈再芗、温慕柳、梁诗五分司辑录。我晓岑最工此体,当奉为总裁。汇录成编,当远在《粤讴》上也。"但可惜他大规模编纂《山歌》的雄心壮志未偿而溘然长逝了。

我在前面几章里,把元、明、清三代散曲发展的概况,大约都说过了;其中所举各例,大半是言情者多而说理者少,这或许会引起读者们

以为本书的作者是一个浮薄浪漫的人。果真如此,我便可借李调元的一段话,以为解答:

> 客有谓予曰:词,诗之余;曲,词之余。大抵皆深闺永巷、春伤秋怨之语,岂须眉学士所宜有?况夫雕肾琢肝,纤新淫荡,亦非鼓吹之盛事也。子何为而刺刺不休也。予应之曰:唯,然!然独不见夫尼山删诗,不废郑卫,辎轩采风,必及下里乎?夫!曲之为道也,达乎情而止乎礼义者也。凡人心之坏,必由于无情,而惨刻不衷之祸,因之而作。若夫忠臣孝子,义夫节妇,触物兴怀,如怨如慕,而曲生焉!出于绵渺,则入人心脾,出于激切,则发人猛省。故情长情短,莫不于曲寓之。人而有情,则士爱其缘,女爱其介,知其则而止乎礼义,而风醇俗美。人而无情,则士不爱其缘,女不守其介,不知其则而放乎礼义,而风不醇,俗不美,故夫曲者,正鼓吹之盛事也。(《雨村曲话序》)

这里,再顺便把各家对于"曲"字所下的定义,略引数则,以为本书的"煞尾"。

> 曲者,其声抑扬婉顿,非若诗之可以直致也。然而汉魏之间有《紫芝曲》《白水曲》《绿水曲》《江南曲》,隋齐之间有《大堤曲》《乌栖曲》,唐有《渭城曲》,皆隶乐府。其言简古易尽,非若今之转喉、按节、袭谱而循声也。(姚弘谊《鹤月瑶笙序》)

> 曲者,曲尽人情者也。其智圆,故其音节以舒,其识广,故其词㠯以达。(吴京《林石逸兴序》)

> 子亦知夫曲之道乎?心之精微,人不可知。灵窍隐深,忽忽欲动,名曰心曲。曲也者,达其心而为言者也。(骚隐居士《衡曲麈谭》)

> 曲之为义也,缘于心曲之微,荡漾盘折,而幽情跃然,故其言语文章,别是一色。(张楚叔《吴骚合编小序》)

> 文生于情,而情恐不能以文诉人,则变而衍为曲。(许当世《序吴骚二集》)

从上面各家的评语来看,曲是一种比较奔放生动的文字,所以,"不贵撼实，而贵流丽；不贵尖酸，而贵博雅；不贵剽袭，而贵冶创；不贵熟烂，而贵新生；不贵文饰，而贵直率肖吻；不贵平敷，而贵选句走险"，因而思致要能绵渺，辞语要求迫切，"长门之咏，宜于官样而带岑寂；香闺之语，宜于暗藏而饶绮丽。倚门嚬笑之声，务求纤媚而顾盼生姿；学士骚人之赋，须期慷慨而啸歌不俗。故咏春花勿牵秋月，吟朝雨莫溷夜潮。瑶台玉砌，要知雪部之套辞；芳草轻烟，总是郊原之泛句。又如命题杂咏，而直道本色，则何取乎寓言；触物兴怀，而杂景揣摩，则安在其即事"。（以上俱见《填词训》。）由此以言，曲之体甚高，曲之境至大，我们如果善为运用，其所收功效，不但可以总括前人诗词之所长，抑且可以适应当今白话文学的潮流，在诗歌的创作方面，走上另一条崭新的道路！

附录一

散曲总目汇编

一、总集两种

任中敏编:《散曲丛刊》,上海中华书局聚珍仿宋版印

卢前编刊:《饮虹簃所刻曲》,卢氏自刻本

以上总集,在《散曲丛刊》中,包括元人选集两种、专集四种,明人专集五种,清人选集五种。在《饮虹簃所刻曲》中,有元人专集十五种,明人专集四十二种。

二、元曲选集二十九种

杨朝英辑:《阳春白雪》十卷,有至正初年刊本、《散曲丛刊》本

杨朝英辑:《太平乐府》九卷,有至正十一年刊本、《四部丛刊》本

胡存善(?)选:《乐府群玉》五卷,有明抄本、《散曲丛刊》本

无名氏辑:《乐府新声》三卷,有旧抄本、元刊本

钱霖编选:《江湖清思集》,见《录鬼簿》

《南北宫词》十八卷，见钱大昕《补元史艺文志》

《中州元气》十册，同上

《仙音妙选》，同上

《曲海》，同上

《乐府群珠》，同上

《自然集》一卷，有饮虹簃本

《天机余锦》，见胡侍《真珠船》

《天机碎锦》，见清黄虞稷《千顷堂书目》

《片玉珠玑》，见《千顷堂书目》

《诗酒余音》，与元人曾瑞专集同名，见李开先《乔梦符小令序》（郑骞先生藏手抄本）

金台鲁氏辑：《新编太平时赛赛驻云飞》，有成化七年刊本及抄本

无名氏：《情籁集》（词曲兼选），有单行本

童伯章：《元曲》，民国十九年刊（台大久保文库）

任中敏编：《元曲三百首》，民国十九年刊本（台大久保文库）

《梨园试按乐府新声》，有《四部丛刊》本、常熟瞿氏铁琴铜剑楼藏元刊本

任中敏编：《元人散曲三种》，民国十六年刊本（台大久保文库）

任中敏选：《元初四家散曲》，中华书局《任氏词曲丛书》初集本

朱静编校：《三家曲》（？），光绪二十六年刊（台大久保文库）

卢前选：《曲雅》（附《论曲绝句》），开明书店据蜀刻影印本

卢前选：《续曲雅》，民国二十二年刊本（台大久保文库）

卢前选：《元曲别裁集》，台湾开明书店铅印本

吴梅选：《曲选》，民国十九年刊本（台大久保文库）

郑骞编：《曲选》，台湾中华文化出版事业委员会刊

陈乃乾编：《元人小令选》，开明书店印行

三、明曲选集四十二种

无名氏辑：《盛世新声》十卷，正德十二年刊

无名氏辑：《万花集》一卷（附《盛世新声》后），有近人黄缘芳编校本

张禄辑：《词林摘艳》十卷，有嘉靖四年刊本及近人施维藩重刊本

郭勋辑：《雍熙乐府》二十卷，嘉靖十九年刊，有《续四部丛刊》本

陈所闻辑：《北宫词纪》六卷，万历三十二年刊

陈所闻辑：《南宫词纪》六卷，同前

许宇辑：《词林逸响》四卷，天启三年刊

顾曲散人辑：《太霞新奏》十四卷，天启七年刊，有南京国学图书馆影印本

方悟辑：《青楼韵语广集》八卷，崇祯四年刊

张旭初辑：《吴骚合编》四卷，崇祯十年刊，有《续四部丛刊》本

朱权辑：《北雅》三卷，见曹寅《楝亭书目》

张栩序：《彩笔情词》，同上

王穉登选：《吴骚集》四卷，明刊本及上海杂志公司排印本

无名氏：《诸家宴燕词》三十册，见叶盛《菉竹堂书目》

无名氏：《风月锦囊》一册，明刊本，现藏西班牙圣劳伦佐图书馆

无名氏：《选唱赚词》一册，见《菉竹堂书目》

无名氏：《十英曲会》二册，同上

无名氏：《名贤珠玉集》一册，同上

无名氏：《南北词广韵选》十九卷，见钱曾《也是园书目》

无名氏：《南北宫词纪年》一卷，同上

无名氏：《套数选词》一本，见赵琦美《脉望馆书目》

无名氏：《精选乐府》，见《脉望馆书目》与下文专集之《月香小词》合订一本

无名氏：《九宫词》一本，见《脉望馆书目》

李开先辑：《歇指调古今词》一卷，见《千顷堂书目》

无名氏：《金元词余》十卷，同上

无名氏：《清远斋乐府》十卷，同上

无名氏：《雅音汇编》十二卷，见《季沧苇藏书目》

无名氏：《词林选胜》三本，见《六如居士集》

无名氏：《三径词选》，同上

无名氏：《词腴》，见沈宠绥《度曲须知》

王端叔编：《明代妇人散曲集》，卢前校订本

周之标辑：《吴歈萃雅》，万历刊本

无名氏：《云崖续编》，见《风月锦囊》

无名氏：《遴奇振雅》，见张旭初《吴骚合编》

无名氏：《停云馆袖珍乐府》，见《太霞新奏》

无名氏：《中和乐章》，见《太和正音谱》

无名氏：《明朝乐章》，见吕士雄等《南词定律》

周之标辑：《增订乐府珊瑚集》四卷，崇祯刊本

凌濛初辑：《南音三籁》四卷，康熙刊本

蒋之翘（？）：《新编南九宫词》两册，有三径草堂刊本及近人郑氏重印本

陈所闻选：《古今大雅》，待考

无名氏：《北词拾遗》一卷（杂有元人散曲），商务印书馆排印本

四、元朝专集二十八种

马致远：《东篱乐府》一卷，《散曲丛刊》本

乔吉：《梦符散曲》二卷，《散曲丛刊》本

乔吉：《乔梦符小令》一卷，李开先辑隆庆元年刊本及卢前饮虹簃本

张可久：《小山乐府》六卷，《散曲丛刊》本及饮虹簃本

按：另有《张小山北曲联乐府》三卷，外集一卷，影写元刊本《苏堤渔唱》一卷，附录一卷，清道光时刊，皆收入《散曲丛刊》本中。

曾瑞：《诗酒余音》，见《录鬼簿》，有饮虹簃本

无名氏：《全家锦囊》，嘉靖刊本（存西班牙马德里）

吴本世：《本道斋乐府小稿》，见《录鬼簿》

吴仁卿：《金缕新声》，同上

钱霖：《醉边余兴》，有饮虹簃本

顾君泽：《九山乐府》，有饮虹簃本

朱凯：《升平乐府》，见《录鬼簿》

周月湖：《月湖今乐府》，见《杨铁崖文集》

沈子厚：《沈氏今乐府》，同上

耶律铸：《双溪醉隐乐府》十二册，见《内阁书目》

张养浩：《云庄休居自适小乐府》一卷，有明成化刊本及饮虹簃本

汪元亨：《小隐余音》一卷，饮虹簃本

汪元亨：《云林清赏》一卷，见《千顷堂书目》

睢景臣：《睢景臣词》一卷，饮虹簃本

冯华：《乐府》一卷，见金门诏《补辽金元三史艺文志》

郑构次：《浃漈余声乐府》一卷，同上

贯云石、徐再思：《酸甜乐府》二卷，《散曲丛刊》本

白朴：《天籁集摭遗》一卷，饮虹簃本

倪瓒：《云林先生乐府》一卷，饮虹簃本

李齐贤：《益斋乱稿词曲》，附本集

卢挚：《疏斋小令》一卷，饮虹簃本

马九皋：《马九皋词》一卷，同上

王恽：《秋涧乐府》一卷，同上

沈禧：《竹窗词乐府》，附本集

五、明朝专集一百四十三种

叶华：《太平清调迦陵音》，有明刊本、北京故宫博物院影印本、饮虹簃本

朱有燉：《诚斋乐府》，宣德九年刊本及饮虹簃本

汤式：《笔花集》，明抄本

李祯：《侨庵乐府》，饮虹簃本

汤式：《菊庄乐府》，明抄本

夏旸：《葵轩词余》，饮虹簃本

常伦：《写情集》二卷，有正德刊本及饮虹簃本

康海：《沜东乐府》二卷，《散曲丛刊》本及饮虹簃本

按：康海曲尚有明嘉靖三年刊本，并补遗一卷，有《二太史乐府联璧》本。

蜀成王让栩：《长春竞辰余稿拟元人乐府》，附本集

王九思：《碧山乐府》一卷，嘉靖十二年刊本及饮虹簃本

王九思：《乐府摭遗》一卷，饮虹簃本

王九思：《碧山续稿》一卷，同上

王九思：《碧山新稿》一卷，同上

王磐：《王西楼先生乐府》一卷，嘉靖三年刊本及《散曲丛刊》本

杨慎夫妇：《升庵夫妇散曲》，黄缘芳编校本

杨慎：《陶情乐府》四卷，嘉靖三十年刊本及饮虹簃本

黄娥：《杨夫人乐府》，饮虹簃本

徐渭编订：《杨升庵夫人词曲》五卷，嘉靖刊本

杨廷和：《乐府余音》一卷，饮虹簃本

李祯：《侨庵诗余北乐府》，附本集

瞿吉：《乐府遗音北曲》，附本集

何瑭：《柏斋何先生乐府》一卷，嘉靖三十年刊本及饮虹簃本

李开先、王九思：《南曲次韵》一卷，嘉靖三十年刊本及饮虹簃本

梁辰鱼：《江东白苎》四卷，嘉靖刊本

按：此集并有董绶经刊本、暖红室刊本及初编《曲苑》本。

冯惟敏：《海浮山堂词稿》四，嘉靖四十五年刊本及《散曲丛刊》本

刘效祖：《词脔》一卷，康熙九年刊本及饮虹簃本

刘效祖：《空中语》一卷，见《千顷堂书目》

刘效祖：《短柱效颦》一卷，同上

刘效祖：《闲中一笑》一卷，同上

刘效祖：《裁冰剪雪》一卷，同上

刘效祖：《都邑繁华》一卷，同上

刘效祖：《莲步新声》一卷，同上

刘效祖：《良辰乐事》一卷，同上

刘效祖：《混俗陶情》一卷，同上

金銮：《萧爽斋乐府》一卷，万历刊本、董绶经刊本及饮虹簃本

沈自晋：《黍离新奏》，未见

沈自晋：《鞠通乐府》三卷，明刊本及饮虹簃本

唐寅：《伯虎杂曲》，饮虹簃本

唐寅：《六如曲集》，万历时何大成刻

施绍莘：《花影集》五卷，崇祯刊本、清初刊本及《散曲丛刊》本

张瘦郎：《步雪初声》，饮虹簃本

杨慎等：《玲珑唱和》，饮虹簃本

朱应辰等：《淮海新声》一卷，有清末刊本

张炼：《双溪乐府》一卷，饮虹簃本

归庄：《万古愁》，赵氏又满楼新刊本

俞琬伦：《自娱集词余》，附本集

王与端：《栩斋集词曲》，附本集

叶奕绳：《泺函乐府》一卷，饮虹簃本

陈铎：《公余漫兴》，见《周氏曲品》

陈铎：《秋碧轩词稿》，新辑本

沈仕：《唾窗绒》一卷，《散曲丛刊》本

辽王恩鑐：《唾窗绒》一卷，见钱希言《辽邸纪闻》

周履靖：《鹤月瑶笙》一卷，饮虹簃本

王骥德：《方诸馆乐府》一卷，有卢前编印《散曲丛刊》本

夏文范：《莲湖乐府》一卷，饮虹簃本

史槃：《齿雪余音》一卷，见《太霞新奏》

王玉映编：《名媛诗纬雅集》一卷，饮虹簃本

张凤翼：《敲月轩词稿》一卷，见《太霞新奏》

王徵：《山居咏》一卷，饮虹簃本

张炳潾：《山居咏和》一卷，同上

吴渔山：《天乐正音谱》一卷，有郑骞先生及方豪先生合校本、饮虹簃本

祝允明：《新机锦》（疑系传奇），见徐渭《南词叙录》

沈璟：《沈伯英散曲》一卷，新辑本

沈璟：《情痴呓语》一卷，见王骥德《曲律》

陈与郊：《隅园集》一卷，饮虹簃本

沈璟：《词隐新词》一卷，见《曲律》

冯班：《钝吟乐府》一卷，饮虹簃本

沈璟：《曲海青冰》二卷，见《曲律》

夏完淳：《狱中草》一卷，饮虹簃本

陈鹤：《息柯余韵》，见《曲律》

毛莹：《晚宜楼杂曲》，饮虹簃本

王澹翁：《欸乃篇》，见《曲律》

魏荔彤：《怀舫集杂曲》，附本集

赵南星：《芳茹园乐府》一卷，饮虹簃本

杨循吉：《南峰乐府》一卷，见王文远《孝慈堂书目》，民国二十六年北平文禄堂影印明刊本

夏言：《桂洲近体乐府》六卷，待考

夏言：《鸥园新曲》一卷，饮虹簃本

冯梦龙：《宛转歌》（附录《挂枝儿》），《散曲丛刊》本

薛论道：《林石逸兴》一卷，饮虹簃本

无名氏：《蓝关道曲》一本，见《曲海目》

杨慎：《博南新声》一卷，见《陶情乐府序》

顾仲方：《笔花楼新声》一卷，饮虹簃本

陈继儒：《清明曲》一卷，见《楝亭书目》

无名氏：《清江渔谱》一册，同上

无名氏：《义山乐府》一卷，见《也是园书目》

无名氏：《清溪乐府》一卷，同上

无名氏：《缶歌》一卷，同上

无名氏：《闲情杂拟》一卷，同上

明宣宗：《御制乐府》一卷，见《千顷堂书目》

辽简王植：《莲词》二卷，同上

徽庄王见沛：《和乐余音》十卷，同上

唐恭王弥铒：《秋江词》，同上

承休王弥鍂：《乐府》，同上

樊山王载蟒：《三经词》一卷，同上

王载玺：《梦玩仙阁》一卷（疑系剧曲），同上

王载玺：《神览沧溟》一卷（疑系剧曲），同上

顾应祥：《崇雅堂乐府》一卷，同上

盛鸾：《贻拙堂乐府》二卷，同上

屠本畯：《笑词》一卷，同上

王衡：《归田词》一卷，同上

俞彦：《近体乐府》一卷，同上

黄方荫：《陌花轩小词》一卷，同上

张四维：《溪上闲情》一卷，同上

陶辅：《蚓窍清娱》一卷，同上

吴承恩：《射阳先生曲存》一卷，饮虹簃本

朱让栩：《长春竞辰乐府》，同上

陈铎：《黎云寄傲》一卷，同上

陶辅：《闾檐口笑》一卷，见《千顷堂书目》

陈铎：《滑稽余音》二卷，有新辑本

陈铎：《秋碧乐府》一卷，饮虹簃本

王雪斋：《王雪斋稿》一卷，见《千顷堂书目》

无名氏：《月香亭稿》一卷，同上

郭豸：《松林畅怀词》二卷，同上

司马泰：《龙广山人小令》一卷，同上

谢九睿：《东村乐府》二卷，同上

袁崇冕：《西野老人乐府》，同上

李开先：《李中麓乐府》，同上

李开先：《中麓小令》，同上

王田：《王舜耕词》二卷，同上

南溪散人：《小隐乐农集》，同上

乔龙溪：《乔龙溪词》，同上

高笔峰：《醉乡小稿》，同上

苏雪蓑：《烟霞小稿》，同上

陈元明：《梧院填词》一卷，同上

无名氏：《萝月斋乐府》一卷，同上

李先芳：《泰然亭乐府》，同上

无名氏：《三余乐事》二本，见《脉望馆书目》

无名氏：《三余乐事摘锦》一本，同上

无名氏：《海底眼》一本，同上

无名氏：《审斋乐府》一本，同上

无名氏：《归田南北小令》一本，同上

韩邦奇：《苑洛隐音》一本，同上

按：卢前《饮虹簃所刻曲》中，有韩邦奇之《宛洛集》，名称虽稍异，疑即为一书。

无名氏：《吟囊览》一本，见《脉望馆书目》

无名氏：《金缕集》一本，同上

无名氏：《可雪遗音》一本，同上

无名氏：《听雨斋小词》一本，同上

无名氏：《填词》一本，同上

无名氏：《月香小词》，同上

按：此集原附刊上文《精选乐府》中。

皇甫百泉：《拟乐府》两本，见《脉望馆书目》

无名氏：《詅痴符》一本，同上

沈自晋：《赌墅余音》，见《鞠通乐府序》

刘秉忠：《藏春乐府》，明刊本

陈所闻：《濠上斋乐府》，《散曲丛刊》本

六、清朝曲集二十种

任中敏：《清人散曲选刊》，《散曲丛刊》本
许宝善：《自怡轩乐府》四卷，乾隆癸丑刊
王维新：《红豆曲》一卷，新刊本
荆石山民：《红楼梦散套》，台大图书馆有藏本
赵庆熺：《香消酒醒曲》一卷，道光刊本及《散曲丛刊》本
谢元淮：《养默山房散套》一卷，道光间刻
沈清瑞：《樱桃花下银箫谱》，清刊本
朱彝尊：《曝书亭集叶儿乐府》，《散曲丛刊》本
陈维崧：《亦山草堂集南曲》，附本集
厉鹗：《樊榭山房集北乐府》，《散曲丛刊》本
吴绮：《林蕙堂集填词》，附本集
尤侗：《西堂杂俎百末词余》，附本集
蒋士铨：《忠雅堂集南北曲》，附本集
吴锡麒：《有正味斋集南北曲》，《散曲丛刊》本
刘熙载：《昨非集附曲》，附本集
许光治：《江山风月谱散曲》，附本集
杨恩寿：《坦园词余》，附本集
张文虎：《牧篴余声》一卷，《覆瓿集》所收
胡薇元：《翻书图》一卷，《玉津阁丛书》甲集《壶庵五种曲》所收
胡薇元：《壶中乐》一卷，同上

七、评论及研究二十种

周德清：《词作十法》，附《中原音韵》后

钟嗣成：《录鬼簿》，有《楝亭十二种》本及《王忠悫公遗书》本

贾仲名：《续录鬼簿》，天一阁抄本

无名氏：《曲谱辩》，见《吴骚合编》

朱权：《太和正音谱》，洪武间刊本及上海《涵芬楼秘笈》本

无名氏：《作家偶评》，见《吴骚合编》

任中敏：《散曲概论》一卷，《散曲丛刊》本

贺昌群：《元曲概论》，民国十九年刊

任中敏：《曲谐》四卷，《散曲丛刊》本

卢前：《论曲绝句》（附《曲雅》后），蜀刻本及开明书店影印本

任中敏：《作词十法疏证》，《散曲丛刊》本

无名氏：《填词训》，见《吴骚合编》

吴梅：《南北词简谱》十卷，石印本

王易：《词曲史》，民国二十年刊

任中敏：《曲海扬波》，《新曲苑》本

梁乙真：《元明散曲小史》，商务印书馆出版

卢前：《饮虹曲话》，石印本

任中敏：《词曲通义》，民国二十年刊

卢前：《广中原音韵小令定格》，中华书局本

张氏：《诗词曲语辞汇释》，铅印本

附注：对散曲总目的编集，很感困难，主要原因，是材料缺乏，无法搜求。以上所述，姑就我的力量所能做到者，把它们通通列出，计有总集两种，元曲选集二十九种，明曲选集四十二种，元朝专集二十八

种，明朝专集一百四十三种，清朝曲集二十种，有关散曲的评论或研究者二十种，总共二百八十四种。当然，在这些目录中，有的根本散佚，有的存而不全，有的只是附录在作者的文集里。我想此类书籍，以后还会不断发现，我的这个总目，仅只是初稿而已！读者先生如果知道有其他的版本或错误地方，请自行改正。还有其他关于曲韵、曲谱等类的书，我都收入在戏曲总目稿或附录二"参考书目举要"中，这里恕不多举。

附录二

参考书目举要

周之标：《吴歈萃雅》
陈衍编：《元诗纪事》
郑思肖：《大义略序》
任中敏：《散曲概论》
杨朝英：《阳春白雪》
胡存善（？）：《乐府群玉》
郭勋：《雍熙乐府》
《词林摘艳》，嘉靖刊本
沈璟选：《南词韵选》
宁献王：《太和正音谱》
王国维：《宋元戏曲史》
刘祁：《归潜志》
胡侍：《真珠船》
焦循：《剧说》
汪森：《词综序》
张炎：《词源》
刘氏：《中国文学发展史》

王国维：《人间词话》

梁乙真：《元明散曲小史》

吴梅：《南北戏曲概论》

郑骞：《曲选》

赵德麟：《侯鲭录》

《乐志》，见《宋史》

王灼：《碧鸡漫志》

吴自牧：《梦粱录》

孟元老：《东京梦华录》

耐得翁：《都城纪胜》

石君宝：《诸宫调风月紫云亭》

周密：《武林旧事》

董解元：《西厢记诸宫调》

胡应麟：《少室山房笔丛》

郑氏：《中国文学史》（插图本）

郑氏：《中国俗文学史》

叶庆炳：《诸宫调在文学史上的地位》

曾敏行：《独醒杂志》

骚隐居士：《衡曲麈谭》

张长弓：《鼓子曲言》

王世贞：《艺苑卮言》

王骥德：《曲律》

郑骞：《北曲格式的变化》

陶九成：《辍耕录》

朱右白：《中国诗的新途径》

朱有燉：《诚斋乐府》

徐渭：《南词叙录》

魏伯子：《南北曲不同》

芝庵：《唱论》

杨慎等：《玲珑唱和》

梁辰鱼：《江东白苎》

钟嗣成：《录鬼簿》

贾仲名：《续录鬼簿》

朱佐朝：《渔家乐》

沈德符：《顾曲杂言》

杨恩寿：《词余丛话》

任中敏：《曲谐》

杨朝英：《太平乐府》

青木正儿：《元人杂剧序说》

胡适：《关汉卿不是金遗民》

胡适：《再谈关汉卿的年代》

施子野：《花影集》

蒋一葵：《尧山堂外纪》

元好问：《元遗山集》

蒋子正：《山房随笔》

宋濂：《元史》

张廷玉等：《明史》

邵远平：《元史类编》

黄宗羲：《明文案序》

卢前：《曲雅》

白朴：《天籁集摭遗》

卢挚：《疏斋小令》

马致远：《东篱乐府》

周德清：《中原音韵》

张养浩：《云庄休居自适小乐府》

马昂夫：《马九皋词》

姚桐寿：《乐郊私语》

田汝成：《西湖游览志》

任中敏：《作词十法疏证》

朱彝尊：《词综》

张可久：《小山乐府》

陈所闻：《北宫词纪》

陈所闻：《南宫词纪》

焦循：《易余籥录》

谢章铤：《赌棋山庄词话》

乔吉：《梦符散曲》

臧晋叔：《元曲选》

曾瑞：《诗酒余音》

徐再思：《甜斋乐府》

贯云石：《酸斋乐府》

睢景臣：《睢景臣词》

吴仁卿：《金缕新声》

顾侠君：《元诗选》

钱霖：《醉边余兴》

王彦贞：《西厢百首小桃红》

沈景倩：《顾曲杂谈》

任中敏：《曲海扬波》

汪元亨：《小隐余音》

汤式：《菊庄乐府》

无名氏：《风月锦囊》

钱谦益：《列朝诗集》

田艺衡：《留青日记》

黄溥言：《闲中今古录》

康海：《沜东乐府》

徐陵：《蜗亭杂订》

何良俊：《四友斋丛说》

沈泰：《盛明杂剧》

王九思：《碧山乐府》

王九思：《碧山拾遗》

王九思：《碧山续稿》

王九思、李开先：《南曲次韵》

常伦：《写情集》

韩邦奇：《苑洛集》

《四库总目提要》，清刊本

朱彝尊：《静志居诗话》

陈田：《明诗纪事》

冯惟敏：《海浮山堂词稿》

王磐：《王西楼乐府》

《扬州府志》，康熙刊本

《扬州府志》，万历刊本

江盈科：《雪涛诗话》

徐釚：《词苑丛谈》

张旭初：《吴骚合编》

徐复祚：《花当阁丛谈》

方悟之：《青楼韵语广集》

《济南府志》，山东济南刊

金銮：《萧爽斋乐府》

顾起元：《客座赘语》

杨廷和：《乐府遗音》

杨慎：《陶情乐府》

杨慎、黄娥：《升庵夫妇乐府》

王世贞：《曲藻》

唐寅：《伯虎杂曲》

周晖：《金陵琐事》

薛千仞：《笔余》

王应奎：《柳南随笔》

陈铎：《秋碧乐府》

陈铎：《黎云寄傲》

顾曲散人：《太霞新奏》

夏旸：《葵轩词余》

夏言：《鸥园新曲》

沈仕：《唾窗绒》

岳岱：《今雨瑶华》

沈璟：《南词韵选》

许宇：《词林逸响》

钱希言：《辽邸纪闻》

张元长：《梅花草堂笔谈》

汪森辑：《明诗综》

吕天成：《曲品》

王昶：《明词综》

沈瓒：《近事丛残》

张凤翼：《敲月轩词稿》

冯梦龙：《挂枝儿》

冯梦龙：《宛转歌》

尤侗：《艮斋杂记》

董含：《三冈识略》

宋荦：《筠廊偶笔》

褚人获：《坚瓠续集》

李调元：《雨村曲话》

沈璟：《沈伯英散曲》

王骥德：《方诸馆乐府》

黄宗羲：《思旧录》

杨掌生：《京尘剧录》

沈自友：《鞠通生小传》

沈自晋：《鞠通乐府》

陈宏绪：《寒夜录》

袁宏道：《小修诗叙》

沈德符：《万历野获编》

刘廷玑：《在园杂志》

李斗：《艾塘曲录》

《盛唐新声》，正德刊本

《玉谷调簧》，万历刊本

《词林一枝》，万历刊本

《全家锦囊续编》，嘉靖刊本

浮白主人：《童痴一弄二弄选集》

冯梦龙编：《山歌》

凌濛初：《南音三籁》

刘效祖：《词脔》

金湜生：《粟香室随笔》

赵南星：《芳茹园乐府》

尤侗：《百末词余》

沈谦：《东江别集》

刘熙载：《昨非集》

徐石麒：《黍香集》

吴绮：《林蕙堂集》

朱彝尊：《叶儿乐府》

厉鹗：《兆乐府小令》

吴锡麒：《有正味斋集南北曲》

蒋士铨：《忠雅堂词集》

赵庆熺：《香消酒醒曲》

吴藻：《香南雪北词》

许光治：《江山风月谱》

杨恩寿：《坦园词余》

郑板桥：《板桥集》

阮元：《广陵诗事》

凌延堪：《梅边吹笛谱》

徐珂：《曲稗》

徐大椿：《洄溪道情》

李斗：《扬州画舫录》

个中生：《吴门画舫续录》

二石生：《十洲春语》

刘复、李家瑞编：《中国俗曲总目稿》

华广生编：《白雪遗音》

王廷绍编：《霓裳续谱》

《时尚南北调万花小曲》，永魁斋梓行

戴全德：《浔阳诗稿》

招子庸：《粤讴》

李调元：《粤风》

黄遵宪：《山歌》

周履靖：《鹤月瑶笙》

《填词训》，见《吴骚合编》

唐寅：《六如曲集》

陈邦瞻编：《元史纪事本末》

胡怀琛：《中国民歌研究》

陈田：《明诗纪事》

姚华：《菉猗室曲话》

丹邱先生：《曲论》

徐复祚：《三家村老曲谈》

胡应麟：《少室山房曲考》

顾起元：《客座曲语》

周晖：《周氏曲品》

程羽文：《程氏曲藻》

东山钓史：《九宫谱定总论》

顾曲散人：《太霞曲语》

黄周星：《制曲枝语》

毛先舒：《南曲入声客问》

刘廷玑：《在园曲志》

周祥钰：《大成曲谱论例》

焦循：《易余曲录》

徐大椿：《乐府传声》

壬应来：《两般秋雨盦曲谈》

陈栋：《北泾草堂曲谈》

高奕：《新传奇品》

刘熙载：《曲概》

刘禧延：《中州切音谱赘论》

姚华：《曲海一勺》

韩非本：《曲学入门》

杨恩寿：《词余丛谈》

王国维：《宋元大曲考》

王国维：《戏曲考源》

南卓：《羯鼓录》

梁廷枏：《藤花亭曲话》

王季烈：《曲谈》

罗锦堂：《读曲纪要》

郑氏：《盛世新声与词林摘艳》

郑氏：《词林摘艳里的剧本及散曲作家考》

罗锦堂：《论饮红簃所刻曲》

赵景深：《读曲随笔》

沃圃：《沃圃曲拾》

朱雨尊编：《民间歌谣全集》

韩邦奇：《苑洛志乐》

王悠然辑：《荡气回肠曲》